印度记 增订版

楚尘
文化
Chu Chen

北京楚尘文化传媒有限公司 出品

增订版

印度记

于坚 文字+摄影

中信出版集团 | 北京

图书在版编目（CIP）数据

印度记 / 于坚著 . -- 北京：中信出版社，2023.1
ISBN 978-7-5217-4812-3

Ⅰ.①印… Ⅱ.①于… Ⅲ.①随笔－作品集－中国－当代 Ⅳ.① I267.1

中国版本图书馆 CIP 数据核字 (2022) 第 182493 号

印度记
著者： 于坚
出版发行：中信出版集团股份有限公司
（北京市朝阳区惠新东街甲 4 号富盛大厦 2 座 邮编 100029）
承印者： 北京启航东方印刷有限公司

开本：710mm×1000mm 1/16　　印张：22.5　　字数：180 千字
版次：2023 年 1 月第 1 版　　　　　　　　印次：2023 年 1 月第 1 次印刷
书号：ISBN 978-7-5217-4812-3
定价：128.00 元

版权所有·侵权必究
如有印刷、装订问题，本公司负责调换。
服务热线：400-600-8099
投稿邮箱：author@citicpub.com

目 录

印度记　　　　　　　　37

在印度迷宫深处　　　　157

在尼泊尔的喜马拉雅　　235

在喜马拉雅的不丹　　　311

瓦拉纳西 2010

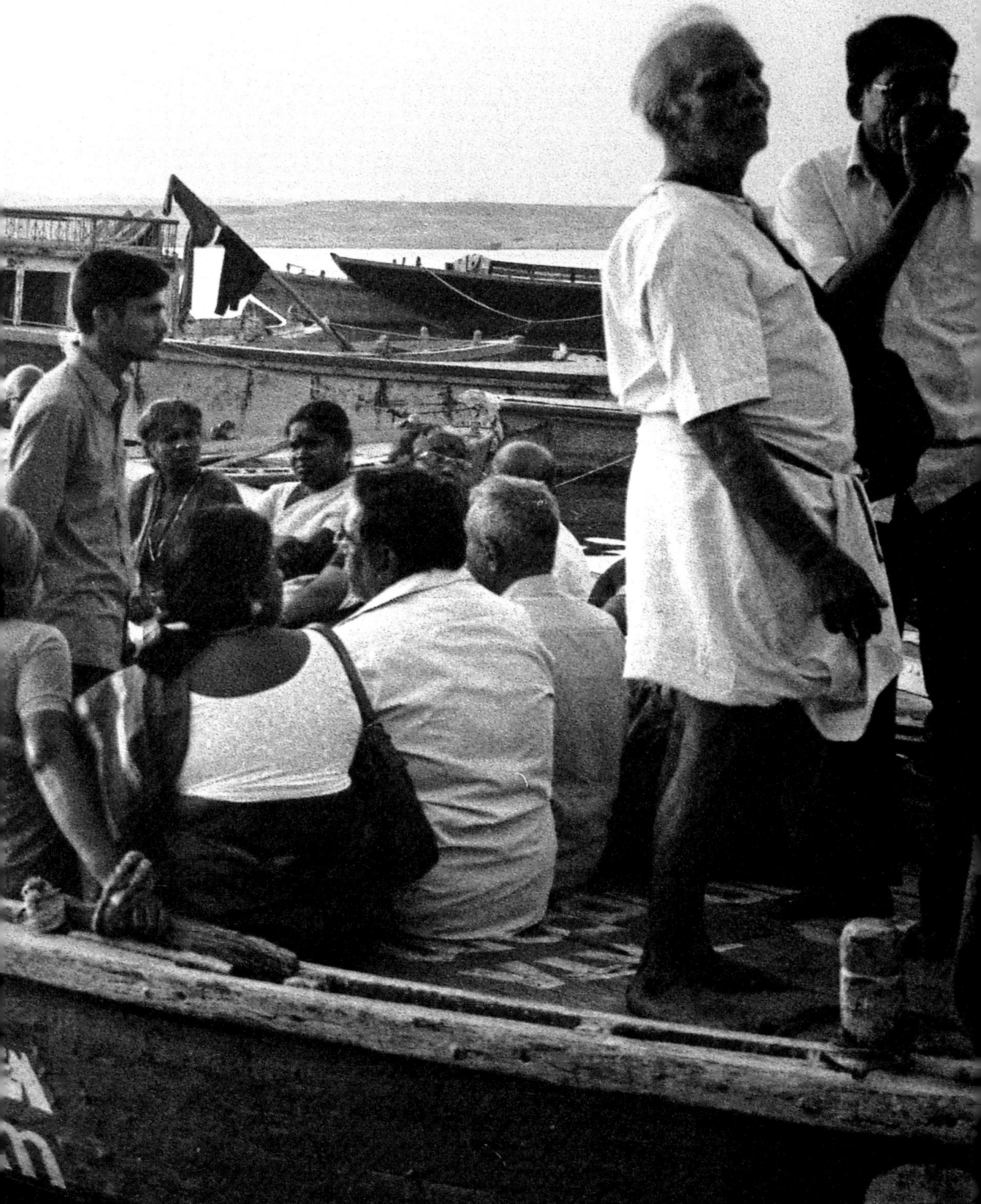

瓦拉纳西 2010

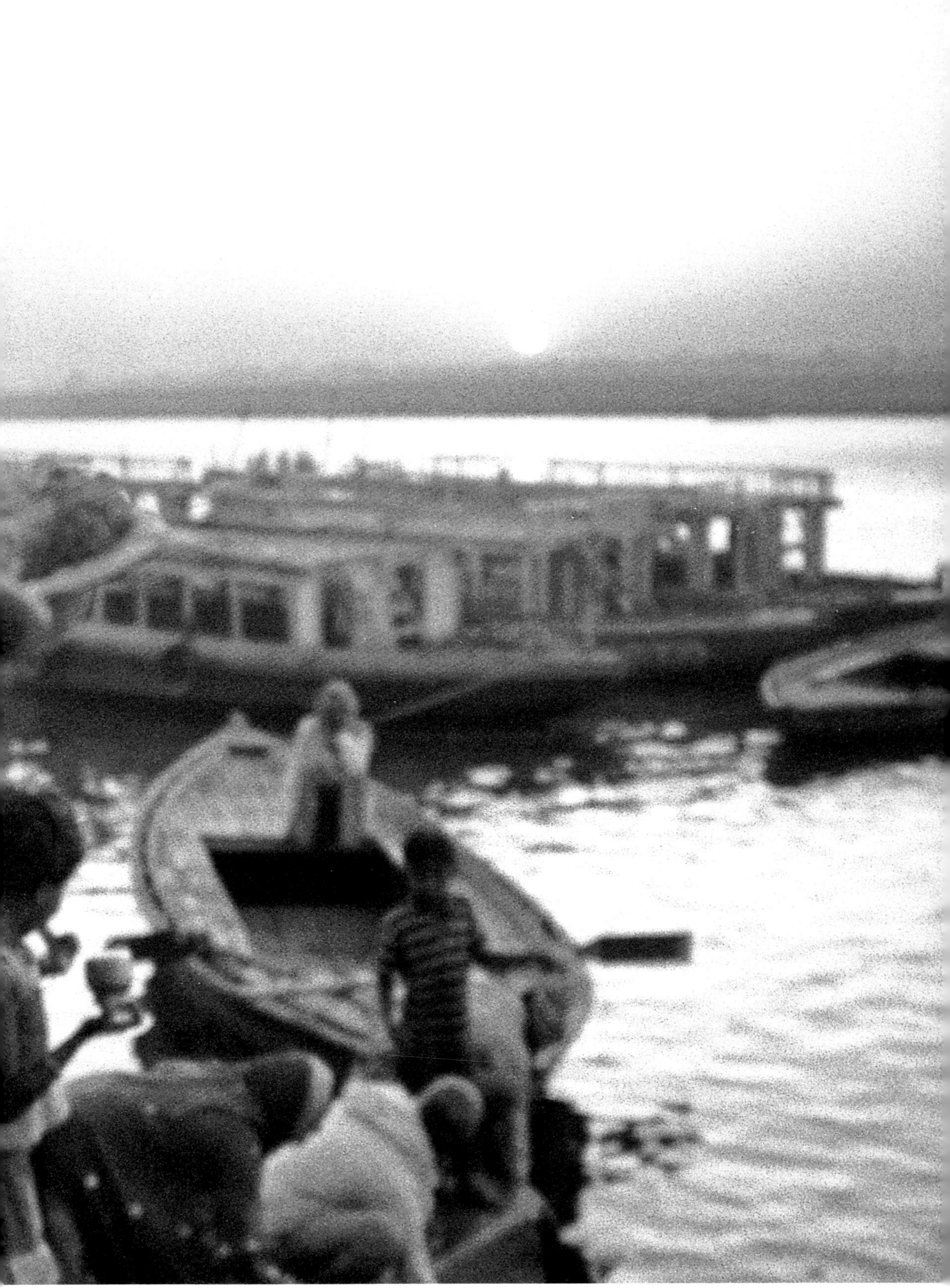

瓦拉纳西　2010

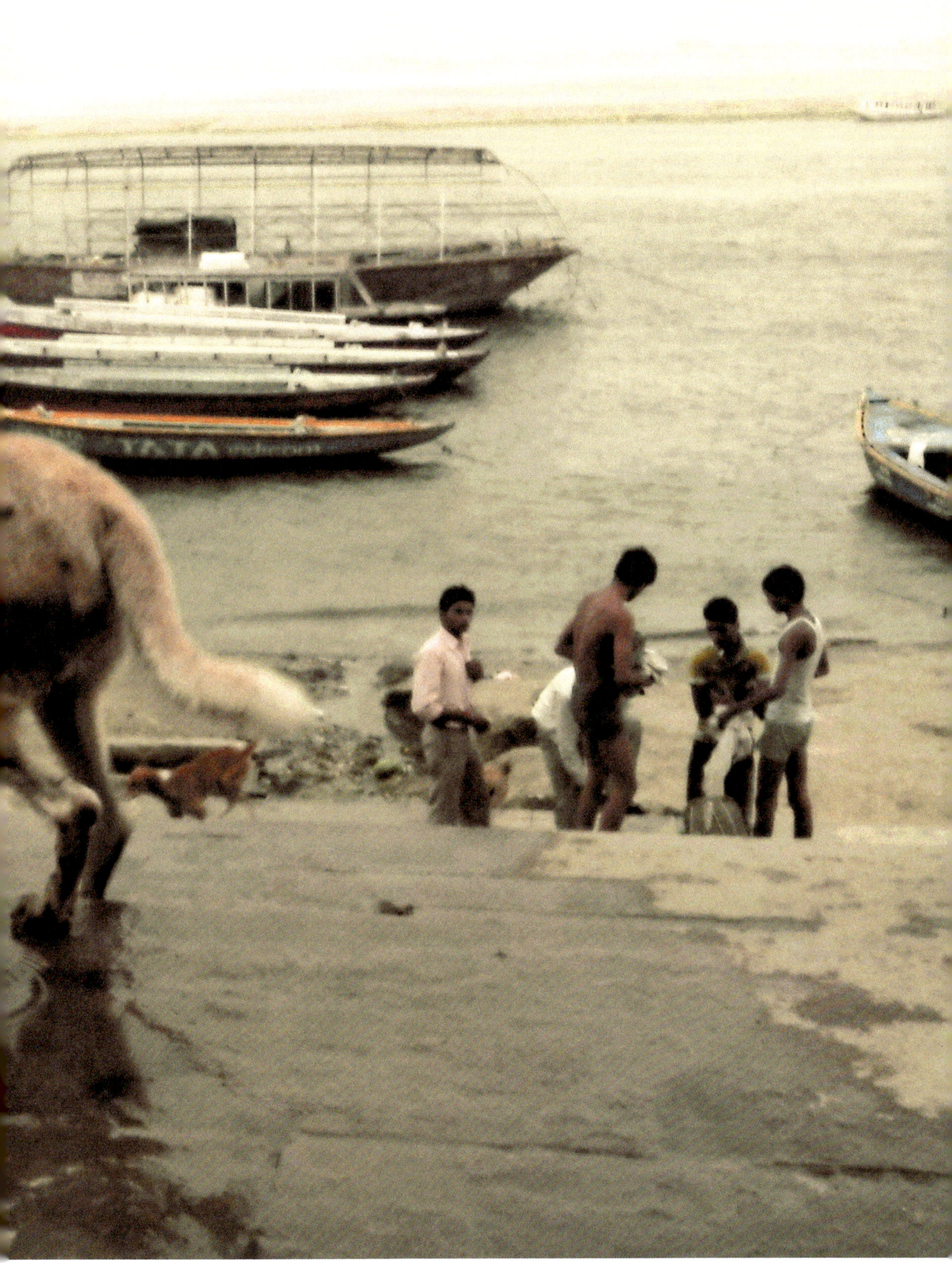
TATA

瓦拉纳西　2010

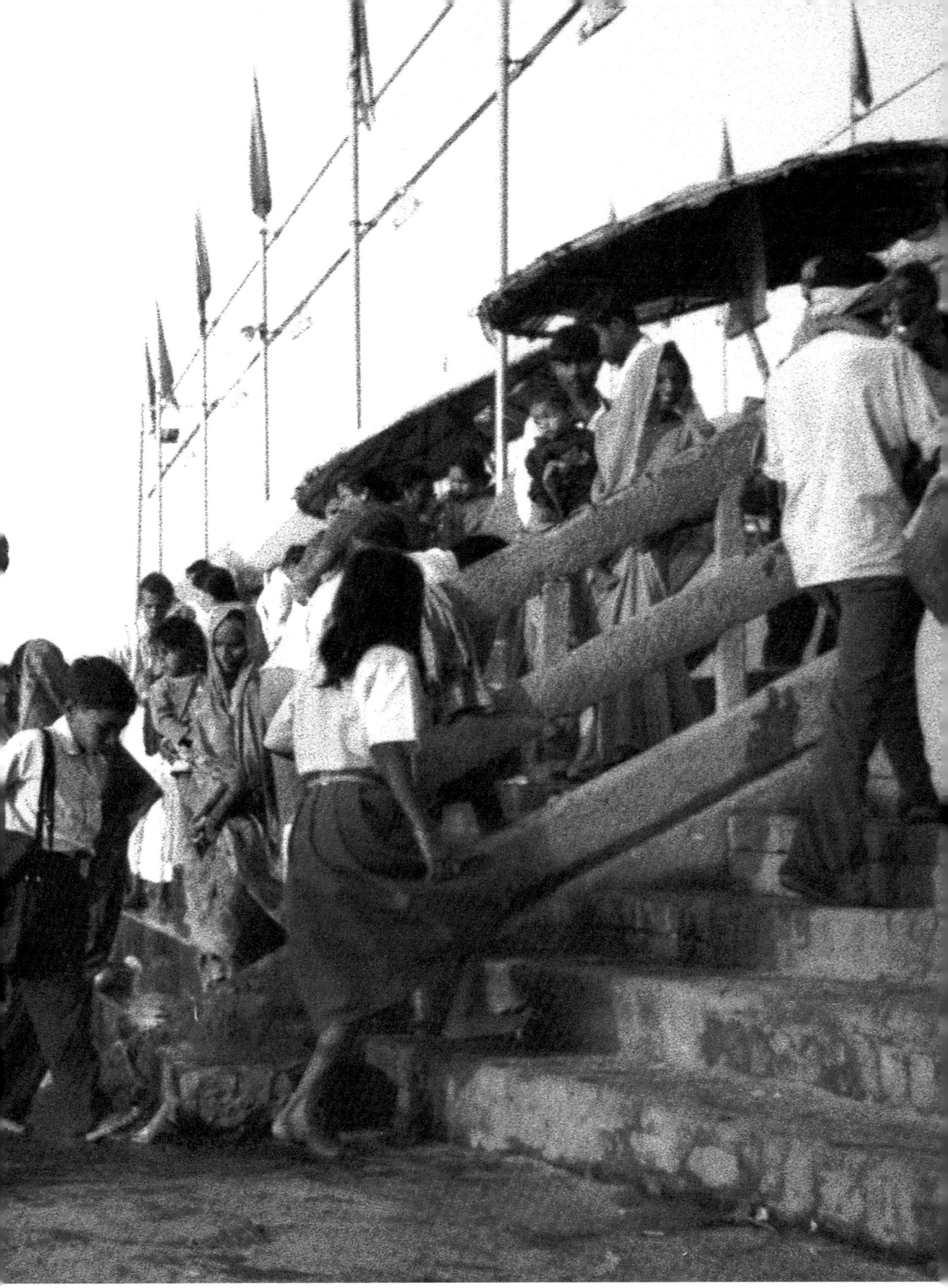

瓦拉纳西　2010

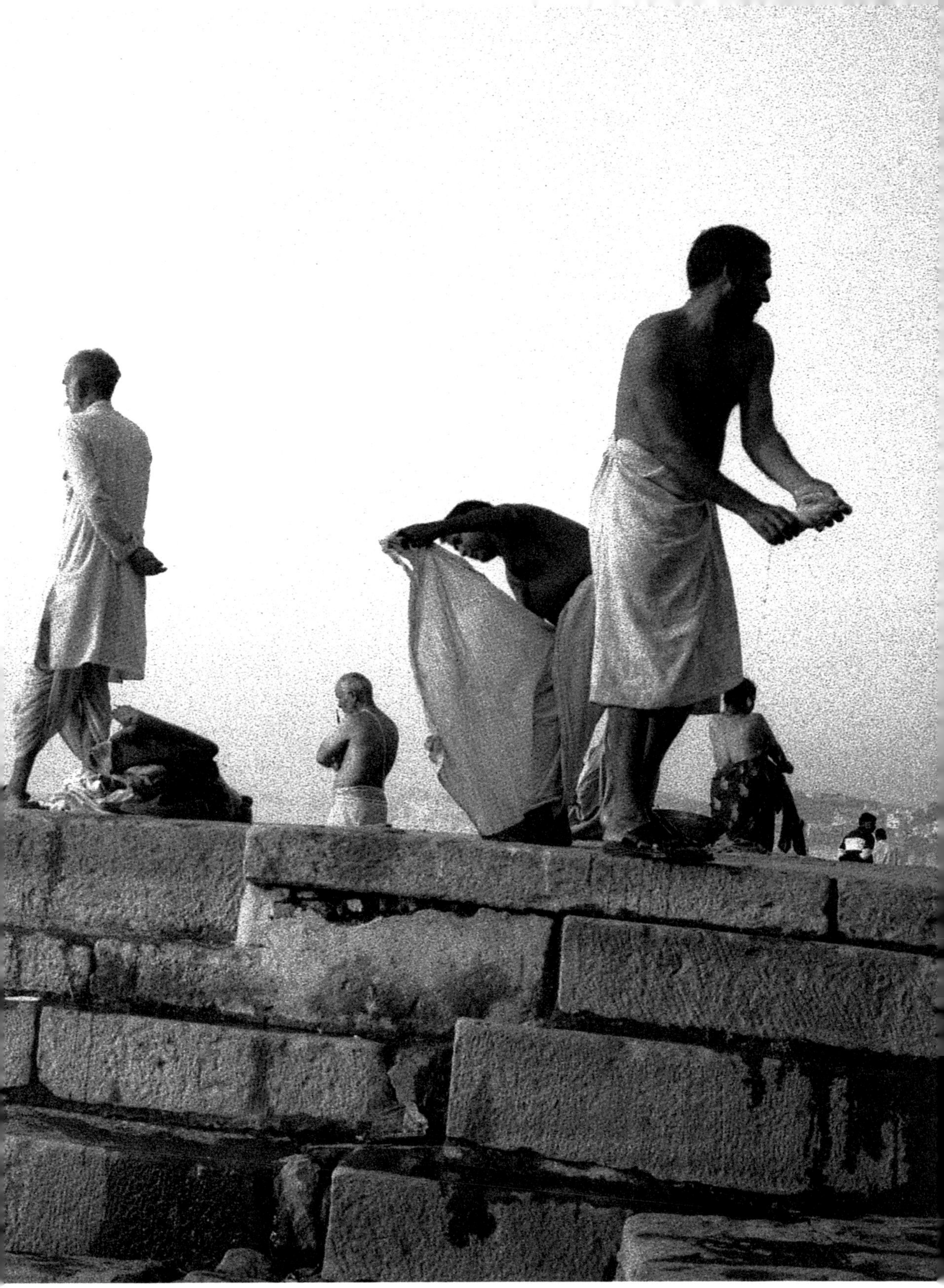

孟买 2010

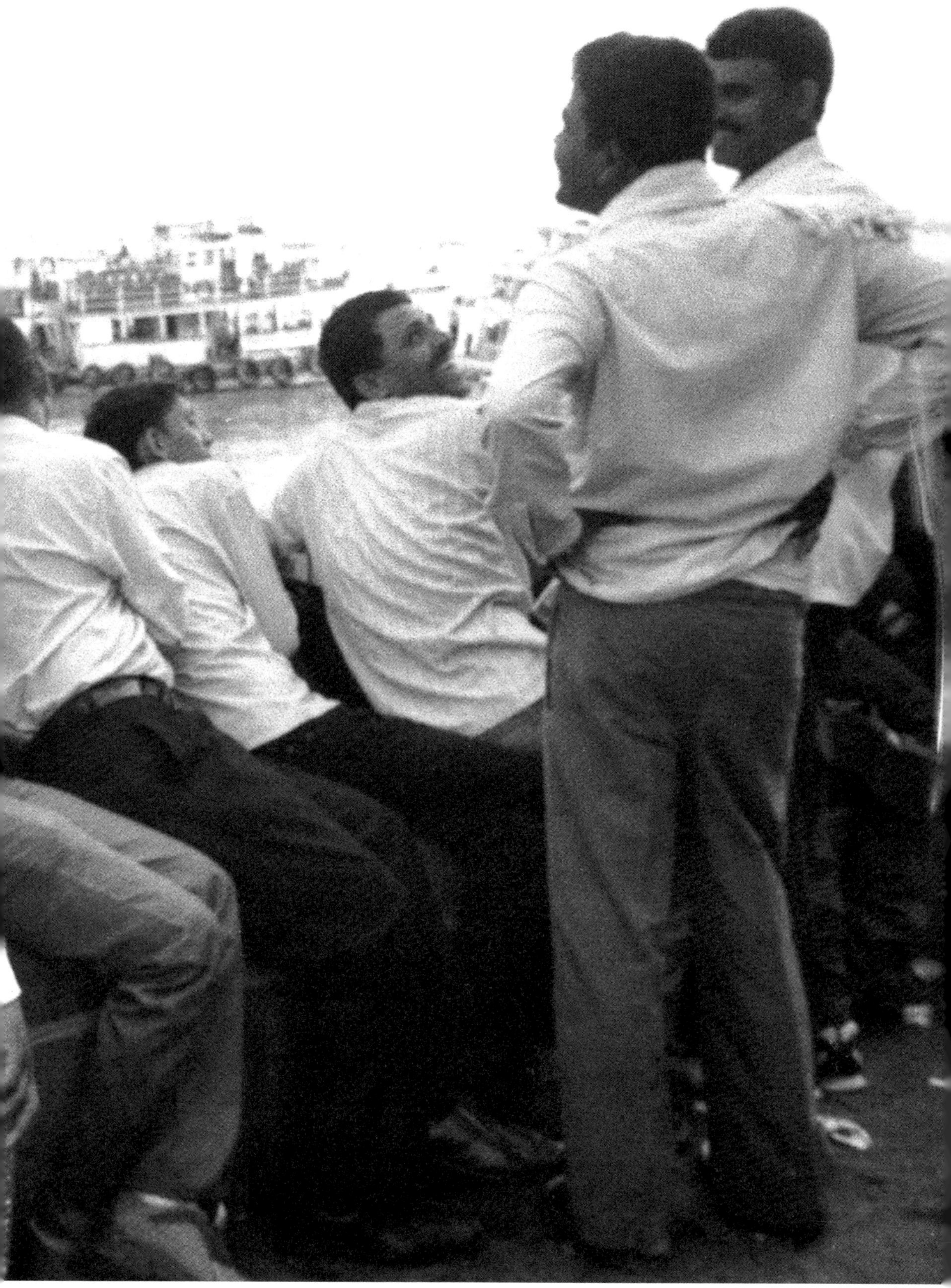

瓦拉纳西　2010

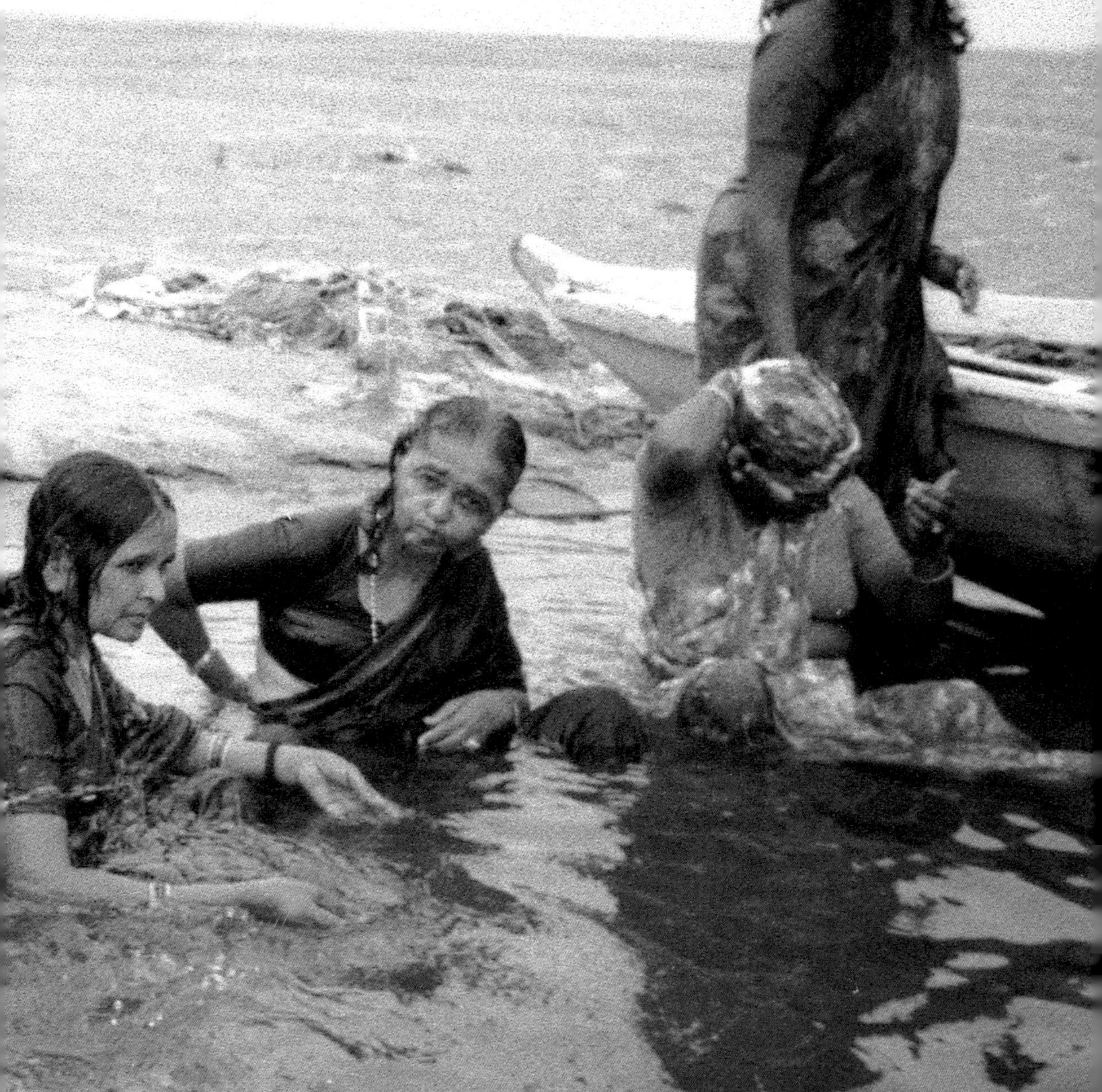

瓦拉纳西　2010

瓦拉纳西　2010

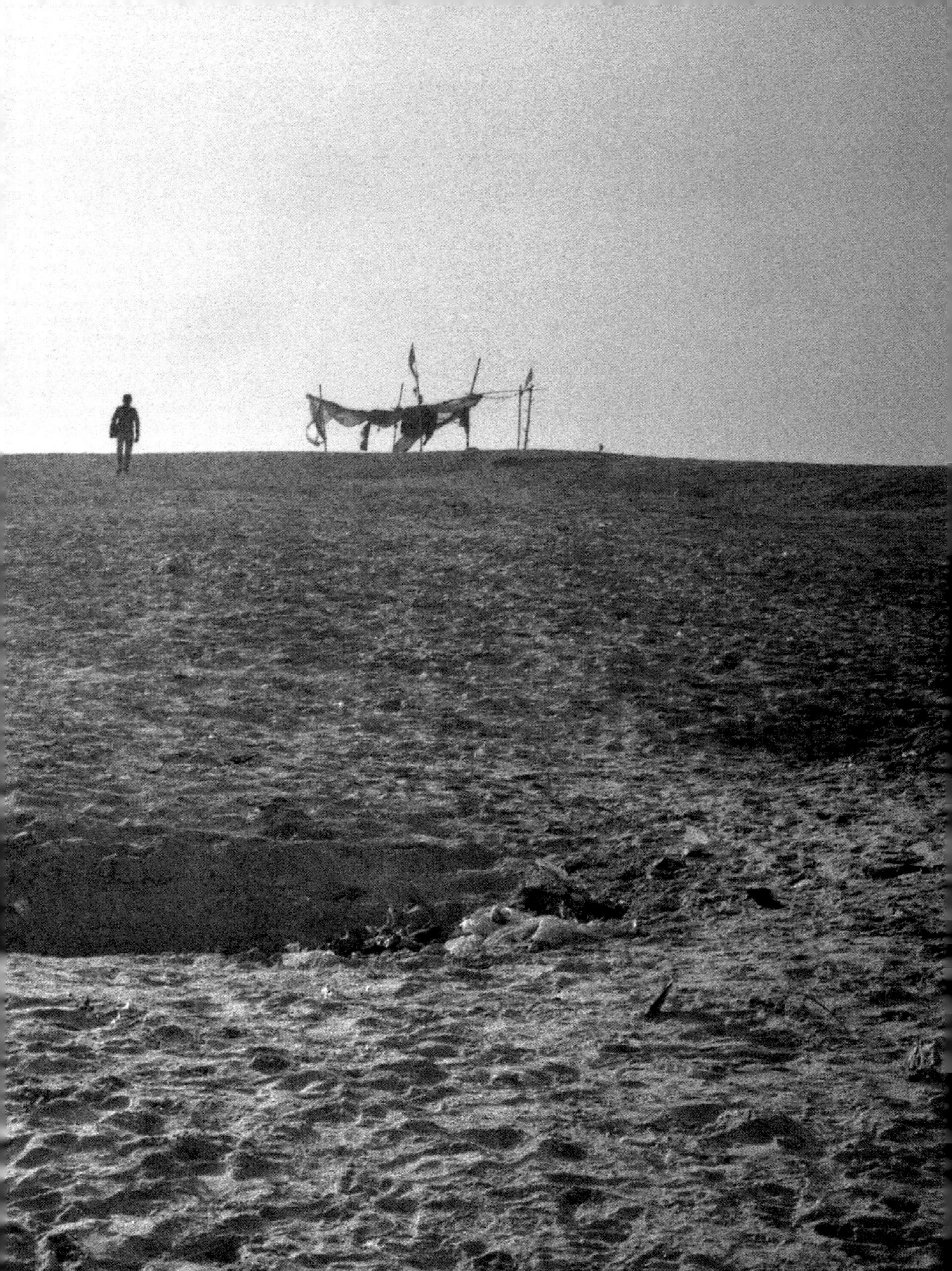

瓦拉纳西 2010

瓦拉纳西 2010

瓦拉纳西　2010

瓦拉纳西 2010

瓦拉纳西　2010

瓦拉纳西 2010

瓦拉纳西 2010

瓦拉纳西　2010

瓦拉纳西，恒河上卖神灯的人　2010

瓦拉纳西　2010

瓦拉纳西　2010

瓦拉纳西　2010

印度记

我少年时期读过《西游记》，以为印度太遥远啦，恒河就是天上的银河。玄奘取经穿越大漠，大约一粒沙子就是一步路吧，如果将他碰过的沙粒每一颗都想象为星星的话，可以重建一个宇宙。印度是去不到的，那是一个神话。所以当我登上昆明飞往加尔各答的飞机时，有做梦的感觉，仿佛正在奔赴刑场，我要去的是天国。

我很怀疑这趟航班，它真的是飞往印度吗，怎么与飞往纽约、巴黎的航班一模一样？机舱里散发着某种熟悉的气味，这种气味来自一个有着巨大腹腔的机器人，它使用航空公司制造的香水。几个印度人走在我前面，眼睛发亮，牙齿发亮，手掌发亮。据说，印度人的祖先有许多是越过兴都库什山脉和喀喇昆仑山脉南下的高鼻子、蓝眼睛的古雅利安人，只是皮肤被热带的阳光晒黑了。但在他们身上，我怎么都感觉不到通常雅利安人的傲慢冷漠，似乎他们只是皮肤更深的中国人。文明真是伟大的力量，它可以把血缘相同的人们改造成神态、动作、语言、信仰、生活方式完全不同的种类。这些雅利安人很亲和，自然纯朴，身体之间没有距离感，像中国人那样在身体上彼此信任亲近。进入机舱，无序惯了的亚洲人都有某种遇难的感觉，紧张焦虑，争先恐后，毫无风度。大家一个个挨着往里走，想挤过去就挤过去，该让一让就让一让，有几个印度人紧紧地抱着用黑色塑料袋和胶带纸包扎得圆滚滚的大包裹，几乎塞不进行李架中，但他们显然很有经验，转了几下，一个个都塞进去了，黑乎乎的一排，像是宇航员的次品头盔。我从未见过如此奇特的行李，路上一直在想，里面包裹着什么，是什么中国宝贝值得他们如此神秘地带回印度去？

我以为至少得飞上七八个小时，才飞了两小时，飞机就下降了。有个印度朋友后来告诉我，在地理上，云南昆明是亚洲的一个中心，从这里往亚洲的东西南北距离都差不多。书上说，加尔各答是印度最大的城市。该市有文字记录的历史，开始于1690年不列颠东印度公司的到达，公司的代理人约伯·查诺克在这里建立了贸易站。从1772年直到1911年的140年间，加尔各答一直是英属印度的首都，东方最大的商业中心之一，人口916.56万。罗宾德拉纳特·泰戈尔出生在这里。下面是沉在黑暗里的大地，看不出来住着九百多万人。黑茫茫，像是另一个星空。稀疏的灯火形成一些图案，有个孤独的梵天在黑暗的舞台上寂寞地舞蹈。上一次我在芝加哥夜空飞过，那城市也是九百万人口，地面辉煌得就像一只正在黑夜之灶上翻炒着无数钻石、星子的大锅。

这是2010年3月28日，我在夜里两点来到了印度，落地于加尔各答。

运送乘客的大巴里面的胶带拉手全都断了，机场看起来被过度使用，正在老化。机场大厅是国际标准，宽坦、光滑，广告牌上，有个印度女郎在推销某种香水。海关关员在那个用来盖章放行、总是令我心惊胆战的柜台后面呼呼睡觉，叫也不醒，他的同事笑起来，推推他。他笑眯眯地在我的护照上盖了章，我进入了印度。

导游来了，一个中年男子、黝黑、热情、神情质朴，会说简单的英语，往我脖子上套了一串白色的鲜花，香气浓烈，这国家真是一个花园。在这花香扑鼻而来的瞬间，忽然想起四十年前，我在昆明秘密阅读泰戈尔，他的诗，就像一个语词组成的花园。

车窗外面看不清楚加尔各答，这里没有辉煌之夜。偶尔出现几盏昏暗的路灯，瓦数太低，似乎并不是为了照明，只为表示这是一盏灯而已。路面凹凸不平，有些高架桥悬崖般倒塌在公路一侧。汽车靠左行驶。在某个高架桥附近，客车转了一弯，驶进一条土路。几分钟后，我们到了宾馆。头上缠着土红色头帕的锡克人跑过来提行李。我看见那种司空见惯的大堂，印度女士请我出示护照登记。这是玄奘到过的印度吗？那个印度在沙漠深处，还是在这黑夜的后面，我等着天亮。

黎明，印度的风吹着。印度这个词总是给我阴天的感觉。天亮时拉开窗帘，外面正是阴天。窗外是一个发黑的大阳台，因为下面是旅馆的大堂。夜里下了一场雨，阳台上积了一摊水，倒映出阳台边保龄球瓶状的陶栏杆。一只乌鸦绷着腿落下来，干练敏捷，背上斜插着两只匕首似的翅膀。印度有很多乌鸦。有个高个子的人骑着自行车在下面的庭院里驶过。另外两个长衫飘飘的男子站在花台旁说话。接着又来了一位穿长裙的女子，风在后面跟着她，把她的纱丽贴着臀部往前推着，仿佛就要飘起来。白色和蓝色的旗幡在旅馆上空招展。远处是平原，在那儿，大地依旧是主导性的力量，草木葱茏，包围着人的屋宇。那些岛屿般露出的屋宇都不高，一两层楼。一份当天的报纸已经从门缝里插进来，躺在地毯上。瞥了一眼，头版是整幅的广告，大概是推销西装，一个系领带的男子笔挺地站在报纸中央。这场景很像一幕费里尼电影的开场。

这个阳台我似曾相识，昆明如今已经没有这样的阳台了，少年时代我就在一排这样的栏杆旁边长大。昆明受到法属印度支那影响，许多建筑中西合璧。我十一岁以前住的那个四合院，有一个欧式的阳台在照壁上穿过中式四合院的天井，正对着我家，那儿是我的天堂，我家的夏日餐厅。我曾经在晚霞的映照下，在一天的余光中做作业、吃晚饭；也捕捉过麻雀，越过阳台去摘房顶上的花朵。这是第二次了，印度唤醒我的记忆。昨天导游送我的花环有缅桂花的气味，我第一次闻到这花香是在昆明连接着越南和云南的滇越铁路的终点站，1962年的某日。法国人设计的昆明车站里有一个巴黎出厂的大钟，看起来像是一只腿长在自己胸部的大昆虫，当我盯着钟面上那根腿在罗马字母上爬的时候，风就带来了这气味。外祖母说，那是缅桂花香，外祖母总是告诉我气味，上一次她说那是夜来香的气味。很奇妙，在如此遥远的天空下，故乡却不时闪现，仿佛我正在回到故乡。小时昆明有条街叫象眼街，我的小学语文老师家就住在那里，老师说，之所以叫象眼街，是因为牵着大象来的印度人一般都在这里歇脚。我从来没在昆明大街上见到大象，大象随着革命一起消失了。当然，消失的还有印度。

这个旅馆在加尔各答的郊区，欧式的度假旅馆，大堂和客房后面是花园、游泳池和露天餐厅。一大早，就有人在游泳池里喧闹。通往餐厅的过道上，挂着些西方表现主义风格的油画，画得很认真。"一种新的观察方式被引入，印度艺术家变得平庸，他们用尽技法，以欧洲式的风格去描绘本土'风物'，或者有时压抑自己作为手艺人的本能想法，压抑他们对设计和结构的感受，奋力去获得本来对他们毫无意义的康斯特布尔（英国风景画家）式的'眼光'。"（V. S. 奈保尔《印度：受伤的文明》）早餐主要是西式的，面包、牛奶、咖啡、咸肉、水果。有一两样印度食物，薄饼、豆羹，味道说不上可口，还可以吃。这家宾馆的客人看上去很富态，个个西装革履，胖子多，安静斯文，喝着咖啡，看英文报纸。

大巴车来接我们去加尔各答市区。负责我们这趟旅行的有三个人，司机、导游和一个小矮人。专家说，印度人种除古雅利安人外，还有蒙古人种、达罗毗荼人、前达罗毗荼人和尼格利陀人。尼格利陀人的特征是身材矮小，皮肤为深褐色，头发乌黑，鼻宽唇厚，肩窄腿短，胡须和体毛不多，臂长。他们是印度最早的居民。这位小个子看上去只是比侏儒略高，他是个总在微笑的男子，信心十足，结实有力，像阳光一样总是微笑，他大约从来没有因为个子小而被嘲弄过。他负责搬运行李；分发矿泉水；在车门一边待着，恭候乘客上下车。司机座周边香烟缭绕，一只铜质小香炉被固定在驾驶台一侧，插着花朵，点着香，香台前的玻璃上贴着几位印度教主神和大师的照片。行车途中，香烟一直在飘，为了使香枝不倒，还做了一个固定香炉的小装置。这汽车最神圣尊贵的位置就是这里，整部车也没有它重要。这个小神龛使我们的车子仿佛是一座移动的寺院。

当汽车驶进公路时，我看见了印度。这是之后我一直都看见的印度。我们的宾馆其实只是印度的一个相当有限的局部。广大的、普遍的印度是在公路的两旁。这一眼所见的印度令我难忘，一个旧世界。陈旧、破烂但是安详的村庄，五颜六色的垃圾，有人在旁边汲水的古井，古老的牛只，古老的田野，一列古老的火车穿过的古老大地，车厢口挂满了古旧的人们，他们仿佛刚刚从田野上收工回家。

收费站是一处监狱般的建筑，铁栅隔着，污迹斑斑。看不见收费员，一只手从铁栅栏后面伸出来接过卢比。卢比也是脏分分的，失去了硬度，像一块千万人用过的手帕。在印度很难看见新票子，大多数纸币都是脏分分的，纸币上印着15种语言。据说印度有1652种语言，18种官方语言。过了这个收费站，就进入了加尔各答。城市建筑普遍低矮，可以看见落日和新月。河流两岸零零星星的有几栋高楼，极少装饰，平庸而实用，暴露出这种西式盒子基于几何数学的本源性的贫乏、呆板和丑陋。没有花功夫把它们设计装修出某种意味，比如象征成功、富裕、"站起来了"等等。印度的建筑物很少具有象征性，看起来政府的政绩大概也不体现在建筑物上。许多大楼停工了，热火朝天的是旧日子，现代化在此地还没有高歌猛进。

一条宽阔的大河穿过城市，河岸被水泥砌成了斜坡。是那条河，恒河！恒河？我吃了一惊，恒河的支流——胡格利河。我想起在纪录片和图片中看见的恒河，无数信徒在光辉灿烂的早晨顶礼膜拜，疯狂地往自己身上浇水。那不是河流，那是一座液体的圣殿。我一直想象着朝圣之旅，想象自己如何在黑夜将去、黎明方升的时候走向那金字塔般的圣水。哦，恒河不止一处，它长达2510公里。

河岸的一处有个小庙，庙外面停着一群纸、泥巴、竹篾扎的神像，不是妙相庄严、正襟危坐的神，而是浓妆艳抹、五彩缤纷，很花哨，中间一位女神骑着马。欢乐、活泼、浪漫、性感的神。旁边聚集着一群人，站着的、躺着的、睡着的、坐着的，孩子们沿着河岸的斜坡冲下去，一次次扎进河中。有块地空着，我走去那里站着，立即被睡在地上的印度人呵斥，这是一块圣地，穿着鞋子是禁止踏入的，我根本看不出丝毫神秘之处，也许神曾经在此站过几秒钟，只有他们知道。他们在等着时辰，一到，就抬着神像下恒河去沐浴。现在是正午，气温40℃，除了孩子们，大人没有一个下水，在烈日下烤着，他们一定要等到那个时辰，而那个时辰还有三个小时才到。恒河，平庸得令人绝望，就像从我家乡穿过的盘龙江，那被改造过的水库式的河。恒河水很浑，有些肮脏的机动船在河中央突突驶过，载着用帆布盖着的尸体般的物资。

从郊外向市区去，不是涌向世界大都市通常的珠光宝气的崭新购物中心，而是向着旧世界的心脏而去。闹市区太旧了，混乱，垃圾破烂堆积蔓延，黑漆漆的，灰乎乎的，无边无际，挤着各式各样的老爷车，仿佛是从废品仓库开出来的。街道两边一家接一家的都是铺子，卖百货的、做衣服的、卖香灯的、卖水果的、卖锁具的、修三轮车的，只要你想得出来的行当，街上应有尽有，日常生活的天堂。有一条街全是书店，书籍像经书那样堆积如山。无数的小巷。灰蒙蒙的、苔藓密布的殖民时代的大楼，早已死去。物死了，人们继续生活在它的躯壳里。有人在黑暗的大楼里洗衣服。

生命活跃、生动活泼、自由鲜明、散漫无序、灿烂安详。许多人随意睡在人行道边上。人行道也是生活的场，人们摆摊、睡觉、看风景、聊天，杂耍艺人的现成舞台。

各式各样的房子高低错落，丑陋、华丽、贫寒、呆板、肮脏，富态轻薄的、高贵老迈的、五光十色的、摇摇欲坠的……并置着，风格、质量、历史格格不入，少有那种雷同成片的街区，倒像巨大的建筑物杂货铺。其间，各色各样的什物像是刚刚从某辆看不见的大卡车上倾倒出来，散布在各处，布匹、塑料、车辆、垃圾、果蔬……晾着的、挂着的、铺着的、滚着的……令人眼花缭乱，眼花缭乱一般是对新生事物而言，这里的丰富却是属于旧世界的眼花缭乱、旧日子的五彩缤纷、旧家什的雨后春笋。一切都被用旧了，像是二手货仓库，但没有死去，没有自卑感，继续活着、用着，用得生龙活虎、熙熙攘攘、层层叠叠、密密麻麻、前呼后拥、此起彼伏。旧是伟大的，生活的目的是做旧。焕然一新在这里非常刺眼，那只会意味着出事了，反常了。堆积在历史中的英国殖民时代留下的大楼，凝固的航空母舰，笨重，爬满苔藓，就像沉睡的象群。堆积在垃圾堆旁，横空出世的长方盒子式新楼。堆积如山的棚户区、市场、巷道、私家建筑……这一栋洁身自好，独栋洋房，门前有花园。那一栋建在垃圾堆上，简易房子，锅碗瓢盆摆了一地，铁丝上飘着刚刚洗就的衣物。许多楼房的走廊朝着大街，有些人整日站在走廊上看大街。大街确实好看，像是水色不同的河流，忽然红了，忽然又黄了。有些旧建筑的某部分倒塌了，并不拆掉，后来的建筑接着那倒塌之处继续生长。没看见拆迁。物各有主，都是私人的物产，那是怎样尊贵凛然的物产或者怎样卑微下贱的物产，与他人无关。怎么住都行，各得其所。建筑物的无政府主义。建筑物几乎没有雷同，除了基本的正方形、长方形格局。每一栋房子，无论是豪宅还是贫民窟，一旦盖起来了，就矗立着直到死去。因此有无数老态龙钟、垂垂将死的建筑物。甚至已经死了，已经是一片废墟，那也是有主的废墟，由它废着，任何人不能擅动。一位印度作者在评论以加尔各答为背景的城市电影时说到它的另类空间，"不是同质而空洞的空间"，"奇怪的公墓"，"多元并置的剧场"，"'时间的碎片'串联起来的异托邦[1]"。加尔各答老城令我震撼。一切正在被创造出来的和已经死去的都摆在那里，像是某种天堂和地狱的混合物，古老、陈旧、累叠、堆积、涣漫、阻塞、发霉……就像岩层。1652种语言的国度（而且这种数据很可疑，我估计其实还要多），如果一种语言就是一种生活方式的话，这个国家是多么丰富。因此堆积必然显而易见，我记得奈保尔在说到他祖国的时候也使用过同类的词。与印度比起来，中国最近一百年的历史，就太像一场大扫除了，一个忙着搬新家的国家。印度没有焕然一新，印度灰暗而深厚，那显而易见的历史感沉重得令人窒息。这使得人们的表情呈现出某种尊严，某种自我意识，自信、安详、平静。不知道为什么别的民族会那样的自卑、自残、自我否定、自我毁灭，那么热恋归零。

整个城市就像一个巨大的集市，开水般沸腾着，其乐融融。街道两旁无边无际的铺子开门了，这些铺子大部分历史悠久，人们以某一行谋生，代代相传，铺面就是他们自己家的一部分，他们靠一楼的营生维持二楼的家。这就是百年老店的秘密。如果这房子是租来的，不是私有的，打一枪换个地方，是不会有地久天长的老店的。他们的邻居、朋友、亲戚、寺庙、爱情、友谊、荣辱、历史和未来都植根在这个街区。这是熟人的街道，陌生人只是流水。随处可遇见兜售食物、商品的小贩，杂耍的艺人，来自穷乡僻壤的天才歌手或者得道的大师。没看见城管。这边有一条裙子飘在垃圾堆上，那边有一条裙子垂地浇花；这边有一伙人在下棋，那边有一伙人席地念经。我看见一个广场，其间坐着上千衣衫褴褛的人，分成数

---

[1] 福柯创造的概念，与同质化的乌托邦相对的多元共存的异类乌托邦。

圈，每一圈里面都有人在念念有词，旁边的人出神谛听。交警穿着土黄色的旧军装，给人低人一等的印象。街道两边骑楼下的人行道就像一排排洞窟，被各色各样的摊子所占据。大家各自摆弄开各种生计、什物。人们大都穿着拖鞋或者赤脚，也有西装革履、皮鞋锃亮之辈。卖水果的、鼓捣果汁的、烙饼的、鞋匠、铜匠、钟表匠、理发匠、掏耳朵的、修指甲的、占卜的……无边无际、见缝插针的手艺生计，各行其是，无法细数。有一种叫作生命的暗流在其间汹涌澎湃。密密麻麻的人群蚂蚁般地穿行，谈生意、购买、裁布、修鞋、玩游戏、睡觉、乞讨、吃食物、漫游……许多人席地而坐，擦皮鞋的大师、诗人（长得像泰戈尔，留着白胡子）、打磨工具的手艺人、捡到了玩具的儿童，一群刚刚爬出泥泞的羊逃兵般地跑过……刚刚抵达不久的乡下人在灰尘和垃圾中睡得死去活来，从睡态看，他们在做美梦。空气热得像是天空中安装着一只隐形的大电炉。这是电影导演雷伊的加尔各答，我看过几部他拍摄于20世纪50年代的电影，没错，还是那个加尔各答，还是老样子，为什么不是呢？与其说是落后，不如说是一种选择。有人牵着奶牛走过大街，牛奶现挤现卖；卖茶的少年也出现了，他的茶是盛在一只红色土陶小碗里，酒盅大小的一杯茶，某种茶叶、牛奶、可可和糖的混合物，可以提神。土陶小碗一次性使用，用过即归于泥土。为文盲写信、写文件的写字公公也出现了，排了一排等在街边上，他们不是用笔写，而是用一台台老式英文打字机，机器全身都被油污裹住，只有按键锃锃有光，键盘都快塌了。在印度，对某种文字的无知是很正常的。印度有数千种方言，这些语言有的有文字，有的没有，而官方语言有十几种。一个知识分子，在方言中能说会道，读起经典来一目十行，但在英语或者印地语之类的语言里面很可能是个文盲。而如果要进入国家文档系统，比如打官司，你得用官方语言。一个人也许在加尔各答是知识分子，但在喀拉拉邦他没准就是文盲。在印度教庙宇里，他或是博览群书的大师，但在清真寺里他就是一个文盲。而大多数时候，人们生活在方言口语中，文字只是用来记录宗教作品。马克斯·韦伯认为："中国的文献是以一种象形-书法的艺术作品的形式，同时诉诸眼睛和耳朵，而印度的语言构造则特别是诉诸听觉的而非视觉的记忆。""印度教的精神文化，和中国比起来，在本质上远不是纯然的文书文化。婆罗门——连同其竞争者也大抵如此——极为长期地坚守着这样一个原则：神圣的义理只能口耳相传。"我发现，在南亚次大陆，就是今天，这种传统依然如故，现代意义上的文学这种东西，是英国人进来之后的产物。汉字统一团结中国，但危险也在于容易趋向意义的单一化。书店也开门了，卖书的方式就像卖农产品，没有书架，书一摞摞靠墙堆积，店主在中间盘腿而坐，面前摆着一堆廉价出售的散书。书并不比其他物品高出一等，其他店铺的东西也是如此摆设。服装店如此，粮店也是如此。

大街上时常有男人在洗澡，只穿了短裤，脊背水淋淋地闪着光，哗哗地浇着水。街道边每隔一段就有一组水龙头，供路人饮用沐浴。许多人赤裸着上身干活。印度是身体很活跃的社会，随时可以感觉到身体的存在。身体只有一块很薄的布与世界隔着，这一隔反而使身体更强烈。城市里飘扬着各种各样的布，旗、衣物、帘子，到处可看见洗干净的布晾晒着，市场上到处是布，男人穿着长衫飘过，女人穿着纱丽飘过，还有裹着布的游行队伍，街道仿佛是就要飞起来的布匹。五颜六色，来自各种各样的信仰，来自远古的图腾，来自各式各样的生活方式，原始意义已经被忘记，只留下布在裹缠飘拂。就颜色来说，印度真是太色了。人们在身上脸上涂色，在节日播撒色（迎接春天的洒红节是红色的大狂欢），在屋宇上涂满色，就是一座桥，两边桥柱子也是彩色的。宝莱坞电影恐怕是世界上最艳丽的电影。在脸上涂金描彩的人很多，各色各样，各种图案，许多人的脸是早晨洗浴之后精心描画的杰作。

建筑物之间，是一条条小巷，如果中国的城市改造基本消灭了小巷，仅剩下些宽阔的大动脉的话，那么印度的城市则保留着无数的毛细血管。这些小巷大多数仅可容一辆三轮车，人们溪流般地从里面涌出来汇入大街，提着的、扛着的、抱着的、拉板车的、甩着两只空手的闲人，黄包车一辆接一辆地跑着，后面坐着神情高贵的人……印度人的身体从头到脚都在用，许多印度人在头上顶着物品行走，健步如飞，顶着鲜花、水果、干草、麻条、电视机，只要脑袋顶得起来的一切，小到一个水罐，大到一个麻袋，有时候头上顶着的家伙大得惊人，就像顶着一辆卡车。

街道上空密布各种直径不同的电缆电线，粗如麻蛇，细如蛛网，纠缠绞结。线路不是一个方向，而是无数方向，东拉西扯，七上八下，似乎每家都从主线上接一根进自己家去，电线密集得就像亚马孙丛林的藤子。其间蹲着许多乌鸦，目不转睛地盯着下面的大街，忽然一张翅膀，嚷嚷着抢下去，叼个什么又飞回来。一栋前英国殖民者的宅第空着，看样子已经空了一个世纪。猴子家族就住在这宅第的阳台上，吃喝拉撒。忽然，得了谁的令，一起拍拍红屁股站起来，顺着建筑物爬上电缆。人丁兴旺的一群，公的、母的，高高矮矮，左顾右盼，扶着老的，兜着小的，牵着幼的，浩浩荡荡在电缆的密林中呼啸而去。下面的街道，就像泥沙俱下的河流或者沼泽地，猴子们一言不发，偶尔像奥林匹斯山上的神那样瞟一瞟人间。

街心也是一样生动，大街具有人行道、车行道、厨房、公园、浴室、商店、娱乐场、卧室等五花八门的功能。物与人没有等级。物不贵，人也不贱。不像别的地方，人越来越贱于物了。物被顶礼膜拜，视为身份地位的象征。开高级轿车住别墅就自动高人一等，人的尊卑是按照轿车或住房的价格梯级排列，虽然嘴上不说，大家心知肚明，赔着小心。这是一个从容而自信的城市，流行世界的拜物教在这里没有市场。所谓脏乱差的东西都是物，而人在物质之上，女人裹着纱丽，男人趿着拖鞋，牵着那只叫作物的狗悠然而过。物是一种下贱便宜，可以随便糟蹋、折磨、毫无尊严的东西。汽车、飞机、电视机、自行车、空调什么的，都是脏兮兮的。它们的本相从来没有被遮蔽起来，它们不过是工具，谁会成天把一把粪瓢或者锄头、大锤什么的擦得亮堂堂地供着？奔驰就是代步工具，脏兮兮的奔驰只说明它代步代得很卖力。满街行驶着排泄物般的汽车，有许多被撞得头破血流、七凸八凹、口眼㖞斜、鼻青脸肿、遍体鳞伤、浑身油垢，还在继续使用，那意思是一定要把这个机器用到吐血而死。小汽车大部分脏兮兮的，开着奔驰并不能令人对你刮目相看。司机开车开得洒脱自在，司机是主子，是他在用车而不是车在用他，他才不怕车子受伤。这些钢铁牲口没有命，因此可以毫无人性、毫不吝惜地使唤折磨。街道不宽，车流滚滚，汽车与汽车之间距离很近，只有几厘米，几乎是擦着开，司机得眼疾手快。固然一方面也是道路不宽，另一方面也许他们觉得没有宽的必要，这些无生命的东西要那么宽阔雄伟、那么风光、那么神气活现干什么？汽车之流只是工具，这一点在印度被还原得非常鲜明。我在印度的日子里，坐过许多汽车，几乎没有一个司机按过喇叭。坐在汽车上感觉到走在路上的是人，是生命，是领导，是神灵。而在中国，大家已经麻木了，坐在汽车里的才是领导，步行者低人一等，可以随便被呵斥，像是某种必须按喇叭才有反应的动物。印度司机宁肯跟着车流慢慢磨。人们不害怕汽车，人们在这些钢铁牲口之间随意穿行，人们过街见缝插针，抽空子穿过，想从哪里穿越就从哪里穿越。行人没有方向，他们朝着任何一个方向穿越车流。它们不敢催人，不敢出气，不敢霸道，更不敢吼叫，乖乖地、哑哑地，愁容满面，自惭形秽。它们的地位远远不及那些真正的牲口，牛们站在大街中央，傲慢威严，帝王般地斜目四顾；狗四脚摊开，在街心呼噜大睡，汽车只能等着它们恩赐一条出路。车子开得慢，但不拥堵，车辆总是在移动，没人抢道，行人的流和汽车的流彼此交错川流，就像洪水决堤，但维持着一种整体的流通和慢，而不是局部的快和整体的堵死。公车有很多路，通常车门口都站着一个小伙子捏着一沓钞票，把头伸到窗外招揽乘客。招手即可上去，它们不停下来，只是放慢速度，要上车的人必须小跑几步，一把揪住拉手，一跃而上。妇女、白发老者、小孩、瘦子、胖子都是如此，每个人都有飞身一跃的功夫。车门口只要能拉能踩就可以上去，许多人在车窗口插着，露半个身子。车站旁边，等车的人蔓延了半条街，都伸着脖子朝一个方向张望，猛一看，还以为城市的另一端出事了，爆发了起义，要游行了，要闹事了，要进攻了……乌鸦般向着街道中央滚下去。而真的，游行队伍就来了，敲锣打鼓，高举红旗，抬着横幅，急流般在街面上掠过。无人理睬，这是一个可以随便游行示威的国家。抬死人的队伍也一样，无人理睬，吹打着各种乐器自得其乐地穿街过巷，这是一种古老的游行。

大街上有许多摆摊卖小吃的。除了街边的小摊，几乎没有可以正襟危坐的馆子。偶尔也有，但里面完全没有享受美食的气氛，大多只是食堂水平。印度人吃得很简单，小吃为主，大街上可以看见一排排食客坐在露天的摊子前面，各人端着一个小盘，吃点煎薄饼和豆汤，食物真可谓单薄简陋。据说，印度的素食者大约占人口一半，他们以吃素为纯洁、高贵，肉食者鄙。吃，在印度太不重要了，维持身体必需就够了，没有奢华浪费。印度之味不在食物上。与民以食为天不同，这是民以神为天的地方。

电车幽灵般地驶来，大概已经用了两百年，似乎从来就没有清洗过，污垢像漆一样闪光。车厢里面阴暗如山洞，没有窗玻璃，木质或铁质的扶手被磨得像不锈钢般光滑。看不见乘客们脸上的细节，印度人深邃莫测的大眼睛一排排在窗口亮着，像已经出世的宝石。

现代化是一种患着洁癖的生活方式。现代化暗示，只有五星级宾馆的床才是床，其他都未达标。现代化在中国追求的是高大、壮丽、康庄大道、明亮光鲜、立竿见影、高速、高效、干净、卫生，兵营、医院式的整饬有序。有些中国人说印度脏，以中国卫生检查团的标准，印度真的很脏乱差。以这种标准来衡量，加尔各答就是典型的脏乱差，中国叫作城中村的地方。这是世界观的问题，不是质量问题。脏乱差只有不作为贬义词来用，那才是印度。美好的脏乱差，人性的脏乱差。加尔各答就像一位自由散漫的诗人的房间，这地方也确实产生了一大批最杰出的诗人、作家和思想家，就在这脏乱差中。倒是比较之下，中国那些被过度清洁的城市，没有历史的城市，最近二十年曾经产生过诗人和杰作吗？百度一下加尔各答，说，"作为印度前首都，加尔各答是印度现代文学和艺术思想的诞生地。加尔各答对于文学艺术趋向一直持有特别的欣赏口味；并有着欢迎新来天才的传统，这使得它成为'狂野创造力之城'"。生活轰轰烈烈，热火朝天，生龙活虎，人们忙忙碌碌，只为了一件事，生活，更激情或者更腐烂地生活。这城市总是在过节似的，而节日到来，那就是彻底疯狂了。在印度隔三岔五就有节日，有无数的神要祭祀要过节。热闹混乱喧嚣，但不焦虑，这是生活本身的热闹混乱喧嚣，生活的气质。这是一个教派混杂的地区，同一条街上，人们信仰各式各样的教，印度有上万种教。局部、细节没有雷同，但信仰是必需的。雷同的东西，只有西装。印度五彩缤纷，你红你的我黄我的，共同的是世界要流通，要活泼泼的，谁要是企图用他的教阻断别人的生活之流，那就要流血。据说，19世纪英国人曾试图搞清楚印度教是什么，花了20年时间也没能给出一个确切的定义。英国外交部最后只好说：印度教既是有神论的宗教，又是无神论的宗教；既是多元论的宗教，又是一元论的宗教；既是禁欲主义的宗教，又是纵欲主义的宗教；既是宗教信仰，也是生活方式；等等。印度前总统、哲学家拉达克里希南在评论印度教的特点时指出：印度教在信仰和思想上的这种多元性，正是因为它在对待其他宗教或信仰时表现出一种宽容的态度，只有这种宽容性才使它能够将各种形形色色的思想包容在自己的体系之中。印度教采取宽容态度，不是出于策略的考虑或者权宜之计，而是作为精神生活的一项原则。宽容是一种责任，并不仅仅是一种让步。在履行这种责任时，印度教几乎把形形色色的信仰和教义都纳入了它的体系之中，并且把它们当作是精神努力的真实表现，不管它们看起来是怎样的对立。

  人行道上凸立着一栋旧建筑，下面有楼梯，不断地有人从里面走出来。楼梯口坐着一群面貌俊俏、古铜色皮肤的男女青年，宝莱坞的候选者。他们在乞讨，光明灿烂地乞讨，朝每个路过的人伸出手，理所当然。据说，印度有五百万人在乞讨，想想佛陀就是一位伟大的乞讨者，就不会大惊小怪。无人路过的时候，他们就玩游戏、唱歌，比我这个衣食无忧的人更开心。我顺着那阴暗的楼梯走下去，下面亮几盏瓦数很低的灯，像是一处地下仓库。后来我看见阴暗的隧道和几个持枪的士兵，污迹斑斑的售票处，这是加尔各答的地铁，已经行驶了近三十年。那地铁驶过来了，我感觉与我在世界各地所见到的地铁不同，既不是神气活现趾高气扬、一副驶向未来的样子，也不是那种秩序井然、冷冰冰的人类集装箱，有点像某种动物，已经被训练成听话的家奴，但没有动物的待遇。印度人对大象、猴子什么的很好，它们只是物种不同而已。但对待物，那真是太冷酷了，它们总是脏兮兮的，使用过度，奄奄一息，早就被判了死刑，好像连口水都不给它们喝，更别说洗澡了。

  加尔各答非同凡响，这不是世界流行的那种拜物主义的城市，比如纽约，活泼泼的，永远水泄不通的时代广场，那是拜物者的狂欢节，巨大的电子广告吸引着无数游客像长颈鹿那样仰视着摩天大楼。"一个被我们忘却的事实是，需要管理的是物而不是人。"（库尔马·沙哈尼）加尔各答却是生活的狂欢节，物在这里毫无尊严，被生活踩成烂泥。某栋楼的屋顶矗立着电影院宽银幕那么大的广告牌，广告布已经失色，布匹被风撕得千疮百孔，就像招魂的经幡，我估计在那广告上曾经风光一时的商品都早已停产了。人们当然知道物的价格贵贱，但物就是物，贵贱只是功能不同，而不是价值面子尊卑之内涵的不同。在这里，物显露了它毫无价值的本相，那就是一堆垃圾。加尔各答把一切物当作垃圾来使用，脏乱差彻底消除了物的傲慢，人高踞一切物之上，人控制奴役着物。我在加尔各答发现了人控制物的秘密，就是把它们视为垃圾，浑身泥污的汽车、黑漆漆的电视机、绑着绷带的苹果手机、灰头灰脑的电脑……在人之上的是神灵，这个城市没有不信神的人，不信神是完全不可思议的，神高于一切。中间是人，下面才是物，物就是第十八层地狱里的一堆垃圾。世界的拜物教在这里被解构了。人有效地控制着物，决不让它升华到神的位置。用生命、感觉、信仰、诗意来解构它，解构它的性能、功能、产品说明书、操作规则、时刻表，把物当作长工、囚犯、丫鬟、挑夫、扳手、开关、起子、代步器……能用就行，好用就行。在印度，我不仅看见被用得死去活来的汽车，也随时遇到被用得死去活来的电脑、苹果手机、洗衣机、电视机……它们全都丧失了在别处的那种尊严、那种至高无上的地位，被使唤得鸡飞狗跳。

红砖砌的豪拉火车站，一座维多利亚风格的巨大建筑，像一座宫殿。人群潮水般地朝里面涌去或者涌出。人们大包小包，头上顶着，手里提着，一个挨着一个，摩肩接踵。从高架桥上涌下来，淹没了隧道。公共汽车像蝗虫一样飞来飞去，一群人猛扑过去抓小偷似的抓住其中一辆。灰尘滚滚，滚滚狂灰腾起来又消散，人们在灰尘里各走各的，各忙各的。鞋匠蹲在地上安静地为过路人补鞋，他真会找地方，补不完的鞋啊！警察高举着木棍在人群里吆喝。那样多的人，那样密集的人，在中国很少见到。似乎全印度的人都在涌向加尔各答，如果不是人们随遇而安、泰然自若，这场面真的就像是一场逃难。

　　人群里忽然闪出一位僧人打扮的老者，不由分说，一把捉住我的右腕，说时迟那时快，一串红丝带穿起来的金刚菩提子念珠已经套上，结了死结，取不下来了。要取下来，只有剪断。然后伸手就讨钱，周围的印度人谴责他。翻译要我取下来还他，说是这种事在印度太多了，都要戴的话，以后恐怕整只胳膊都要戴满。随缘吧，我没有取下，给了他一点钱。珠子有十二颗，穿成2、4、6三组，什么意思？印度有那么多神，我不知道这是来自哪一位。十二颗珠子，据说在佛教里代表十二因缘。有部奥地利电影叫《白丝带》，里面讲当地风俗，孩子犯了错误，父亲就要让他们戴上白丝带，直到他们反省意识到自己的错误，重新成为纯洁正直的人才取下。那电影暗示，这条丝带对于少年们是一种政治正确，藏着暴力的馊味。我仿佛就此和印度结了缘，某种保佑或禁忌转移到了我身上。这一串珠子意味着什么？我要小心什么？我要修炼什么？正在出神，老者已经隐身不见，真像是红楼一梦！

　　浩浩汤汤、轰轰烈烈的车站并不妨碍另一些人在岛屿似的地带出售各种快餐，污黑的地面上堆积着被洗磨得亮闪闪的锅碗瓢盆。岛后面有一条依然在走车的垃圾路，垃圾成了路基，路边矮墙上蹲着成群的乌鸦，这条路是它们的餐桌。一条高架桥在路上方穿过，下面桥洞里睡着流浪者，其中不乏相貌酷似大师、高僧的老者，或者他们就是。这条几乎废弃的大道成了天然厕所，总是有一大排男子站着小便，流液淙淙。但转过一条街，世界忽然安静下来，出现了华贵典雅的餐厅，被设计成一艘海盗船的内部，摆满真假难辨的古董，篮子里露出进口的葡萄酒，菜单印得相当精致，侍者穿着洁白的燕尾服。而隔壁，是人去楼空结满蜘蛛网的空宅。再走几步，是卖五金的铺子。

　　夜晚，滑腻污秽的人行道边，许多人铺床席子，呼呼大睡，或者不睡，在黑暗里星星般地睁着眼睛。旁边就是垃圾堆甚至排泄物。有人就在睡眠中死掉了，人们从他旁边拍拍屁股爬起来，将他视为大地，继续在上面生活。一觉醒来发现身边同伴已经成为尸体，毫不足怪。印度人对死亡的看法没有那么大惊小怪，有点像庄子。没有死亡，只有转世，转入天堂或者地狱是你今生今世的业的结果。这也是印度最为人诟病的地方，似乎现世只是一个渡口，对卫生条件、对脏乱差、对长命百岁满不在乎。印度思想把现实视为幻象，如果这一切只是幻象，那么坐高级轿车、身上洒满巴黎香水、听着小夜曲的人与躺在污水沟旁、患着麻风、看着老鼠游戏之辈又有何高低贵贱之分呢？印度生活就像一本活着的关于生命与死亡的智慧之书，各种现象，无论在另一种文化里看来是多么糟糕、绝望或者神奇、怪异，都另有深意。如果你陷入印度的现实，以入世的眼光去看印度，很多时候你会因为现实的丑陋而沮丧。我看过路易·马勒20世纪70年代拍的加尔各答，麻风病人、贫民窟……有些场面真是地狱的景象。我没去过那些地方，但我知道它们依然如故。进步的思想其实只是世界思想之一端，原在甚至后退也是世界大多数人的想法，只是他们在这个世纪的广告牌上不得势而已。印度就像一场巨大的行为艺术，似乎全部表演就是要把现实的真相呈现出来，令人失去入世的信心。在印度旅行，我时常感觉到那种无所不在的超越性，你不能拘泥于现实。拘泥于现实，被沼泽吞没的是你自己。

印度讲梵我合一，梵是一，我是万，既有一，也有万。我是梵的各式各样的化身，都要归于梵，但我并不会因此消灭，我是梵的众相之一。梵是底线，我之相无论如何伟大、英明，都要归于唯一的无相的梵。我是幻，但这个幻不是虚无，而是一个我必须把握的当下的业。这个也决定你的来世。我的业是我的来世的渡口。印度是有是非的，但这个是非不是真理、道德、主义、意识形态……而是对轮回的肯定和对执着的否定。轮回最深刻的地方，就是神也要轮回。梵使现世不执迷于现世，来世也不会执迷于来世。轮回并非一劳永逸。这种根本性的消极，导致历史本身的轮回。

中国讲道。道可道，非常道。道生一，一生二，二生三，三生万物。道是无，而且非常道。这就为伟人留下了"替天行道"的机会，所以中国有"超凡入圣""五百年必有圣人出"的说法。替天行道，每个人都有超凡入圣的机会。道没有底线，道在屎溺，止于至善，各路替天行道的好汉说法不同，可以在一上道，也可以在万上道。要么唯一，要么一盘散沙的万。在一和万之间，有个中，中庸到位，天人合一，是盛世。极端的一或者万，都是灾难。说到根本，中国思想与印度相通之处，就是易。它叫轮回，我叫易。和其光，同其尘。生生之谓易，这里面没有底线，是非，只要生生就可。生生之谓易，但是，如果只是易，不顾易是否生生，就要生灵涂炭。

从另一个立场，例如印度移民，现今定居在大不列颠本土的作家V.S.奈保尔的立场，印度则是这样的："它暴露在我们面前的是千年的挫败和停顿，它没有带来人与人之间的契约，没有带来国家的观念……它退隐的哲学在智识方面消灭了人，使他们不具备回应挑战的能力，它遏制生长。""印度需要新的教条，却没有。"他引用某位德里人士的话说："看到你毕生的工作化为灰土是件可怕的事。"（V.S.奈保尔《印度：受伤的文明》）V.S.奈保尔毕生的工作没有化为土灰，他获得了诺贝尔文学奖。作为诺贝尔文学奖的获得者和印度人后裔，奈保尔算得上一个权威，但他说服不了我，我直觉地热爱印度，直觉到它的方式中那种超越人类智识的东西。

开业已经三百年的服装店，整个铺面被布匹打磨得光可鉴人，像是一颗玉石的内部。店员看起来就像19世纪的人物。依然在量体裁衣，手工制作。已经当了爷爷的伙计，笑容可掬，也透着由于该店数世纪一贯的守信而积蓄起来的德高望重所培养的傲慢。比伙计年轻的老板，衣冠楚楚，正在玩弄着量尺。顾客一进去，就有人端上茶来。最令我惊讶的是，印度土布与华达呢、麦尔登什么的并列着,土布在印度依然被大量地使用。我对此印象深刻,是因为我外祖母曾经是开布店的,在1949年以前,她在昆明有两家小布店,卖的大部分是蜡染的土布。但在我少年时期,社会风气已经以穿土布为落后了,我记得20世纪70年代的某日,我父亲在专为干部开设的内部商店买到一块日本进口的化纤布料,叫作"块巴"。全家欢欣鼓舞。我得到一块来做了一条裤子,成为我最珍惜的裤子,只在节日或约会时才穿。土布和加尔各答这样的老布店,在1966年以后的中国,已经差不多绝迹了。

布在印度有悠久的历史,考古显示,公元前5000年,印度河流域居民已经在利用棉花纺织。印度依然被布裹着,而且是被土布裹着,到处是土布,飘着的土布,穿着的土布,裹着的土布,铺着的土布,挂着的土布,打开来晾在风中的土布,长衫、裙裾、围巾、袍子、筒裙、披肩,各式各样风一来就飘起来的东西,印度总是拂着。圣雄甘地是一位伟大的布衣,我第一次见到他的照片,永远难忘的就是他身上的布和赤脚。布在印度意味深长,它已经成为一种伟大的印度象征。

20世纪,未来主义、"生活在别处"的思潮席卷世界,无数的政治家都把希望寄托于未来。破旧立新,未来就是天堂,过去就是地狱。当代历史成为向着"更高、更快、更强"一路狂奔的马拉松运动。"这得具备最高的技术,最清晰的洞见。"(V.S.奈保尔《印度:受伤的文明》)那个叫作"全球化"的摩西领导了一场巨大的迁移运动。以历史、传统为根基的民族、地方、故乡一个个被连根拔起、抛弃,趋向灭亡。背井离乡,要么是自觉,要么被强迫,当代世界已经成为"在路上"的世界,未来不过是各种物品不停地升级换代、变化包装的游戏。未来其实不过是资本主义大公司的技术革新、成本核算的进度表而已。《易经》说,"生生之谓易"。现如今这个世界只追求"易",交易、贸易、容易、平易、轻易、简易……易就是利润。至于是否"生生",已经不重要了,这个世界戴着避孕套,避孕套的升级换代、促销才是最重要的。永恒正在缺席,永恒就要死了。

　　印度也不例外。雷伊的电影深厚而朴素。他有一部黑白电影叫《音乐室》,讲的是老贵族与他的家庭音乐会的故事,那定期在贵族之家举办的印度古典音乐会是一个古典时代的象征,终结的时代来了,谁也逃不过,但殉葬的气氛是诗意的,痛快淋漓的一刀两断则是残忍的。雷伊式的贵族电影在中国最近一百年的电影运动中从未出现,中国电影青春烂漫,缺乏古典气质,这与中国革命一路摧枯拉朽朝着未来狂奔有关。印度的动人之处在雷伊的电影里被表现得缠绵悱恻,犹豫、忧郁、无可奈何、悲壮、牺牲、高贵。不像中国电影普遍对历史轻视丑化,历史仿佛只是一个敌人,一具僵尸般的小丑。印度与历史的关系是儿子与母亲的关系,世界潮流是未来主义,但印度的速度很慢,印度的刹车没有失灵。当世界向着未来一路狂奔的时候,布衣甘地是一个伟大的刹车。甘地领导印度人回到大地,印度用布来抵抗,回到印度土布。"不抵抗"是一种布。当年,甘地领导印度人抵制西方商品的方式是穿印度土布。他号召印度妇女坚持织布,以此支持印度的独立运动。甘地的思想是向后看的,他是从印度历史的源头中去寻找适应现代社会的印度动力。他是少见的用古典精神来对抗现代主义的伟人。甘地说,毁灭人类的七种事是:"没有原则的政治,没有牺牲的崇拜,没有人性的科学,没有道德的商业,没有是非的知识,没有良知的快乐,没有劳动的富裕。"这是古典思想,其源头可以在《薄伽梵歌》之类的印度经典中找到。

　　置身20世纪,印度当然面临着选择。尼赫鲁说:"对马克思和列宁的研究在我心中产生了一个强有力的影响,并且帮助我用新的见解来观察历史与时事。""我希望印度在这次巨大的斗争中充当一个热心活动的角色……在印度与世界将要出现伟大而带革命性的变化。"印度像整个亚洲一样,风起云涌。但是,印度人并不迷信未来,否定历史。尼赫鲁说:"我们是'过去'的产物,而且我们是靠沉浸于'过去'来生活的,不了解'过去',不感觉到'过去'是我们心灵中一种活的东西,就是不了解现在。将它和'现在'结合起来并将它扩展到'未来'去,在不能这样结合的时候,就和它截然脱离。使这一切成为思想和行为震颤悸动着的资料——那就是生命。""'现在'和'未来'都无可避免地是由'过去'发展出来的,并带着它的烙印,忘记了这一点就等于建筑而无地基,就是切断民族发展的根源。""民族主义在本质上乃是对过去成就、传统和经验的综合回忆……资本主义通过它的卡特尔和联合组织愈来愈国际化,并且超越了国家界限。商业和贸易,便利的交通和迅速的运输,无线电和电影,都有助于造成一种国际气氛,并引起一种错觉,以为民族主义注定要灭亡了。然而每当危机发生时,民族主义就会重新出现……因为人们总是从他们古老的传统寻求安慰和力量的。"但是印度并非拒绝世界潮流,闭关自守,与"一张白纸可以画最新最美的图画"这种彻底否定历史的思维不同,印度革命对历史的态度是用加法,对现代化的态度也是加法。"印度的思想并不反对或拒绝这些变革,而是用自己的思想使之合理化,并适应本身的思想体系。在这过程中,许多主要的变革可能会采用到我们旧的观点中,但它们不是从外面硬加上去的,而是自然地在民族文化背景中成长起来的。""就像古代的羊皮纸,在它的正反面,把它的思想和梦想一层层都写上去了,然而后来所写的几层并没有把从前写的完全遮掉或擦掉。""在它(印度)的范围内,对于信仰和习俗都采取了最宽容的态度,而且各色各样的信仰和习俗都得到承认和鼓励。""在印度,指宗教的包括一切含义在内的古词,是'圣法'(阿黎耶达摩)。'法'(达摩)……有团结在一起的意思……圣法可以包括一切在印度创立的信仰在内……印度像海洋一样具有吸收能力。"[2]这些思想就像中国古典思想"生生之谓易""和为贵"一样，来自印度思想的古老源头。和，并不只是一个当下的平面与空间上的和，它也是在时间层面的具有历史深度的和。它既是转喻的和，也是隐喻的和。印度依然保存着过去，一望可知。印度的过去还没有退回到史书中，印度的过去活着，这是加尔各答给我的最深刻的感受。

我认识的第二个印度人是我的导游。他叫什么？阿齐兹或者马齐兹。他告诉过我，但我发不了这个音。五十多岁，他给我一种古老的安全感，这种安全感我只在少年时代感受过。他一副既然人交给了我，就要负责到底的样子。我喜欢到处走，忘乎所以，街道上那么多人，我这边转进去瞅瞅，那边钻进去拍照，他总是牢牢地跟着。他个子不高，样子深沉，似乎总是在沉思。许多印度人都给人沉浸在思考中的印象。他们在想什么？也许他们什么都不想，只是有着沉思的容貌？阿齐兹离婚了，有一个女儿，他当了二十年的导游，他每个月可以赚到大约合3000元人民币的卢比。他忠实地陪着我，我想去任何地方他都带我去，加尔各答到处都是生活之所，基本上没有禁区。中国导游喜欢带人们去有面子的地方，比如购物中心、摩天大楼，避开国家的阴暗面和脏乱差。印度导游却没有这些概念，哪里都行。有一天，我乘三轮车没有零钱付车资，他帮我付了。在去泰戈尔故居的路上，他忽然请司机停车，翻译说他要去洗手间，我朝窗外看看，街边只有一堵破烂的围墙，那就是他的洗手间。在印度，我在洗手间这方面不再焦虑，随便。接着就到了泰戈尔故居，他立即在售票处下面的台子上躺下来，显然不是第一次如此，你们看去吧，我要睡觉。

泰戈尔故居在加尔各答老街上的一条小巷里。门口有他的大理石雕像，西式的写实雕塑，与印度寺院里那些古代雕像的风格毫无共同之处。我一

---

[2] 以上引自贾瓦哈拉尔·尼赫鲁《印度的发现》，世界知识出版社，1956年8月第1版。

直想象他住在木楼里，他的诗给我木质的印象。他的家却是两层楼的白色英式建筑，规模宏伟，像个修道院。门票50卢比，要脱掉鞋才可以进去。有位长得像泰戈尔的人握着一把锤子正在修理窗棂，留着一部雪白的美髯。泰戈尔住在里面的院子里，中间是庭院，为一个有许多拱门的回廊所环绕，很多房间都辟为展厅。"院子里的阴影是苍白的，头上的天空是明朗的"，这不是一个人的住所，住着一大群人。楼板被流水般的脚掌打磨得非常光滑，光着脚在上面走，有一种安全感。

泰戈尔出身婆罗门家庭，在家里排行十四。他用孟加拉语写诗，也写小说，画画，作曲，他写了七十二年。创作的作品太多了：诗集五十二部，散文集五十多本，剧本三十多个，十二部长篇小说，一百多个短篇小说，还有大量歌曲……这是一条恒河。泰戈尔有时候是明星，有时候是圣人。他的诗是赤脚写的，歌颂大地、花朵、女人、爱情和神灵，他也关心底层的农民。他晚年的照片显示，他不仅是精神领袖，也是社会领袖，接见潮水般前来朝拜他的代表团。他不喜欢现代派。他揶揄他同时代诗人艾略特、庞德们，视他们为恶作剧的顽童，他认为西方现代派诗歌是"无人参与的诗"，"现代诗歌就是打造个我，英语称之为有个性，它大声呼喊，请看着我"，"我们为什么非读它不可呢？"他重视的是写什么，为谁写。他写的是现代孟加拉语的《薄伽梵歌》。泰戈尔在中国的书里，是白髯长衫的高僧大德形象。而过去的照片显示他曾经是个健美先生，肌肉结实，穿着短裤，戴着拳击套，做出炫耀胸肌的样子。健美在印度是很普遍的运动。晚年他在庭院里飘着，失去了肌肉。

橱窗里摆着几本中文的泰戈尔著作。这是我在印度唯一见到的中文书。这些书从印度出发抵达中国，现在又回到印度，成了无人能懂的语言，被神秘兮兮地供着，这就是文明。印度已经被我们遗忘了多年。印度对中国历史有巨大的影响，而且这种影响总是至善的，佛教西来是个证据。对于中国来说，印度和西方都有神，印度的神是古老的，西方的神是时髦的。近代的西方为我们带来血与火的经验，带来关于革命和阶级斗争的理论，带来科学、技术和商业贸易的"机心"。印度却不是，它传给我们的是关于人生、关于存在、关于生活的智慧。印度人来到中国，带着劝人向善的经书。就像中国人当年出洋，郑和带去的是丝绸、大米、瓷器……20世纪30年代泰戈尔访问中国，带着诗歌和善意。与那个时代汹涌而来的西潮不同，泰戈尔逆流而动，他不是对中国知识分子日益激进的否定民族文化的思潮推波助澜，这位耄耋老者在一群西装革履的新青年中间，语重心长，谆谆教导要尊重中国自己的传统，不要沉迷于物质、西方文化。印度思想在现代化开始之际就对它的异化有着高度警惕，现代化并非天经地义，唯一的未来，印度知识分子一直坚持乡村是印度的精神家园。1921年，泰戈尔就在孟加拉的圣蒂尼克坦创立了维斯瓦·巴拉蒂大学（印度国际大学），评论家说，"现代"在泰戈尔这里是备受争议的，不是只有正面意义。圣蒂尼克坦的意识形态是反工业的，也显然是反都市而强调环境、生态关怀的。泰戈尔言，西方"欲以自己之西方物质思想，征服东方精神生活，致使中国印度之最高文化，皆受西方物质武力之压迫，务使东方文化与西方文明所有相异之点，皆完全消失，统一于西方物质文明之下，然后快意，此实为欧洲人共同所造之罪恶"。泰戈尔的立场是玄奘当年去印度听来的那一套的现代演绎。这一套如果是耄耋孔子来说，必定马上被赶出去。但是泰戈尔是诺贝尔文学奖获得者，又用英语写作，新青年一开始趋之若鹜，但泰戈尔的话很不中听，讲的与孔子是一路，新青年愤怒了。茅盾说，"我们不欢迎爱好和平的泰戈尔……我们现在内有军阀，外有帝国主义，他却让青年陶醉于虚幻的爱的天堂"。郭沫若说，"和平……是现在社会一剂最危险的毒药"。听泰戈尔演讲的听众中有人印小册子说，"我们已经受够了儒家、道家，泰戈尔居然想让我们回到传统中国的小脚女人时代并命名为精神力量；现在中国农业落后，工业不行，基础设施一无所有，泰戈尔居然认为没有必要成立政府。他是想让我们陶醉在抽象的爱里，陷入彻底的无作为（inaction）。我代表所有被压迫的中国人，坚决抗议泰戈尔先生和将他带到中国来的人"。在告别演说中，泰戈尔很失落："你们一部分的国人曾经担着忧心，怕我从印度带来提倡精神生活的传染毒症，怕我摇动你们崇拜金钱与物质主义的强悍的信仰。我现在可以告诉曾经担忧的诸君，我是绝对不会存心与他们作对，我没有力量来阻碍他们健旺与进步的前程，我没有本领可以阻止你们奔赴贸易的闹市。"泰戈尔过世多年，中国今日，已经成为拜物的、以经济为中心、大讲 GDP 的社会。泰戈尔高瞻远瞩，他那一套彻底失败。印度已经被 20 世纪后期以来的中国遗忘了，与玄奘时代的顶礼膜拜不同，中国如今传播着关于印度的轻薄谣言，印度被视为某种西方式的野心和一种落后的生活方式而不再是神的故乡。

"南来的微风柔和地飘拂，絮聒的鹦鹉在笼子里酣睡"，某处在播放泰戈尔创作的乐曲。这是我曾经梦见过的地方。泰戈尔是我平生认识的第一个印度人，我青年时代的文学导师之一。"文革"中，所有关于生活、历史、文学的书，无论东方或西方，都成了禁书，要么被烧毁，要么失踪了。那时候，看书不是你挑选书，而是书挑选你。书籍只挑选那些勇敢的人，如果你害怕，那么你的一生只有在文盲的黑暗里虚度。好书都是在渴望读书、敢于读书、受到信任的人们之间秘密流传的，看禁书的人在中国成了一个巨大的地下社团。一本好书可以从北京一直流传到昆明，辗转千万人之手，直到这本书被翻烂、模糊、死去。有个下午，我经过昆明华山南路，遇到了地下诗人泰戈尔。一个鬼鬼祟祟的男子在卖书，他只有一本。绿壳子的，里面从头到尾画满了红杠。我不知道泰戈尔是谁，翻开就读到闪电般的一句："我已经把我的整个白昼贡献给你了，残酷的情人，你一定还要剥夺我的黑夜？"那个时代的汉语简陋、贫乏、粗糙、暴力，除了起码的事关柴米油盐的语词，大多数语词只与主义、革命、斗争、批判有关。没有爱情的语词，没有风花雪月的语词，没有人生的语词，没有友谊的语词，没有哲理智慧的语词。我已经二十二岁了，还没看过一首情诗。何谓被语言照亮，这一刻就是。他的诗像神谕一样吓坏了我，里面全是反动言论。旁边还站着几个路人，都不敢买，拥有这本禁书可能招致灾难。卖书的人也是胆战心惊，害怕被告发，也许是走投无路了，才冒险出手。他已经后悔，不想卖了，就要走开。这本书标价 0.26 元人民币，他要卖 3 元，是我月工资的五分之一。我一把夺过，递给他 3 元钱，骑上单车就跑，害怕因此被捕。在地下诗人王维（我秘密阅读了王维的《辋川集》）之后，泰戈尔再次证实了我对诗的那种预感，它就是那种东西，在《园丁集》和《飞鸟集》里，俯拾皆是。

"夏天的飞鸟，飞到我的窗前唱歌，又飞去了。秋天的黄叶，它们没有什么可唱，只叹息一声，飞落在那里。"夏天的飞鸟，是些肥胖的鸽子，依然在泰戈尔的故居住着。泰戈尔只有一位，千年前的鸽子和此刻的鸽子看上去都是一只。朝圣者络绎不绝，大多数都是不写诗的人或者对诗歌毫无兴趣的人。诗人泰戈尔已经超越了诗歌，几近于神，人们来这里就像走进寺院。他写过什么？这不重要，他是泰戈尔。

比思家住在加尔各答一个较为富裕的区，房子大都是独栋的，老房子、新房子都有，户与户隔开，没有连成一片，其间有花园，很安静。与加尔各答的大部分地区相比，这里像世外桃源。比思七十四岁，是一位婆罗门，他以前是轮船上的大副，退休又回到印度教寺院做神职人员。家三层楼，耸立在三条街道的交叉口，挨墙环绕着竹子花台，黑色铁门。楼顶、窗台都摆着花盆。这房子已经住了三代人，是比思出生的房子。有死有生的房子，说不上豪华，但非常牢固，暗含着一种古典气质。起居间和卧室、厨房在二楼和三楼。一楼是仆人的房间和客厅。一个楼梯很唐突地安装在堂屋中央，占据了很大的空间。看来一楼，在中国视为堂屋的地方并不是事关主人面子、身份、地位的要地。二楼也看不出这种迹象，开放的厨房、餐桌、沙发、书架都在一个空间里，主卧室深处供着神龛。比思的家不是为来宾布置的，不炫耀，很温暖，散发着强烈的私人气息，他家毕恭毕敬的东西是神龛。比思有两个儿子，都在美国。妻子卡普娜·比思生于1946年，在家操持家务。她说，她永不退休。她告诉我，现在市场上一般的大米每升约1美元，好的大米则要3美元。他们有一辆车，在乡下还有一处房子。比思和卡普娜1966年结婚，他们是通过报纸征婚认识的，一见钟情，双方家长也很满意。家里有三个仆人，一个男仆（小伙子）做饭，洗碗收拾屋子的是个临时女工，还有一个神情忧郁的男仆看守大门。这是我第一次进入家里有仆人的家庭，以前这种家庭只在电影里面见过。我想起我童年时代的保姆，成年后我再次遇到她，她对往日感到耻辱，冷冰冰的，我不敢再叫她姐姐。这件事在"文革"中成为我父母的一条罪状。印度也经历了革命，但印度革命只在政治的层面，没有摧毁日常生活和传统。天人合一的社会，动一发就改变全局。革命不会仅仅在意识形态和政治、经济的层面，日常生活世界也随之颠覆。比思说，种姓制度虽然在舆论上声名狼藉，但传统依然存在，门当户对是很重要的，不同种姓的人通婚很难。比思说，他也不喜欢种姓制度，但是现在人们都不愿做仆人了，要找到仆人很难。我偶然说起泰戈尔，比思立即直奔书柜，给我看陈列在第一排的泰戈尔全集。他翻开某页朗诵了其中一段。翻译告诉我，他念的是长诗《两亩地》里的一段。"我只有两亩地，其余的一切都在债务中失去，王爷盼咐我，知道吗？巫宾，我要买你这两亩地。我说：王爷呀，你是大地的主人，你的土地无边无际，我呢，我只剩下了这小小的一块站脚地。王爷听了说：孩子，你知道我正在修建花园，加上这两亩地，就会长宽相等，四四方方的，你把这两亩地给了我，才合道理。我合掌含泪哀求：请保留下穷人家这一小块土地，那是我家的一块金子，七代相传，我们在这里成了家，立了业，我不能因为贫困，便辱没祖先，把大地母亲卖去。王爷一听，红了眼，半晌没有言语，最后才狞笑一声，好！我瞧你的……"也许他意识到我是中国来的。正说话，比思家来了几位亲戚，今天印度和斯里兰卡在一场棒球比赛中要决胜负，他们相约在一起看。板球是印度的国球。他们搬了椅子，分几排围着电视机，孩子般地欢呼起来，几乎忘记了我们的在场。

  乘晚上九点的火车去伽耶。豪拉火车站是1905年建成的，印度的第二大火车站，这个车站有个绰号叫"从不准时"。它有二十一个站台，每天发车超过三百趟，乘客超过一百万。维多利亚风格的庞大建筑。入口装模作样地安装着X光行李监测仪，其实早就坏了，只是一道假门而已。后来我发现印度的某些公共常用设备坏了，人们的态度是，坏了就坏了，像古迹一样，让它们继续待在那里。耐磨的水门汀地板被无数的脚掌打磨了一个多世纪，已经像镜子一样光滑。车站里面除了站台几乎空空如也，没有设置什么障碍，没有检票，乘客票都不用买就可以直奔月台。我感觉这车站与中国的火车站很不同，怎么不同，细想了一下，感觉不到政府部门的存在，没有那种如临大敌的管理。买票是一种自觉，普通客车许多人根本不买票，飞上去跳下来，就像跨进移动的输送带。一眼望去，车站就像一个巨大的通铺，月台大厅到处横七竖八地躺着人，人们沿着铁轨两旁躺着睡着站着，旁边堆着行李。后来我发现几乎所有车站都是如此。停着几辆待发的普通客车，里面的座位黑亮，漆水早已被磨掉，被污垢汗液染过多遍，又磨出了包浆。车厢门口有两排铁环拉手，像手铐一样雪亮，这是短途乘客争先恐后要抢占的地方，因为火车里面没有空调，站在这里最凉快。火车进站，仿佛是驶进了人堆。月台上人群即刻汹涌起来，大包小包，朝着车门挤去，或者涌向车窗，把行李塞进去，最后整个身子翻起来。挤成一团，但没有人推搡拉扯。这种经验我不陌生，像移动的车厢似的，镜头再次回放，我想起我也曾经这样翘着屁股往车厢里爬，母亲在后面尖叫。这车站和火车都是英国人带来的，车站的设计师是英国人哈尔西·里卡多（Halsey Ricardo），制定车站管理规则的是英属印度政府。火车是西方文明的产物，它不仅是技术、机器、质量，更是时间和秩序。但一百年过去，在印度的火车站，我发现，西方完全失败了。印度依然土得掉渣，继续着大地上的那一套。印度到处是土，不仅仅在土地上。火车站就跟地头似的，想怎么睡就怎么睡，想怎么爬就怎么爬。玩具是西方的玩具，但玩法是印度式的。这是东方的一个秘密，中国也一样。

我们乘的是卧铺，每节舱的床铺比中国火车多出一个，另一侧的窗下面也横排着一张。同舱的乘客表情动作就像亲戚熟人，微笑、微笑、谦让、谦让，释放着安全感。车厢里面有空调，身体凉下来，列车驶向黑夜，我即刻睡着了。

黎明时看见了蓝色的大地。大地在着。大地依然是大地上最辽阔的部分。就像我青年时代的大地，辽阔深厚，看不见闪光的塑料大棚，看不见携着垃圾堆蔓延的郊区。忽然想起，很久没有看见大地了，在我的家乡，大地日益成为碎片，偶尔在郊区的缝隙里一闪。

通过地理知识，我知道印度在喜马拉雅山麓以南，这片大地上有高山、森林、河流、沙漠，以及无边无际的平原。这是一块大地。大地如故，我的意思不只是大地在着，大地当然在，而同时在着的还有人们与大地的那种母子关系。通过对印度作品的阅读，我知道印度人无比热爱这块大地，当他们提到祖国的时候，使用的语词抒情而浪漫。印度政治领袖贾瓦哈拉尔·尼赫鲁在《印度的发现》中写道："当我想到印度，我就想到下面的许多东西：它的广大土地上遍布了数不尽的小乡村……变幻无常的雨季，它把生命倾泻于焦干的土地里，忽然间把它转变为闪耀的广大美境和绿野，长江大河和流水；荒凉环境中的开伯尔隘口；印度的南端；个别的人或成群的人；尤其是巅峰积雪的喜马拉雅山或克什米尔的一些高山溪谷，其中春天开满了鲜花并有一条溪流奔腾而汩汩地从中穿过……"世界上恐怕少有政治家会用如此抒情的笔调描述自己的祖国。印度古籍经常提到大地，大地是一个生命、一个身体，有着眼睛、血管、乳房、四肢。大地是一位母亲。印度古经《梨俱吠陀》第五卷第八十四首就叫《大地》，唱道：

真的，你就这样承受了山峰的重压，大地啊，丰沛的河流啊。巨大的力量，润泽了土地，伟大的你呵。颂歌辉煌地轰响着，涌向你，宽阔无边的女性呵。像嘶鸣的马群，乳房丰满的云，洁白的女人呵。

大地是母性的。大地是一位母亲神。大地是一个隐喻，它是各式各样的神灵的化身。

有个夜晚，我在孟买的海边走，人们一条一条沿海堤躺着，盖着星空。我弯下腰来摸了摸那石头砌的堤面，热的。石头是热的，海水是热的，印度的大地是热的。当然有许多无家可归的人，但把大地作为床铺并非全是饥寒交迫所致。许多人背一卷毯子就背井离乡了，大地就是他们的家、他们的床。人们像文明开始的时代那样坐在大地上，躺在大地上，睡在大地上，随便睡在哪里，树下、河边、沙漠中、人行道、车站、高架桥下、铁路线两侧，周身爬满苍蝇或者为落叶、阳光、尘土、垃圾覆盖……天空就是被窝，这是一种原始的信任，大地既是粮仓，也是床。如果乌鸦、树叶、泥土、风、水……可以去任何地方，在任何地方躺下、落下，人又怎么区别这里可以睡，那里不可以睡？印度在户外，也在户内。大地是神的身体。在印度传说中，梵天是最高灵魂、伟大的创造神、生主。当梵天醒着时，世界是活动的；当他躺下时，世界就平静下来；当他要睡时，万物就消失融化于最高灵魂之中。最高灵魂就是通过睡和醒，永无休止地让万物生生灭灭。大地就是创造之神，你投身到大地上，你就时时刻刻被神载着，创造着。印度的景象与中国太不一样了。大地，那是任何力量也无法摧毁的，但人们可以自己改变他们的大地史，改变他们与大地的关系。在印度，我更明白到我们与大地的关系已经深刻地改变了，中国政府一再警告的土地红线为什么一再被侵犯、蚕食，因为大地在这个时代已经成为一个以亩为单位的存量。它不再是劳我以生、息我以死的大地，也不再是"道法自然"这一中国思想的导师，大地只是在等待着被分批拍卖的"亩"。印度似乎没有中国式的自我批判，殖民主义，那是西方的罪恶。而在"五四运动"以来的中国知识分子那里，帝国主义的入侵乃是我们自己的文明出了问题。我见到对印度有限的批判来自奈保尔，但与中国知识分子的诅咒（例如鲁迅、柏杨）比起来，那真是温和多了。那种自我批判从鲁迅这一代人到今天，持续不绝，其锋芒影响到政治、经济、文化，甚至对大地的态度。在中国历史上，人们提到大地的时候，与印度一样，乃是一种感激、赞美。庄子说："夫大块载我以形，劳我以生，佚我以老，息我以死，故善吾生者，乃所以善吾死也。"大地是善的源头。"天地有大美而不言"，大地是文学的源头。屈原、李白、杜甫、苏轼们那些千古传颂的杰作都是大地诗篇，中国山水诗、山水画，那就是流传了几千年的大地之歌。但在20世纪，大地一词越来越隐没于黑暗，人们以改天换地为重任，切断与大地的母子关系已经成为一种历史趋势。

　　火车在黎明中到达伽耶。弥漫着蓝色的雾。印度人深色的脸藏在后面，只露出五颜六色的围巾、头帕。空气里有浓烈尿味。新的导游是一位锡克人，高大强壮。古铜色的脸庞，武士般结实的背，总觉得有头大象在后面跟着他。汽车穿过黄色的田野、黄色的村庄。旅馆很简单，浴缸的龙头一打开，流出来半缸黑渣子。

　　据传，乔达摩·悉达多云游到伽耶附近，在森林里苦修六年。肉体消耗到就要枯竭，还是未得解悟。一日停下修行，走出森林去到尼连禅河中沐浴，洗干净身子，上岸。遇到一位牧羊女，给他乳粥喝，之后，他在一棵菩提树下坐下，发誓这次坐下，如果不能觉悟，就永远不再起身。七七四十九天后，一夜，尼连禅河上明月东升，圆满澄澈，王子悟得正道，成为佛祖释迦牟尼。伽耶的摩诃菩提寺是佛陀觉悟的地点，如今已经成为世界佛教徒的圣地，朝拜者滚滚而来。

　　伽耶的景象与印度其他地方不同，清洁安静。摩诃菩提寺是一座塔状建筑，用白色的石头建造，非常高，可谓高入云霄。升华出世界，塔内的释迦牟尼像被塑成金身，高大庄严，必须仰视。有棵苍老的菩提树依着寺庙生长，这菩提树真的是不同凡响，古稀龙钟，但自由舒展，生机勃勃，像是正在跳舞。树干上站着些绿鹦鹉、乌鸦，已经得道般地走来走去，一副谦恭的样子。有时候菩提树叶会飘下几片，立即被人拾走了。扫地的老妈妈给我一片刚掉下的叶子，新叶，青绿，如此年轻的树叶也会落下来，我觉悟了一点。朝拜者都脱了鞋，钟表指针般地围着摩诃菩提寺一圈一圈地走，神色凝注，"终于到了"的样子，气氛神圣，不敢轻举妄动。这不是老印度的风格。佛教有强烈的升华感，芙蓉出淤泥，似乎对这个世界的无序和脏乱差深为不满，要清洁理顺世界。

　　伽耶为田野和乡村环绕。麦子正黄，等着收割。农妇弯着腰收土豆，爷爷背着手在田野上四处查看。有一颗菩提树，据说牧羊女就是在那里遇见佛陀，被砖砌的高墙围起来，只看得见树冠。村庄正在休息。男人穿着西式衬衣，蹲在村口。女人则穿着古代传下来的服饰，有几个正在汲水洗衣服，水是从地下用压水机抽上来的。这个村有一个小学，有一排房子，四五间教室，六位老师，一百五十个学生，分三个班。外村的学生走五六公里来上课。学校把学生教到四年级，然后他们就去考正规学校，大约一半人可以考取。校长是位年轻人，锡克教徒，毕业于伽耶学院哲学系，他学的是社会学之类的专业。他说他的学校是台湾游客捐助的，已经办了七八年。他带我去他家看看，四层的水泥楼房，几乎没有什么家具。学校的办公室就在他家里。他告诉我，这个村庄有1.5万人。有人信印度教，有人信锡克教，有人信伊斯兰教，有人信万物有灵。他从抽屉里翻出一本发票，说都是游客捐款的收据，账目清楚，我奇怪他为什么告诉我这个，他问我想不想捐一点，我捐了1000卢比，他开给我一张收据。这学校旁边还搭着另一个棚子，我被另外一位青年带去里面，中间支着一张办公桌，后面挂着些照片，有位忧郁的青年孤零零地坐在桌子后面，他说他才是真正的校长，这个学校本来是他办的，但是被那些年轻人抢走了，他们利用这个学校来谋取捐款。他们给我看许多照片，与游客的合影什么的。这个村庄变得有点诡秘，但是那位校长的教室里确实有学生在上课，还有一个幼儿班，满地坐着儿童，女教师正在教他们算术。

又去另一家小坐，房子很气派，外墙的砖裸露着，没有贴瓷砖。砖混结构的五层楼。花园，屹立在尼连禅河畔。屋子里基本没有家具，就像中国乡村的家，空空的，主人更喜欢待在户外。屋顶是水泥平台和栏杆，中间摆着一张大床，家人夜晚可在这里睡觉，仰望浩瀚星空，这是他家夜里最凉快的地方。我四下望望，景象很像云南20世纪70年代的乡村。空阔，寂寞，依稀有些烟雾在消散。"乡村在正午的炎热里沉睡。大路寂无人影，树叶的萧萧声，倏地忽起而忽落。"（《园丁集》）落日徘徊于远方的热雾中，现在是四月，旱季，麦田是黄的，大河干涸，没有一丝水，河床不深，宽阔平坦如漫长的广场，深度是沙漠那种在平面上展开的深度。也许根本就没有河床，洪流把河床也卷走了。一切都不见了，如果一切都会被卷走，一切不都是某种体积不同的垃圾嘛，价值不菲的垃圾，一文不值的垃圾。

几个少年在天空下叫喊着，他们在玩一个足球。留下来的沙闪着碎光，有几个人在沙漠中间走，卷起一溜烟。

　　如果这个制高点是立在两千多年前的话，我想也许可以在某日看见乔达摩从沙雾中走出来，捧着钵，赤着脚，袒露着肩膀。太热了，他极目四顾，只有河岸上有菩提树，那是此地唯一有荫凉的地方，佛陀于是朝那树下走去，热得要死，走到叶子下面，一阵凉爽袭来，觉悟了，彻底想通了。就是这样。村民说，乔达摩其实在多棵菩提树下都歇过，他们村的这棵菩提树下也歇过的。那菩提树就在他家的房子旁边，叶茂根深，正撑开着一顶巨大的绿伞，树底下围着裸露的树根，坐了一圈刚刚放学的儿童，几个爷爷在一旁打牌。看得出来，这树下是村人经常来玩的地方，不在这里玩又去哪里呢？此地树少，这边一棵那边一棵，老远地就看得见。我们看得见，佛陀也看得见，尊者抬起一只手在额头前遮着光，四顾，看见那边有棵树，到那里歇一下吧，就这样。他和我一样，一个旅行者，他也是来玩。伽耶靠近尼泊尔，蓝毗尼在喜马拉雅山脚下的尼泊尔。佛陀是从高处向下走的，在高处他没有觉悟，来到印度平原那广袤的大地上，才逐步觉悟，觉悟于一棵树下，而不是一道光环里。我猜想，那时候佛陀不是孤独一人坐在树下，他先遇到住在那菩提树附近的村民，他们也热，他们先在树下乘凉，佛陀是后来的。他们给他一碗水。

　　如今前来朝圣的信徒都去唯一的菩提树下，说那是佛陀觉悟的地方。有人把觉悟说成顿悟，顿悟给人的印象是一截木头当头一棒，瞬间通灵了，于是树叶勃生，随风起舞。佛陀一路上，经过一千零一棵菩提树，都没有顿悟，到这一棵，忽然顿悟了。我觉得不对，觉悟是一个思的过程，我相信当地人的说法，佛陀走走停停，在这棵菩提树下喝点水，在那棵菩提树下睡一觉，路上一直在想着。菩提树是遮阴的，如果那是一根电线杆，佛陀不会往那边走。在这棵树下觉悟到这一点，在那棵树下想通另一点，真理是在大地上的行走中逐步接近的，不是一棒喝出的。孔子抵达真理的过程就是这样，《论语》是一路上说出来的，不是在书斋里写论文写出来的。海德格尔经常讲到"途中"，他把自己的思称作"上路"，称作"在途中"。"思本身就是一条道。"思是一个过程，无论佛陀还是耶稣或者孔子，都是如此，并非在某个瞬间抵达结论。但人们阅读神谕的时候，只注意它的结论。

各宗教在开始的时候，都是在大地人生中的。形而下里的形而上。后来才被迷信者拔高，越拔越高，最后只可以顶礼膜拜，不能玩了。在印度，印度教是过节，佛教则顶礼膜拜，佛教在印度盛行几百年，最后竟不传于印度，我估计恐怕也是因为不好玩了。基督教就更不好玩了，中世纪的猎巫运动，20世纪的奥斯维辛，总是有令人毛骨悚然的一面。另一天在北京，与我的老朋友幽兰见面，他是瑞典人，教师和小说家。他父亲是一位牧师，我对他说了我在印度的感受，他告诉我，基督教在早期也一样，他说到最后的晚餐，那顿饭表明耶稣也是要吃饭的，而且和大家坐在同一餐桌上，吃着面包，而且也是要遭遇小人的阴谋的。最后的晚餐之后，耶稣就被供到十字架上去了。现在，进入教堂，已经没有走向一张餐桌的感觉。

飞往孟买。飞机场是干净亮丽的地方，看不出印度风格。当然，印度也要"举起手来"！到了安检处，发现排着两行队。男的一排，女的一排，安检是男女分开。都要"举起手来"！但检查得有些敷衍，对乘客怀着基本的信任。世上哪有那么多恐怖分子，何必草木皆兵嘛。我一向对"举起手来"很反感，现在呢又有点儿不放心了。

飞机升起时，太阳也在机舱的舷窗里。那不是太阳，那是伟大湿婆的光轮。下面是灰蒙蒙的印度斯坦平原。日日夜夜的热，把那土地上的泥巴晒成了粉末，风稍稍一吹，就像雾一样弥漫。我打开餐板，看见上面有几团显眼的黑斑。飞机有些脏，这情况在世界航空系统中并不多见，空中客车总是被世界各地奉为至尊，每架飞机都被擦得干干净净，一尘不染。这架飞机是个例外，飞机只是俗物之一，它飞得再高，也不会得到至高无上的地位。1984年，我得到一个出差机会，可以乘坐短途飞机，这可了不得，熟人都知道了，他要乘飞机了！那时候乘飞机是出差最高的待遇，需经过领导研究批准，机票由单位订购，乘机必须有单位证明。乘飞机是一种特权，只有执行重要任务的人们才可乘坐，那些伟大的任务当然是指向未来的。在三十年前，飞机向着北京去，向着上海、香港、欧洲去。离开的人想着飞黄腾达，回来的人盼望着再次离开。我兴奋得一夜都没睡好。心跳绳般地扑腾着，紧紧捏着单位开具的盖着红色公章的证明："兹证明于坚同志……"来到了传说中的机场，候机厅很小，像是会议室，铺着绿色地毯，将乘客隔开的临时围栏像仪仗队使用的那种，黄铜的杆子，拴着红丝带，使每位乘客都深感自豪，觉得自己是个要人，就像外国来访的元首。没有安检，不必"举起手来"！只要晃出那张盖着红色大印的证明。那时候没有身份证这玩意儿，证明上也没有乘客的照片，一张证明，就绝对信任。进了机舱，就像是进了一个首饰盒，光芒闪烁，而里面的宝石不仅是那些规格统一、闪着银光的金属安全带，也是神采奕奕的乘客，光荣而自豪。进到机舱里，就是得到了国家最高信任，进入了时代的隐秘核心。在20世纪80年代，飞机场是公共场合最有秩序、最干净卫生、最高档的场合之一，使人顶礼膜拜。"我坐过飞机了"这句话和"我去过北京"一样光荣。许多乘飞机的人像是真的从天堂回来，从此鹤立鸡群。此后，飞机逐渐普及，但它给我的在各种交通工具中种姓最尊贵的印象一直继续。现在，这种尊贵感消失了，消失得甚至有点危险。似乎这不是一架即将穿越万里无云天空的波音767，而是一辆即将在颠簸不平的长途中行驶的大客车，或许某处正在漏油呢。空调开得超冷，和冬天差不多。实在耐不住了，对穿着呢子制服的空姐说了几次，才笑嘻嘻地去向机长报告，温度调高了，但又太热，和地面差不多。机上没有便餐供应，坐了四小时，只是给了一瓶矿泉水。终于到了孟买机场，一辆大巴开来载乘客去取行李，黑乎乎的，就像刚刚穿越了印度。

孟买是印度现代化程度最高的城市，沿着海湾，高楼林立。大多数建筑物没有怎么精心设计，材料也不讲究，高大但不雄伟巍峨，看不出要利用建筑物来象征欣欣向荣、崛起、发达的意思。高楼就是高而已，平庸正常。公园里有甘地的肖像，没有塑成伟人的样子，一个赤脚的小老头，鸽子在他顶上拉屎。巨大的球场，人们在里面奔跑，玩板球。许多殖民时代留下来的老建筑，与过去或现在的印度混在一起，傲慢而迟钝。忽然想，印度，除了泰姬陵那样的大家伙，普通的印度本土民居是什么，就像中国四合院那样的东西，没有印象。印度乡村，那些最古老的民居，是泥巴和木料以及茅草的长方形建筑。有风格且坚固的建筑物，只有神庙。

印度门是孟买的著名景点，建于1911年，为纪念来访的英王乔治五世和玛丽皇后而建。巴黎凯旋门式的建筑，重墩墩的，门外是灰色阿拉伯海。它有点标新立异，通常凯旋门都在城市的入口或者中心，这座凯旋门却濒临大海，要穿过它进入印度须从船上下来。英王乔治五世和玛丽皇后弃船登岸，通过这个门进入印度。印度门成为印度的象征。我以为必是重点保护，却集市般地热闹，依然是一个门。小贩跑来跑去，污迹斑斑，有个地方排列着许多桶，人们在那里接水，几根水管从广场下面露出来。以印度门为背景照相的大部分是印度人，虽然已经屹立了一百年，大概人们还是认为这是一个标新立异的外国玩意儿。印度门旁边是泰姬玛哈酒店，被誉为"象征印度的自尊和财富的印度最佳酒店"，1903年12月16日由印度塔塔集团（Tata）创始人贾姆谢特吉·塔塔（1839—1904）建成。在某个房间里，列侬和他的乐队曾经住过一阵，创作了歌曲。据说当年，英国人的华森饭店门外挂着"印度人与狗不得入内"的牌子。印度人贾姆谢特吉·塔塔于是建了泰姬玛哈酒店，还挂上不准英国人进入的牌子。我看了一眼，它显然不是印度建筑。笨重、坚固而阴郁，有一种伦敦气质。

孟买邮政总局，1887年的英式建筑，依然是邮政局。19世纪的样子，木质的老柜台后面，各种包裹、信件堆积如山，还有盖邮戳的声音。戴眼镜的老职员慢条斯理地写着单子，有人靠在椅子上打呼噜，有人在读报。我想拍照，一个职员走过来，不可。或许有很多人在这里咔嚓过，他们烦了。或许旁边的维多利亚火车站发生过爆炸，他们得提高警惕。孟买有"棉花港"之称，是世界上最大的纺织品出口港之一。邮政局内有个小商店，正在卖甘地穿的那种白棉布笼裤。我是棉布崇拜者，喜出望外，买了两条裤子，每条280卢比。店里还有黑陶制造的器皿，买了一只杯子，做得很粗犷，像一截锯下来的黑树桩，编了一层细竹篾裹着把手，有一股子浓烈的泥巴味，卖255卢比。三样东西加上37卢比的税，共852卢比，相当于100元人民币。便宜得残忍。印度是个便宜的地方，在物方面。我想寄回去，职员指示我要去门口包裹起来。邮政局对面有一排专门缝包裹的摊子，帮助顾客把物品用白布裹好，穿针引线缝起来，再在布面写上地址。穿针引线在印度依然普遍，手工无所不在。外祖母突然来了。少年时代，邮递员在门外一喊，我就知道外祖母的包裹到了。我在外地工作的舅舅每个月要寄给她一个包裹。咯吱咯吱地打开大门，在一张单子上盖完外祖母的图章，然后就手忙脚乱地拆线，急着想知道里面是什么，舅母缝那些包裹缝得又细又密，很难拆。看着那位印度男子在包裹上穿针引线，忽然有些怅惘，已经很多年没见到做这手活的了，在昆明，连缝纫机都不常见了，那个传承了几千年的手工世界正像夕光一样，一点一点消失。

街上到处有卖槟榔的小贩，有一种叫瓦拉纳西槟榔。制作这种槟榔就像表演魔术，盘腿坐在摊子上的师傅在某种胶状物里面天女散花般地撒了十多种五颜六色的配料，宝石般的晶莹灿烂，然后用棕叶一包。丝绸也是这样灿烂，我进去一家卖丝绸的店铺，里面就像古代中国的仙宫，或者唐代的长安，灿烂艳丽，上千种图案不同的料子，尊贵、华丽、纯朴、神奇、奢靡、璀璨、肤浅……印度之色从来没有被摧毁过，试想长安之色一直持续到今天。印度当然经历过战争、革命，但这些没有波及日常生活世界，色的自由世界重重叠叠，继往开来，生活世界从来没有被清一色统治。有一种暗绿，也许来自古代的孔雀，我从未见过。有一种暗红，像干掉的血，忧郁庄重。我从未见过这样多的色，真是大开眼界。五色令人目盲，但如果色就是空，就是幻觉，色奈我何。印度五彩缤纷，印度对色的理解与中国不同。

邮政局旁边有个擦鞋匠。他的摊位靠着一根柱子，显然这不是一个流动摊位，他已经在这里待了很久。柱子上贴着几张印在纸上的女神像，还钉了两颗钉子，用线挂着几朵花献给女神。我看他擦皮鞋，看得着迷，仿佛那些皮鞋只是停下来整理翅膀的鸟。他的手在上面扑腾一阵，那些皮鞋就闪着光，心满意足地拍翅飞走。然后他停下来，忧郁地望着大街，我总是觉得现实里的印度人有一种忧郁的神情，并不像宝莱坞电影里面的明星那么欢乐。他已经老了，看他的工具，显然已经用过无数年头，支皮鞋的木板都凹下去了。在印度，许多人终身从事一种工作，而不是像今日中国，只要能挣钱，干什么都可以，打一枪换个地方。马克斯·韦伯说，在印度教里，固守职业的重要动机还在于印度教至高无上的准则，种姓的忠诚。谨守传统规范而不贪工钱，不偷工减料的工匠，根据印度教教义，即可再生为国王、贵族等——按照其现在所属的种姓阶序而定。古典教义里也有如下著名原则："履行自己的（种姓）义务，即使不怎么出色，总比履行他人的义务要好，不管那有多么风光；因为其中往往暗藏着危险。""为了追高求上而不顾自己的种姓义务，必然会给自己的今生或来世招来不幸。"（马克斯·韦伯《印度的宗教：印度教与佛教》）"尽你该尽之责，哪怕其

卑微。不要去管其他人的责任，哪怕其伟大。在自己的职责中死，这是生；在他人的职责中活，这才是死。"（《薄伽梵歌》）

一位教徒站街对面，就像仙人，白髯红袍。我请他允许我拍照，他弯下身子，收缩肩膀，杵着杖，谦卑、仁慈。我拍了一张，贪心，又按快门，卡住了，镜头收不回去。在印度我总是感到冥冥的存在，越来越迷信，像是回到了古代，天象、地息、风吹草动、人事都不再那么确定不疑，像《易经》时代的人一样，什么事都要想到吉凶。在拍仙人的时候相机卡壳，令我惴惴。我去找徕卡相机的专卖店修一下。印度店员告诉我，没有，就是在新德里也不多，商场里的相机，都是大路货。印度人不在乎名牌，就是在穿着上也可以看出，能穿就行，不在乎体面。那部倒霉的徕卡相机只好待在黑盒子里。永远的神秘事件。

在孟买的大街小巷里，有时候会看见林伽，印度教里代表湿婆的男性生殖器雕像。就那么雄壮浑圆饱满地矗立在光天化日下，上面还撒着花瓣。在印度，我看见无数的男性生殖器雕像，描绘男欢女爱的雕刻。一方面是禁欲的种种规矩、奥秘，一方面是性的神圣灿烂、光明正大。性不是阳违阴奉、鬼鬼祟祟、见不得人、只能隐喻的事。在中国，性是一个道德问题或者科学知识；在印度，性是艺术、舞蹈、诗歌，也是"六经"之一。在印度教寺庙，有些印度少年看见亚洲东部来的黄皮肤旅游者，就主动为他们指出性交的雕塑所在，他知道他们好这口。在一部纪录片中，西方记者问印度电视节目的女性主持人关于性的问题，她非凡的美丽端庄、大家闺秀的样子、微笑坦然的回答，令人感佩。这种问题永远不能问中国的节目主持人。

孟买的一侧是阿拉伯海，海岸线修了漫长的水泥大堤。宝莱坞就在海边。导游指给我看印度明星的豪宅，与中国的豪宅相比，只能说是普通别墅。印度豪不起来，豪，毫无意义。"印度所有源之于知识阶层的救赎技术，不论其为正统还是异端，都有这么一层不只从日常生活，甚而要从一般生命与世界，包括从天国与神界当中解脱出去的意涵。因为即使是在天国里，生命仍是有限的，人还是会害怕那一刻的来临，亦即，当剩余的功德用尽时，不可避免地要堕入地上的再生。"（马克斯·韦伯《印度的宗教：印度教与佛教》）孟买是印度电影的诞生地，1896 年 7 月 7 日，印度的第一部电影在此拍摄。我年轻时候只看过一部印度电影：《流浪者》。一部足够了，我以为印度电影就是这样，一条关于印地语电影的词条如此解释：独一无二的电影。最典型的是诱人的虚构世界。英俊而正义的男主角，娇美善良的女主角，唯利是图、卑劣无耻的反面角色，他们会突然地歌唱、舞蹈、大笑、哭泣、咆哮和敞开心扉。确实如此。直至我看到雷伊的电影，这种印象才改变了，印度还有另一种电影，雷伊的电影有着纪录片般的真实、朴素而深刻、高贵的古典气质。这是一个有着伟大电影的国家。印度人对电影有一种超乎寻常的狂热。我看过一些印度老照片，人们在电影院门口排队买票的情景，可谓人山人海。电影就像一种现代宗教，为众生平等提供座位。电影院是一种民主制度，取消了种姓等级，每个人都可以在电影院里有自己的座位，如果现世是一种幻觉，那么电影也许倒是现实的。在现实中，种姓制度有时候极端到一名婆罗门女子看见一名 Candāla（不可接触者），就要洗眼睛。但在电影院里，不可接触者可以放心大胆、目光炯炯地盯着婆罗门们真实的私生活世界，婆罗门也可以看到其他种姓们的生活世界。"观众持有一系列权利，进入电影院的权利，作为贵客而被精心招待的权利，他还可以通过参与影院内外的各种影迷活动进一步行使这种权利。"（阿希什·拉贾德雅克萨《印度电影的宝莱坞化：全球舞台上的文化国族主义》）影迷们行使的这种权利甚至进入政治领域，有些电影明星成为政治领袖，他们的选票来自庞大的影迷群。印度电影强大到这种地步，在 20 世纪，它几乎在世界上取代了古代世界由佛教散布的印度形象。电影是印度的民族主义，阿希什·拉贾德雅克萨说，它追求一种基于文明的归属感。它体现在诸如"再次心属印度""我爱我的印度"一类语词的蔓延狂潮中。我问一位印度导演，印度是否有电影审查制度，他说，有的，但是不知道标准在哪里。有的电影获得国家的电影奖，但不能在电视台播放。审查主要是宗教上的，不能引起教派冲突。但是，导演们总是有办法越过这些审查，审查制度对印度导演并不是个问题。

白天，一些人躺在海岸大堤上睡觉。另一些人坐在堤上，看海。一些人如微飕中的布那样飘来飘去。这不是一个拼命工作、忙忙碌碌、你追我赶的城市，很多人有时间来闲着。而孟买在世界上被认为是印度竞争最激烈的城市。夜晚，长长的海堤成了一个大玩场，无数的人环绕着散步，海风兜着各式各样的布，卖小食品的小贩忙得不亦乐乎。大堤热得像炕一样，有人扑上去翻个身朝着大海一横，晚安！睡过去了。

印度给我强烈的空间感，它是无数的空间、场合、碎片的集合体，某种看不见的叫作印度的东西凝聚着它。德里也是场的集合，不像那些通常的首都，感觉不出世界城市那种轴心式的格局。或者说有许多轴心，政治的轴心、宗教的轴心、生活的轴心、贫民窟的轴心……一位司机带我穿越德里，他开着一辆似乎马上就要散架的机动三轮车，伤兵般地缠着许多胶带、布条，后座有一排满是破洞的座位。德里就像一块块巨大的云，飘在恒河支流亚穆纳河西岸的平原上。这一块高架桥林立，摩天大楼、推土机和载重车；那一块是旧城区，无边无际的小街小巷，衣冠褴褛，拥挤而嘈杂，仿佛正在发生骚乱。这一块高贵、坚固、富态，但寂寞；另一块野心勃勃，刚刚崛起，但似乎还在沉思。有的云苍翠、典雅而冷清，有的云灰尘滚滚、自得其乐……忽然，经过印度门一带，纪念碑、巍峨的土红色宫殿。忽然，一个巨大的露天自由市场，堆积着旧衣服、旧鞋子、旧书、旧家什，与这些二手货一样老旧的人群在里面翻来刨去。回忆再次回来，少年时代，昆明红旗电影院附近，民间自发的自由市场，源自古代的集市，但现在交易毛泽东的纪念章以及邮票、手表、书籍等等，是非法的黑市，警察会忽然包围，这是我少年时代的乐园。忽然，镜头转回德里，世界上空无一人，一个接一个的花园，流浪汉在菩提树下睡觉。

我住的旅馆在占帕特大街，首都最著名的街道之一，人行道坑坑洼洼，大道凹凸不平。旅馆里几乎没有客人，每次出入都要经过带有X光的安检仪。窗子外面飞着三千只乌鸦。沿街有一个市场，很多小铺子，卖各种针对游客的印度货，还有许多流动小贩在纠缠游客。店里的老板们热情，一进店就缠住。用汉语说，周恩来，尼赫鲁。有张著名的新闻照片代表着中国。印度人很少到别的国家去旅游，他们似乎没有好奇心。在中国很难见到印度人，对于当代中国，许多人大约只知道周恩来。必须冷酷地杀价，很难判断那物品价格的底线在哪里。我总是以为价格已经够贱的了，这么低的价格买到这东西等于抢劫，但老板笑嘻嘻地搂住我的肩膀，拿去！那是两本真皮壳子、手工纸做的笔记本，合计人民币20元。到了夜晚，这里就成了一个灯光集市。少年小分队在花花绿绿的衣物和青年男女之间穿来穿去，我少年时代也是这小分队的一员，但我从未穿过集市，我想起1966年的夜晚，我十二岁，我跟着一支小分队去昆明的红太阳广场捡红卫兵撒出的传单，在大人的长腿下面捡拾那些印着政治口号的纸。

旅馆旁边就是印度国家博物馆，正在关门维修。守门的是荷枪实弹的士兵。博物馆外面是大片的荒地，这栋藏着印度宝贝的灰色建筑显得很疲惫。其实印度的宝贝大可不必去博物馆看，到处都有，许多博物馆级别的宝贝，就在闹市深处的神龛里，使用了上千年，并没有成为古董，还在用。

红堡就在德里老城的旁边，日出时开放，日落时关闭。印度的许多门都是这样开闭，被朝阳或者落日照耀着，就像我童年时代的昆明。红堡是一群安静的赭红色砂岩，醒目。旅游手册说，这是印度的紫禁城。跟着印度人往里走，他们的门票是11卢比，我的门票是100卢比。完全没有走进皇宫的感觉，大门口垒着一排沙袋，上面架着枪柄被磨得很光滑的旧机关枪，大约是第二次世界大战留下来的，穿土黄色军装的士兵守在后面。城堡是伊斯兰风格的建筑，雕刻着精致而刻板的图案。第二道大门包裹着整面的铜皮，已经关不上，靠墙支着。这道门里面是一个拱形的通道，两边是卖旅游品的铺子。有家铺子里亮着一颗宝石，蓝灰色的。非常美，有点犹豫，像是秋日林间的光辉。我很喜欢，但老板一定要800美元。他坚定不移，绝不让步，目光冷酷傲慢，那是真货拥有者才有的目光，我囊中羞涩，只好放弃。穿过这个通道，里面有些大理石宫殿、花园、水池，几何感很强。凳子上有人在睡觉。我也找一个石凳小睡一会儿。一只狗走过来，钻到凳子下面，陪着我睡。有个外国游客穿着高跟鞋崴了脚，尖叫一声，我才发现印度女人不穿高跟鞋。

红堡对面就是德里老城的昌德尼朝克大街。吵闹、混乱、拥挤，灰尘从无数黑掐掐的拖鞋下面漫出来，喷出来。生活发动着日复一日的骚乱。人口、车子、牲口川流，鸽子跳起来，乌鸦扎下去，猴子在密集的电缆上跳舞。街口几乎被三轮车夫包围着。导游劝我雇一辆三轮车，开始我还不太愿意，后来不得不雇上一辆，不依赖三轮车，这地方简直就无法走进去。水泄不通，几乎全是商人、苦力和顾客。茫无头绪的游客只是里面逆流而行的小群的鱼。无边无际的生意，无边无际的铺面，无边无际的小巷，无边无际地讨价还价、无边无际地流着汗……挤得就像电影院散场，比那时更拥挤，不是摩肩接踵，而是人贴着人，车憋着车，货物顶着货物，人们似乎把银幕里的道具，全都搬到现实里来了，而且不仅有21世纪的道具，也有19世纪的道具，甚至莫卧儿时代的道具。拉板车的、光着膀子扛麻袋的、卸货的、捆绑什么的、谈价格的、谈判破裂破口大骂的、称咖喱粉胡椒面的、坐着的、站着的、正在钻的、被大麻袋压得不见了脑袋的、坐在三轮车中高人一等的、蹲着的、睡着的、躺着的，貌似大师的人物，穿着脏兮兮的白袍，仙鹤般地在里面飘来飘去。有人蹲下去，在垃圾堆上吻他的脚。见缝插针，同样貌似大师的人物在卖甜茶，几十口缸在桌子上摞着，洋瓷桶上摆着一只瓢，爬满苍蝇。猴子们蹲在电线上哈哈大笑一阵，又高高低低地边嚼边走。三轮车在巷子里走，旁边的人就得靠墙避开。车夫居然可以穿行，嚷嚷着请人让路，三轮车碰撞多年，三脚架已经扭曲，车夫靠身子保持车子的平衡。出来后我试着骑了一下，如果正常骑，一只轮子就要翘着。人们似乎并没有意识到空气的窒息，声音的烦嘈，千头万绪的混乱，各忙各的事，各有各的目标。整体很乱，但每个人的事情并不乱，一眼看上去完全是一团糟，但如果理出来，每一根都有头有尾。经常在某个交叉口挤成一团乱麻，又自动散开，没有维持秩序的人。彻底的无政府，莫衷一是，唯一的目标就是生活。比《清明上河图》里的场景混乱百倍，忽然记起那古代集市，那集市也是生活，但透着文雅、闲适，雅驯多了。不同在哪里？这市场没有喝茶唱戏的，没有卖花鸟虫鱼、蟋蟀猫狗的，不适于闲逛，人人都在做事，或者气喘吁吁地停下来，歇一会儿。忽然间，空气中飘过来一股辣味，我猛咳起来，泪流满面，越来越剧烈，鼻涕眼泪不断，纸巾用了几包，咳得个五脏俱裂。一辈子没有这么咳过，过后腹肌疼了三天。原来我已经浑水摸鱼，来到了亚洲最大的香料市场，这一带临街数百家小店，随便一家都在这个市场待了几百年，全是卖香料、干货的。腰果、葡萄干、大枣、花生、核桃、豆蔻、番红花、马芹、胡荽、肉桂、丁香、草果、花椒、干姜、冬瓜蜜饯、咖喱、辣椒……各种香料粉末飘出去几公里。

有个晚上跟着导游去一家国家剧院看舞蹈。经常有舞蹈大师在这里表演，对公众是免费的。这场舞蹈改变了我对印度舞蹈的印象，先出来的演员跳的是司空见惯的印度神话舞，模仿着猴子、蛇或者孔雀什么的，耸肩、摇臂。后来出来一位大师，从观众的鼓掌可以知道他非常受欢迎。赤脚，一身纯白，长得像佛陀，有些发福。他随着几个坐在地上的乐师演奏的美妙乐曲舞蹈，只是在原地跺脚、击掌，整个身子抖动着，就像一棵灵树在春天的风中逐步苏醒，抖动自己身上的叶子。与之前的舞蹈比起来，这舞蹈几乎就不动，贲象穷白，这是我见过的最美的舞蹈。

胡马雍陵建于1556年，是莫卧儿王朝国王胡马雍的陵墓，日出时开放，日落时关闭。里面有几排大理石棺，据说躺着国王和他的妃子们，石棺雕得非常精美。可以感受到这陵墓所暗示的文明有着一种清洁、纯粹、专一的特质，以及几何般的精确，过于讲究、决不能越雷池一步的风格。我感觉与这个陵墓曾经统治过的时代相比，印度今日似乎再次回到了那个老印度，多元、随便、好玩、万花筒般的、色彩缤纷的印度。德里的意思是起点或者开端。我站在陵墓顶上眺望德里平原，这个平原地处恒河平原和印度河平原分界处，几乎没有什么障碍物，依然一马平川。那里有无数的遗址，我仿佛看得见它们。

有一伙印度人坐在大地上用餐，铺一块布，盘腿而坐，灰尘在不远处嬉戏着，不时还有苍蝇、乌鸦或别的什么鸟掺和进来。

古特伯高塔，被称为"印度斯坦七大奇迹"之一。一个赭红色的圆塔，高耸入云，周围是一群废墟。印度教神庙和伊斯兰风格的混合物，高塔是伊斯兰式的，附近的回廊断壁则有印度教神庙的风格。巨大石块，精密地咬合起来，组成莲瓣状的拱门，这是一个宏伟的地方。在印度很少见到这种高大壮观的场所。穆斯林、佛教追求宏伟，高于世界。印度教却是俯伏在大地上的。12世纪，北印度地区被穆斯林征服，定都德里。1193年，国王古特伯·乌德·丁时代，这个塔开始修建。往昔人们也追求雄伟，但并不是大起大落地粗糙堆砌。雄伟的事物总是免不了粗制滥造。这个塔壮丽而精美，塔身雕着花纹和字母，人类总是崇拜文字。在中国，人们把汉字刻于泰山。文明是从远古的文身开始的。身，随着历史而丰富，文字被镌刻在更耐久的材料上，不仅仅是文身了。这个塔据说象征着穆斯林的胜利。高75.56米的塔，到14世纪才完工。站在塔下，喧嚣的德里似乎忽然间失去了声音。我估计当年它也很安静。它直刺苍茫，云纷纷坠下。一架飞机似乎正朝着塔身驶去，但后来像鸟一样避开了。

贫民窟是德里的另一片云，总是堆积在郊区或者火车站附近。只要那里有一根水管或者一个泉眼，人们就可以落地生根。六张塑料片就搭成一个家，一片是顶，一片是地，一片是门，另外三片是墙，生活就开始了。贫民窟后面是大地，就像文明的进程，先是赤身裸体，上无片瓦，下无寸土（人们离开了家乡，因此回到了原人状态）。然后是简易的棚子，古代用树枝、茅草，现在用石棉瓦、塑料片、编织袋、废料等等。材料不同，使用的方式却是一样的。然后贫民窟按等次向文明的中心推进。贫民窟也是有等级的：最边缘的地带，直接铺床毯子睡在地上；越接近市区，居住的质量越奢侈，床从泥巴中搬到了昂贵的弹簧钢丝床上。从一穷二白的硬地到摩天大楼顶上的席梦思，之间是一个梯级，一个布满蜂巢的金字塔结构。我去的这个贫民窟在火车站外面，那火车站只是一些钢架，车站内的情况可以一览无遗。就像透明的蜂巢，不停地崩溃又聚拢起来。一趟车进站，人群像被解散的蜂群从车站里拥出来，跨过铁轨散去。车站周边都是现代运动流下的灰色废物，黑色残渣，没有一点绿色。忽然，一抹绿色出现了，那是一捆蔬菜，是一位老者搬来给一头站在铁轨旁的牛吃的，很快，就像烟一样在牛身边消失了。干燥的车站，仿佛时刻会着火。走下火车的人们得穿过这个贫民窟。它刚刚被一场火烧毁了一部分，一群工人正在用角钢搭棚子，电焊光刺着眼睛。活干得极为笨拙，天生不是干这种西式活计的料。这地区没有阴沟，污水就在棚子外面流淌，但是不臭。走进去得踩着一块块临时搭起来的砖块。每家都是铺着块布或者席子、毯子什么。

地上摆着一堆碗和盘子。距离污水沟只有几步之遥。"近乎神圣的贫穷。"（V. S. 奈保尔）大白天，有人在睡觉，有人在缝补，有人在弹琴，有人在下棋或者聊天。苍蝇汹涌。孩子们扑在地上做作业，屁股上爬着昆虫。没有任何迹象表明，他们将离开这里或者在追求改善和进步。地久天长、听天由命的样子，仿佛世界开始就是如此。有个大眼睛的小姑娘在看书，打听了一下，她在附近的一所学校免费读书。

我偶然走进了这个贫民窟，也许在德里如果你要四处逛的话，你无法不遇到贫民窟。"人并不主动探索世界，甚而他们为世界所界定。就是这种消极的认知，伴随着'冥思'、对无限的追求以及迷失自身的极乐，它还伴随着'业'和印度人生命里复杂的组织结构（种姓）。"（苏德尔·卡卡尔）贫民窟太庞大了，而且一个地区与一个地区不同，各式各样的，也许是先来后到，当时当地的建筑材料不同，更老的街区房子是木料、集装箱什么的，现在似乎只有塑料片和编织袋了。贫民窟是局外人为他们取的绰号，在他们看来，这里的一切真是悲惨。但也未必，这要看那是谁的立场了。中国作者郭宇宽说，"宪法规定：印度公民有选择在哪里居住的权利……我问印度朋友难道想在哪里住都可以，跑到新德里在总理府门前搭个帐篷，跟总理作邻居行不行？或者把帐篷扎在人家私人花园里行不行？他们告诉我理论上是没有问题的，不过操作上比较难，因为主人会把你赶走，这是人家的地盘。不过如果你成功地在一块地上住了一段时间，比如一年，别人没有赶你，以后就再也不能赶你了。这倒挺符合卢梭的契约理论，默认也可以视为一种契约。后来我发现果然不假，印度很多富人的宅第和花园都会竖一块牌子，'私人财产，禁搭帐篷'"（郭宇宽《一个中国人眼里的印度贫民窟》）。在一部纪录片中，搬到政府建造的新房子里的居民并不喜欢他们的新生活，反而怀念贫民窟的人情味。一位印度知识分子说，贫民窟"重新创造了记忆中的乡村，并以新的形式激活了旧社群的连接纽带。甚至传统的信仰、忠诚和亲缘关系……它总是能讲出故事……它甚至可以被浪漫化和被赋予为理想社会的愿景或失落的乌托邦"(阿西斯·南迪,印度最具影响力的社会学家之一)。我未必完全同意这些观点,但可以看出印度人的深刻,他们并没有"一刀切"地将贫民窟视为脏乱差的毒瘤,他们用加法,首先是尊重这种活法,然后研究它为什么以及是什么。也许这位导演自己就是新德里中产阶级街区的一员,但并不妨碍他设身处地地看世界,而不是把自己的生活方式设为一个标尺。己所不欲,勿施于人。这个己所不欲,也包括不欲他人用他的活法来规范你的活法。如果一切都是幻象,那么活法就不存在是非。中国有句老话,金窝银窝,不如自己的狗窝。印度不是以金或银来衡量生活质量,而是另外的东西。像狗一样活着,并非贬义。

安排我们旅行的印度旅游公司老板有一个惯例,总要邀请客人去他家聚会一次,我们接受了邀请。他当然住在德里的中产阶级社区,华丽而舒适的家,英国家具、波斯风格的屏风,巨大的床铺上铺着丝毯。房子已经住了几辈子的样子,被某位仆人日复一日地打扫,终成旧物,贵重且有品位,像一篇古代的八股文。"在印度,秩序乃至矫饰往往仅止于房子内。后院堆满了乱七八糟的东西……"(V.S.奈保尔)楼顶是一个花园,我们站在那里吃烧烤,有一只品质优良的大狗在客人们腿间穿来穿去。从他家阳台上看,德里的夜晚没有火树银花不夜天,只点着一些必要的灯,像稀释了的古代之夜,最亮的是星空。

将要进入瓦拉纳西,这是世界著名的圣地,那些散布世界各地的、印着印度教教徒在恒河中狂热沐浴镜头的明信片就来自这里。一路全然没有走向圣地的迹象,田野、灰蒙蒙的村庄、年久失修的公路,满载着难民般的乘客穿过大地的火车,大卡车妖怪般地风驰电掣——这些印度货车很奇特,大泵上画着神脸,几乎每一辆的车身都被文身般地涂上五颜六色的符号、图案，还挂着五颜六色的飘带，使这些车辆看上去就像一个个戴着印第安式面具的怪物，也许这样就标明了它们缺乏灵魂、知性的本相，因此可以辟邪，可以避免车祸。印度到处是避邪的符号，邪是什么，我感觉除了看不见的，大概也包括那些现代之物。瓦拉纳西将近时，道路进入一团龙卷风般的狂灰，这团灰雾长达五六公里，形成一个灰尘隧道，汽车在其中逶迤穿过。公路两侧成了巨大的停车场，停着的全是那些妖怪般的大货车，过往的汽车，轮子都深陷在灰粉中行进，狂灰暴扬，灰雾遮天蔽日，车辆时隐时现，黑暗突然来临。偶尔有条裂缝一亮，看见印度人就坐在灰海的底部吃着东西，甚至躺在灰堆上呼呼大睡。有人骑着自行车在泥泞里艰难行进。一头洁白得就像它自己的奶一样的白牛，在狂灰中岿然不动。裙子依然洁白或者鲜红。一座神庙，再次被狂灰淋浴，悄悄地增加了厚度。仿佛那不是尘埃，只是某种更普及的加冕。这就是进入伟大的瓦拉纳西之路。之后，灰尘逐渐散去，恒河出现了，灰色的苍老的河流，宽阔地闪着光芒。瓦拉纳西垃圾山般地堆积在河畔。汽车从铁架桥上越过恒河，进入了瓦拉纳西。

世界上恐怕没有比瓦拉纳西更真实的城市了，没有丝毫伪装，没有丝毫做作，这城市没有装出中心、繁荣、高大、雄伟、进步、奢华、乐园、焕然一新、蒸蒸日上的样子，几乎看不到什么新的建筑物。它完全不在乎这城市的新或旧，它似乎没有新与旧的是与非，旧的要灭，新的也要灭，一切都是幻象。它不在乎它的光辉形象，它甚至似乎根本就没有世界城市普及的"市政"这种东西。一个在时间中自然生长起来的城市，无边无际、自由散漫、奇形怪状、破旧而坚固、落后但舒适，长满了包浆，丰富无比。无数时代比肩而立，石头、老树、油漆、马赛克、玻璃、霉斑、木头，交相辉映；2011年的广告、1742年的神庙，古代就在此聚族而居的猴群、乌鸦，刚刚沐浴后被母亲从恒河里抱出来的婴儿，站在楼顶跳舞、放风筝的少年……城市的规模、乡村的风格、集市的喧闹，其间不乏钟鸣鼎食的辉煌、奢华，超凡入圣的宁静、寂寞。瓦拉纳西处于从村落向城市过渡的途中，不是有计划的城市改造，而是时间、历史使从前的荒野变成聚落，变成村庄，变成集市，变成了市中心，又使曾经的市中心退回到村落。这一过渡已经持续了七千年，没有一种形态搞定，有的地区依旧是聚落，有的地区是集市，有的地区是村庄，有的地区是城市，高楼已经崛起……120万人的集聚地，各式各样的建筑物——印度教神庙、清真寺、大树、废墟、古迹、店铺、伊斯兰寺院、广场、王宫、居民们城堡般的楼房或者洞窟、密密麻麻的小巷……按照各时代居民的意志，群山或森林般地堆积在恒河岸上。就像盘根错节的树根，彼此交错混合，彼此依偎，彼此牵肠挂肚。没有高低贵贱导致的壁垒森严，平民的私家花园隔壁就是王室的寝宫，灵验千年的神庙的对门就是老铜匠的作坊，瑜伽大师修炼的平台旁边就是流浪狗的巢穴。有的地带也许曾经显耀一时，但被时间的平庸吞没，另一个地带从贫寒中崛起，也跟着成为废墟。这城市似乎从来就没有拆迁过，除了战火、天灾，没有进行过人为的大扫除，无数世纪的旧物、故居成为灰烬、废墟、遗址，堆积在原处。废弃与过剩，旧世界与新景观，形式消逝了，灰烬留下来，比形式更坚固的原材料留下来，成为苔藓们的乐园，它们疯狂地在已经失去了围困对象的古墙上爬过。新世界在废墟旁边生长起来，并且一个个跟着落日沦为旧世界。也许权势者曾经有过梦想，要将这地方分门别类，高贵是高贵者的通行证，卑贱是卑贱者的墓志铭，但他们全都失败了。全城庙宇、寺院有一千五百多座，不仅住着120万居民，还有十几万栩栩如生的神像。每年要举行大大小小的四百多个节日，前来朝觐或旅游的人有两三百万。人们永远没有时间来改造规范这个城市，有那么多的节日要庆祝，有那么多的祭祀要举行，人们不能停下来去清理、修整、扫除。于是，一个个节日的劫后余灰、一场场祭祀的杯盘狼藉、一次次狂欢的排泄物，被再次卷来的生活流踏平撂叠，逐渐增厚积淀，成为高原、丘陵或者沼泽地。丰功伟绩、失败沉沦、沧海桑田，血与火、进步与倒退、新与旧、过去与未来，没有是非地重叠在一起，各种铅华褪去的价值遗留下来的符号纠缠不清，水泄不通，彼此消解，彼此确认，彼此辉映……伟大或者渺小都任其自然，最后一切混为一谈，成为某个叫作瓦拉纳西的地方。瓦拉纳西营造出一种永恒的混沌感。这不是城市，这是一个场，一个巨大的装置，它创造出一个幻象，世界只是一个渡口，正在从此岸向彼岸过渡的途中，没有什么值得恋恋不舍，没有什么能够固若金汤，没有什么将会永垂不朽。其实连彼岸都没有，没有终极之地，只有轮回。就是最高神，也是睡去，又醒来。睡去是灵魂状态，灵魂是永恒，醒来则是投生，神的状态只是暂时的、过渡的、当下的。轮回才是永恒。

只有恒河，它在瓦拉纳西的最低处。

抵达瓦拉纳西不久，天就黑了，看不见它，那个方向只有一片大黑暗，比黑暗更黑。

黑暗之神坐在星空下。

黎明，瓦拉纳西油锅般地翻滚起来。一切都涌向恒河去。

这圣城的醒来是一场舞蹈，仿佛瓦拉纳西从大地上一跃而起，就开始载歌载舞。

恒河上的薄雾为这城市造出蓝色的黎明。狂欢开始了。来到街上，通向恒河的各种小巷、道路，已经行进着长长短短的游行队伍。大家要赶在日出之前到达恒河边，要在初升的太阳中清洗身子，要向太阳献上他们布施的河水。这些队列要么吹吹打打、跳着唱着，要么裙裾飘飘，要么一步一颠，要么诚惶诚恐，要么旗幡摇摇，要么涂脂抹粉，要么素面朝天……全是就要走到头，就要抵达归宿、圣殿、终极地的样子。有点像登山队走向珠穆朗玛峰，但没有人呼吸困难，只是那些庄严或喜悦的表情都在暗示，他们正在接近伟大的终端。

　　这是一个舞台，任何人都可以在这个过程中即兴表演。或歌或哭，或喜或悲，或癫或痴，或疯或傻，无数走向恒河的古老仪式被一代一代地继续着，无数个人化灵感突至的仪式被当场创造出来，只要你是在走向恒河，怎么都行。群龙无首，无人组织这些滚滚不绝的游行，恒河是那个伟大的组织者。旅游团、出殡的队列、吉卜赛人的小分队、高人一等的三轮车队、卖花女的游击队、货郎小贩们组成的叮叮当当走走停停的巡逻队、示威者、寻寻觅觅者、趁火打劫者、兴高采烈者、欣喜若狂者、百感交集者、大惑不解者、一心一意者、无神论者、农民、工匠、教师、鞋匠、妓女、大师、迫不及待者、心神恍惚者、东张西望者、闭口不言者、娇小玲珑者、虎背熊腰者、袒裼裸裎者、三分像人七分像鬼者、粗服乱头者、浪子回头者、疑神疑鬼者、童颜鹤发者、披头散发者、蓬头垢面者、牙牙学语者、小偷小摸者、朝圣者、教徒、祭司、苦行僧、遁世者、乞丐、妇人、婆罗门、刹帝利、吠舍、首陀罗、"神的孩子"、流浪汉、牛只、丧家犬、猴子、乌鸦、残疾人、地主、银行家、诗人、穿金戴银的、衣冠褴褛的、衣冠楚楚的、赤裸的、赤脚者、党员、无产者、政治家、白皮肤的、黄皮肤的、黑人、吉卜赛人、骗子、小孩子、庆祝印度与斯里兰卡板球决赛获得冠军的狂欢者、世界各地赶来洗澡游泳的旅游团、清晨去恒河打一壶水回家献给神像的妇女们。抬尸体的队伍有的呼啸而过，震动街市，钟鼓齐鸣；有的悄然而去，一具尸体，四个人抬着，默默地走去烧了。高高矮矮、男男女女、老老少少……以及瓦拉纳西日夜不绝的污水、液体、垃圾、灰尘……

　　这伟大的游行也是一场狂欢，一个流动着的庙会、交易会、博览会、艺术节……无数的小贩、交易、买卖、施舍、表演活动穿插其间。卖祭品的、卖鲜花的、卖食物的、卖日用器皿的、算命的、乞讨的、杂耍的……

忽然间，吉卜赛人来了，鼓声琴弦一响，这声音就是舞台，周围立即成为观众席，他们跳最美妙的舞蹈，每个人都是世界舞台上的舞蹈天才。舞蹈藏在印度的身体里。回忆再次闪现，在遥远的少年时代我到过瓦拉纳西，那是昆明的马街，环绕着一个神庙，山地民族的狂欢、对歌、跳舞，无数的新衣裳、无数的裙子和山茶花。在印度，我找到许多源头，比如佛教的源头，比如庙会。南朝四百八十寺，瓦拉纳西的一千五百个寺庙，没有一个庙是核心，瓦拉纳西祭祀的核心就是恒河，所有的庙都为恒河而建。

步行、小跑着、冲撞着、狂奔、跟着、尾随着、亦步亦趋、漫步、慢腾腾、独往独来、一意孤行、闲云野鹤、鱼贯而行、爬着、抬着、顶着（印度的头不仅用来思考，也用来载重）、牵着、拖着、扛着、拉着、喊着、唱着、吼着、边走边跳、哭泣着、眉开眼笑、愁眉苦脸、浩浩荡荡、熙熙攘攘、纱丽飘飘、赤脚滑滑、摩肩接踵、前呼后拥、鹅行鸭步、延颈举踵、扶老携幼、前仆后继、穿过瓦拉纳西的街巷、大道小路，久旱逢甘雨，逃难似的逃向恒河。当然，也有大量的人背道而驰，逆流而动，他们已经沐浴完毕或者取到一瓢，再次走向那万里迢迢、历经千辛万苦的归乡之途。

瓦拉纳西是无数碎片的集合，无数自我圆满的碎片向着神的集合。万法归一，万象归一，归向恒河。"唯有超验的本相保持不变，所以唯有这个本相才是真实的。事物的多样性是假象，因为它们中间唯一不变的本性才是真实的。"（S. N. 达斯·古普塔）

瓦拉纳西圣地的终端不是殿宇庙堂，不是宝刹纪念碑；不是哭墙，只有悲伤；不是梵蒂冈，只有服从；不是大雄宝殿，只有顶礼膜拜；不是清真寺，只有一个神……不是世界上那些只能按照严格仪轨朝拜的地方，世界向高处去朝圣：走向希腊神庙是走向高处，走向法老的陵墓是走向高处，走向玛雅人的祭坛是走向高处……瓦拉纳西朝圣之旅的终点是一条河流。

芸芸众生从世界的台阶上下来，从文明的金字塔上走下来，回到大地上去，朝着大地最低处去，从衣冠楚楚向着沐浴走去。

大地上的河流没有哪一条被如此顶礼膜拜。就是中国那样曾经狂热地以大地为师的社会，道法自然，大地也没有如此被升华神化。恒河已经不是河流了，它是液体的圣殿。活着的圣殿，有体温质感的圣殿，活在大地上的神灵，它是神灵之上的神灵，汹涌着更伟大的力量，就是伟大如湿婆者也要归顺于它。被恒河拥抱，就是进入了最后的怀抱，比母亲和诸神更久远的怀抱，永恒的怀抱。

人与野兽不同，野兽不会无聊，不会陷入生命之无意义、天地无德之烦恼。于是人要在吃喝拉撒之外再弄出些事情，使原本无意义之存在具有意义。为什么活着，要回答解释。诗是一种解释、宗教是一种解释、意识形态是一种解释、战争是一种解释、革命是一种解释……解释、回答就是创造一种文化场域，使意义得以生成激活。有的场好玩，有的场不好玩，有的场其乐融融，有的场血雨腥风，有的场做作拘泥。瓦拉纳西的场是欢乐的场、好玩的场，众神在河流上、尘埃中、垃圾旁。

在有着种姓制度这种历史的印度，恒河接纳每一个人，就像大地一样，对每一次诞生开放，无论那是怎样的诞生，接纳每一个在它怀抱中出生的生命。大地没有种姓，只有容纳。唯一的至高无上者是恒河。瓦拉纳西最深刻的地方是，恒河被人民诗意地命名为各种有名有姓的神灵，但是众神的归宿却是一个匿名者。恒河一词其实毫无意义，这是一个匿名，大地上的哪一条河不是恒河？这种大地崇拜将文明带回它的本源、带回它的开始之处，上善若水。恒河朝拜的路线是后退的，世界从名目繁多的金字塔回到无名的大地上，回到万物平等，回到一，回到没有种姓、等级、阶级、职位、国籍、信仰、男尊女卑、富贵贫贱、老弱病残、巴别塔、神龛……的时代。回到众神之前，大地是唯一的神，它令我们这一切都诞生了。

朝圣的洪流抵达河边，什么都不要了，全部扔掉、脱掉、扑通一声。岸上抛下一堆堆衣服、包袱、鞋子。

人们扎入水中，浸入水中，捧着水，抱着水，喝着水，玩着水，就像是热恋的情人在做爱。有人遵循严格的仪轨沐浴，也有仅仅是在洗澡、游泳，创造着各种动作。一旦接触到水，人们就解放、放松了，就是最严格的教徒，在做完仪式后，也忍不住会像鱼那样游玩一下。每个人都在微笑，不自觉地笑，傻笑，来自身体而不是意识、观念的笑容。恒河沐浴，一方面是一个象征，这一行为意味着在这个瞬间，罪孽被洗涤，神接纳了沐浴者。同时它也是身体本身的清洗，水是凉的，甫一下水，皮肤剧烈地收缩，这不是象征。洗是在体验，被神接纳是一次体验。沐浴也是从涅槃到转世的一个可以体验的刹那。沐浴仿佛是一次次短暂的转世。洗净，就是从死亡中转世。无数的人在脱去旧衣服，无数的人湿淋淋地从河中神清气爽地走上来。

沐浴也是一种玩，但不是玩耍，是通过玩回到生命的本源，就像汉字"玩"这个字的本意。玩，由玉和元组成，玉石是石头之精者，元是开始，抚弄玉石就是揣摩大地的本原。玩其实是一种揣摩，玩物丧志，是因为没有用心去玩，玩堕落成了玩耍。玩不是耍，而是揣摩。瓦拉纳西地带的这一段的恒河，是长达两千五百多公里的恒河的一颗宝石，恒河的精华地段，印度最古老的人类聚居地，七千年前人们就在此聚居了。恒河本来自西向东，在这里忽然变成了自南向北流，这就是神迹。恒河被认为是印度最伟大神祇之一湿婆的一个化身，据说湿婆曾经在战争中杀人如麻，罪孽深重，他的生命被自己的罪行遮蔽着，在恒河中他才洗去了罪孽，被解放，获得神圣的力量。

瓦拉纳西就像一场永不终止的去蔽运动，日复一日的节日，日复一日的解放人性的戏剧，将人们从观念、教条、仪轨里解放出来，回到身体的狂欢状态，众神从神龛祭坛上跑出来，回到人间。麻木不仁的生命被一个巨大的场空前地激活。瓦拉纳西不像世界许多圣地，只是令人更加顶礼膜拜、循规蹈矩、亦步亦趋。瓦拉纳西最迷人之处在它不是麻醉品的狂欢，而是身体、心灵的狂欢，瓦拉纳西迷药是一个场，是所有在场者共同创造的迷药，通过沐浴这个身体的解放行为将精神引向原初的形而上，本源性的敬畏、感激、迷狂和超越。

东方就是这样，来自大地的精神性暗示总是使现代主义的直线运动弯曲改道，面目全非，那根热衷于拉直扯平一切直线的全球化米达尺刚刚过去，东方就又像原始森林中的树木一样，学着它们，枝节横生了。

重要的是沐浴而不是关于沐浴的各种仪轨、说法。这是瓦拉纳西的大秘密。真相就是下水，走到一条河流中去沐浴，洗掉身上的污垢，这个动作在创造人类和万物的时候就已经被创造出来。但在瓦拉纳西，这个古老朴素简单的行为却有着世界文明史上最丰富的含义和象征。印度人通向神明的道路不脱离身体，沐浴这个原始动作被升华为获得救赎的仪式，但沐浴并没有消失。基督教也有洗礼，但那已经成为仪式，沐浴被取消了。狭义地说，中国是文明的世界，以文明世；印度是神明的世界，以神明世。无论文明、神明，都必须一次一次去蔽，非历史、非理性，洗去雅驯、神话的累积重叠所导致的对生命本源的遮蔽，除去形而上污垢，回到身体，回到原人。如果在中国文明中，是以诗的方式一次次更新激活语言，以保持文明的活力的话，瓦拉纳西则直接保持着一条后退的道路——通过沐浴。日复一日的沐浴，神明常新，神明永远不会成为僵死教条，瓦拉纳西永远神清气爽。

我四点半出发，跟着导游苏加走去恒河。瓦拉纳西的居民习惯早睡早起，沐浴最佳的时候是日出时分。苏加六十五岁，婆罗门。有一儿一女，女儿嫁到了加尔各答。每天沐浴一次，但不一定是在恒河里，对印度人来说，所有的水都是恒河水。苏加穿着白衬衣和烫得笔挺的西裤。这位中学老师或者邮递员（他告诉我一个职业，没搞清楚是做什么的）退休后，又干了十年导游，亲切优雅，气质高贵，历经沧桑。他没有通常导游对待外国游客的那种神情，似乎没有外国人这种概念，无非就是语言不通罢了，而在印度，语言不通是很常见的。他有长者对待年轻人的那种关怀、庇护。我们谈到诗歌，他也读过点英文诗。我听出他说的诗与我说的一样，那种分行的现代玩意。但不包括《罗摩衍那》，《罗摩衍那》想象的读者是神。而那些英文诗，想象的读者是诗人自己。他默默领着我走，稍微指点一下大方向。他没告诉我这是什么那是什么，我也不好奇，只是想着我得下水去沐浴一次。我们跟着人群，穿街过巷，从一排排坐在地上乞讨的叫花子之间穿过（恒河就是他们的全部生活，就像是河岸的礁石，每天都坐在原地）；从油烟滚滚正在油炸小食物的锅子以及一捆捆香柱之间穿过。有人用普鲁树枝刷牙，大多数人满口白牙。从菩提树和猴群下穿过，从水井和院落之间穿过，从鹅群和狗群之间穿过，在垃圾、粪便、下水道泛滥造成的沼泽地带穿过——垃圾与献给诸神的香灰、花瓣、酥油什么的混合在一起，红红绿绿。在单车、摩托、手机和刻在石头上的神祇之间穿过；在叮叮当当的脚环、宝石、银饰、项链、戒指、手镯、耳环之间穿过；在蔬菜、水果、鲜花、塑料、铁器、陶罐、牛奶罐、旗幡、苍蝇、蚊子、虫虫、大麻袋……之间穿过；从电视机里传来的宝莱坞音乐、诵经声、锣鼓声、口号声、钟声、老鸦的聒噪声、各种各样听不懂的口音和一支游荡在尘埃中的丧歌之间穿过；从漆黑如夜的黑牛、洁白如印度棉花的白牛和花牛、黄牛之间穿过……一切的出口都在恒河身上。

　　湿婆是创造之神也是毁灭之神，是死亡和生命的合体，是一位救星也是一位灾星。人们生于斯，也死于斯。生命是沐浴，死亡是灰烬，都由恒河接纳。在旱季，当无数的河流断流，成为沙漠，只有恒河一片浩荡汪洋，波涛滚滚救济众生。而在雨季，它又洪水泛滥，吞没大地。恒河在旱季极少下雨，但那一天，我正在瓦拉纳西古代的岸上，暴雨来了。忽然间，沙漠在对岸站起来，白沙滚滚翻起，此岸刚才还人声鼎沸，顷刻之间已经跑光了，似乎化为了灰烬，只剩下空荡荡的恒河。暴风雨携着乌云如一群披麻戴孝的出殡队伍急驰而来，嘶鸣腾跃，飞沙走石，天黑如夜，瓦拉纳西就要毁灭。但是千军万马被恒河挡住，暴雨在恒河上人仰马翻。神牛站在堤岸中，只有它没有逃跑，这就是神。我逃到岸边一个渔夫修船的棚子下避雨，风越来越狂，雨点如崩石，必须放弃这个棚子。我跟着一群印度人才跑开，后面就被撕掉似的响了一声，转头看时，已不见了刚才的避雨处。

　　这场雨洗掉了热。人们重新回来，继续侍奉恒河。瓦拉纳西沿着恒河绵延六七公里，河岸有七十多处通往恒河的石头台阶。与其说是祭坛，不如说是玩场。有些人在泼水洗澡，有些人站在水里念念有词，有些人在乞讨，卖河灯的、算命的、吃东西的、做买卖的、睡觉的、发呆的、唱歌的、跳舞的……公元3世纪的古泰米尔诗歌《马杜赖的花朵》曾经描写古代印度城邦的生活："街道变成各色人种汇合的河流，他们在市场上买和卖，或听流浪音乐师演奏的音乐唱歌。""货摊在经营买卖，出售甜品、花饰、香粉和槟榔子卷（供嚼）。老妇们挨家挨户兜售芳香花束和小物件。""大群的人前往寺庙听着音乐祈祷，把鲜花放在神像前，手艺人在自己的店铺里干活，有制镯匠、金匠、裁缝、铜匠、花匠、银匠、木匠、油漆匠……""受人尊敬的女人偕子女和朋友，带着点燃的灯作为礼物，前往寺院，她们在庙堂里跳舞，殿里回响着她们唱歌和聊天的声音……"已经快两千年过去了，瓦拉纳西的情景依然如此，只是加入了塑料、玻璃、石棉瓦、水泥、手机、广告牌、摩托……其他照旧。捣衣的继续捣衣，就是那样，"长安一片月，万户捣衣声"，洗干净的被单就晾在河岸上。有人在大便或者小解。牛威严地或者疲惫地走来走去，狗在游荡，船夫在招徕乘客。照相的小伙子为游客拍拍立得；许多人的眉心点着一点红丹，看上去就像日出。他们都是恒河。老太太抹这一点已经得心应手，一指头上去，就是一个纯圆的小太阳。

正站着发呆，忽然一个指头点在你的眉心，已经被人用丹砂点出了一个红点，这就是为你辟了邪，给10个卢比吧。所有祭祀用品都没有固定价格，一盏河灯可以卖10卢比，也可以卖100卢比。女孩抬着花盘到处逛，游客可以买来献给恒河。一束花可以卖10卢比，也可以卖100卢比。瓦拉纳西祭品的价格是唯心主义的，全看你的心意。唯物主义者会以为瓦拉纳西是一个大骗局。喏，那就是一骗子，他已经在脸上画好白粉丹砂金箔组成的印度教符号，拄着杖，穿着脏兮兮的棉布长衫，世界各地的旅游画报公布过的印度教教徒标准形象。心里一阵激动，就是他了，拍照，合影。然后，大师笑眯眯地，给点钱吧。唯物主义者大怒，以为是陷阱。但这些瓦拉纳西骗子永远在那里，"早晨在婆罗门的诵经声中到来，流浪乐队重新唱起歌，店主重新打开店门……整座城市到处只听见一片开门声，妇女从她们的院子里扫掉庆祝节日用过的已经凋落的花朵……"（引自《马杜赖的花朵》）瓦拉纳西的垃圾永远清理不完，因为节日日复一日。在瓦拉纳西，可以说闻到的每一处空气、踩下去的每一脚、一棵树、一块石头、一个动作、一种行为、一点一滴，都是神迹、圣土，都是神的化身。宗教，如果这个词可以指称瓦拉纳西这个场的话，那么这不是教条，这是一个场，是瓦拉纳西的食物、服饰、装饰、神龛、家什、行为、经文、仪轨……是恒河，也是水瓢、水罐、水缸、水勺和沐浴；是日复一日，一次接一次地洗澡，用沐浴一词都还隔了一层。都是神的符号、化身、在场。上帝就是行动，克尔凯郭尔说。瓦拉纳西比这个更深刻，神就是生活。神是创造了来使用、体会的，随时随地地用，不是供着。"神虽唯一，名号繁多，唯智者识之。"（印度古代箴言）神不仅是湿婆、毗湿奴、梵天，也是瓦拉纳西的垃圾。瓦拉纳西神性奕奕，瓦拉纳西就是神的身躯，但你如果要在此地当下就验证什么，得到一个量化的答案，你将一无所获。不成功便成仁，功是现世的幻，仁是来世的功。印度思想与中国思想最根本的不同是在入世与出世的这个"世"上：在印度看来，现世是一个幻觉，神明万世，所以现世怎么都行，只要能够转世；在中国看来，文明万世，现世就是事功，这个事功的德性高低，可以名垂千古，影响万世。千秋万岁名，在于现世的功。瓦拉纳西那些站在河岸打扮成神祇模样的化缘者，日复一日地上演着他的祭神长剧，他的玩耍似的心理测验，大师永远是这么褴褛，这么凄惨，这么快乐，这么无所谓，几个小钱，你给也罢，你不给也罢。你当然可以不给，但是你好自为之吧，但愿您不会就此疑神疑鬼，郁郁寡欢。他得到再多的钱对他的生活水平也不会有什么改变，他不会赚个钵满就开着奔驰跑掉，他将待在瓦拉纳西直到死去。他在走向死亡而不是等待着死亡走向他。印度教徒以死在瓦拉纳西为善终。到处是等着死亡的幸福之人。瓦拉纳西的死亡不是愁云惨雾，死亡是积极的、主动的，浓妆艳抹、载歌载舞、心甘情愿的，活泼欢乐、水落石出的。铁石心肠的唯物主义者坚决不理会瓦拉纳西骗局，对那些跟着要钱的孩子不屑一顾，对苦行僧不屑一顾，对乞丐不屑一顾，对卖花姑娘不屑一顾，对那些奄奄一息的信徒不屑一顾……他们不知道，他们的无动于衷像魔鬼一样诅咒了神性的瓦拉纳西。

也许，瓦拉纳西就是原始时代伊甸园的持续，神的信仰只是庇护着这种生活方式。神是比瓦拉纳西更年轻的庇护者？神的信仰将一切原始都解释为幻觉，幻觉有进步的必要吗？显而易见的是，洗浴，这种最古老的动作、猴子们也会的动作被继续并神化，但它还是沐浴。与神到来之前一样的洗。而它又是怎样神性熠熠的一件事呵。

苏加朝着泊在恒河上的船群叫了几声，一个相貌英武的小伙子跳上岸来，穿着紫色衬衣和蓝裤子，戴着墨镜，像个摇滚明星。黑脚板扒在船板上，就像两棵桩。他叫拉玛，我们坐他的船游弋恒河。刚上船，就有人叫起来。太阳来了。微红的一点，就像印度教徒点在眉心的红丹。看恒河日出已经成为一个著名的旅游项目。无数的照相机对着那太阳，无数的周身发光的沐浴者朝着那太阳；无数船只停下来，朝着那太阳；瓦拉纳西朝着那太阳，恒河似乎也停下来，朝着那太阳。世界，人们总是在太阳初升的时候，做某些最重要的事，祭祀、写作、下地、开工……这是一个亘古的、从未约定过的仪轨。之后，太阳越来越高，沐浴者纷纷上岸更衣，一天开始，做事去了。

有的船满载鲜花，有的满船亮着祭灯。船夫的摇橹声响着，隐约也传来狗吠鸡鸣或者一段笛子锣鼓什么的，恒河是一支乐队。在恒河上看，瓦拉纳西就像费里尼的电影。一个接一个、一群接一群的沐浴者，搓洗着身体，女子把长发打开在水面上。有人沿着河岸的小路长跑，有人穿着短裤直接从家里跳进恒河，有人搭着毛巾哼着歌从楼梯走下恒河。河岸上是孤独荒凉的古代王宫、若隐若现的神庙、芸芸屋宇、菩提树；各式各样的、洗得发白的旧布在飘扬。床单和裙子。倒塌的废墟。神龛。沉思者。坐在菩提树下的居民。站在船头的乌鸦。驶过一座水泥平台，鹤发童颜的瑜伽大师，赤裸上身，领着一群人盘腿而坐，大声叫喊，他的声音那么嘹亮尖利，好像把淤积在身体里的闷音都喷了出来。信徒白花花的一大片，都跟着他盘腿而坐，一起喊，惊天动地。火葬台在冒烟，光辉的火葬场，堆积着柴堆，死者被火焰举起来，死亡光明正大。乌鸦衔着一缕青烟朝苍茫飞去。狗在一尊神像下翻个身，又睡过去了。有头牛站在河岸，与河岸平行，已经站了一个世纪。另一个石砌的神龛里坐着一位穿衬衣的男子，他刚刚洗了澡，在里面穿衣服。某人站在神庙台阶上向着恒河哗啦啦小便，奏出来一段音乐。

恒河宽阔，水是灰黄色的，含着沙子，流得不急。瓦拉纳西建在恒河的左岸上，迎着太阳的光辉之城，右岸却没有一栋房子，无边无际的白沙。一边是堆积如山的城市，一边是被恒河冲击出来的亘古荒漠。为什么瓦拉纳西不两岸都建？据说是为了看见太阳，朝着太阳沐浴。哦，把另一岸留给太阳！

船到了恒河右岸。那里白沙茫茫，仿佛瓦拉纳西洗了一个澡，抛弃了所有辎重，露出了真身。有人在沐浴。一群妇女，濡湿的纱丽紧贴着她们的身躯。这批人刚刚朝着恒河跪下去，那批沐浴过后的人在穿衣服。一切都环绕着恒河，大地从没有像此地这样被崇拜到五体投地的地步。蹲在空地上拉完屎的人提起裤子走去恒河里洗干净。另一处，有人用被单搭了一个简易帐篷，女人在里面更衣，丽影绰约。剃头匠蹲在河岸上给沐浴过的男子剃头，这是一种古老的仪式。

我一直梦想着喝恒河水。我知道恒河的时候是少年时代，那是唐僧孙悟空们的水。21世纪以来，传媒发达，关于恒河的谣言在世界游客中广布，它被罪孽深重地传为不洁之水，人们相信饮用这含有尸灰、垃圾、粪便的水会生病。科学家量化了恒河，把它像尸体一样分析成分，据说恒河水中大肠杆菌的含量已经超过了每一百毫升一百五十万个，国际公认的标准是不超过五百个。我迷信上善若水，我迷信恒河，逝者如斯，生生之谓易。否则数千年的焚尸之后，灰、神龛灰、家具灰、窗帘灰、纱丽灰、小麦灰、花灰、口痰灰、香灰、恒河灰、光灰、尸灰……已经堆积成坝了。

在瓦拉纳西，焚尸炉烧毁的不只是死者，我听见钟声和风成为灰烬。

四月，亚洲的东部河流还在结冰，但恒河已经不冷，只是微凉。如果是在夏天，这河流就是一条温泉。

恒河真伟大啊！当我浸入略凉的水中，才感觉到这河流身躯的肥厚、浩大、深远。

我终于捧起恒河来，喝了一口。与其他河流的水一样，没有味道或者某种说不出的味道。

印度人望着我笑,我是船上唯一脱掉衣服下水的游客。他们指点我如何沐浴,我依照着将头浸入水中九次。恒河之洗没有施洗者,沐浴就是你自己的沐浴。梵我合一是你自己的修为。不是通过一个仪式来证实你已经皈依,皈依是看不见的,是内心的自我觉悟。

拉玛摇着橹,唱着歌。他出生在瓦拉纳西,这是他父亲出生的瓦拉纳西,他祖先出生的瓦拉纳西。恒河就是他的生活。他每天五点就到恒河上划船,赚些卢比,有时候几十卢比,有时候几百卢比,他的木船值8000卢比。他每天最忙的时候是日出前后的两小时和日落前后的两小时。他一扔浆,把一个椰子壳抛向天空,说,这就是我。下了船,他在河岸用沙做了一个献给湿婆的塔,去垃圾堆里捧些花粉撒在上面,嫌做得不够好,推倒,又塑了一个。我坐了他的船,就成了他的朋友,就可以去他家玩了。他家住在河岸不远的一条小巷里。巷口有个卖茶的摊子,烟熏火燎,生意已经做了三百年的样子。除了茶,也卖两三种油炸小食。黑漆漆的茶桌边,坐着衣着雪白的老者。茶是用一个小铁锅现煮,炉火微红,水一涨,茶叶、糖、牛奶,以及什么都放进去,几分钟,一锅茶就煮好了。20卢比一锅。炉子旁边放着一只水缸,过路的邻居舀瓢水喝了,用手心抹抹嘴,又走开。小巷里的墙壁斑斑驳驳,条状的灰黄色薄砖残缺不全,爬着暗褐色苔藓,看得出来这是古代的墙,他们住在古迹里面。隔壁就是三百年前建造的神庙,入口用铁链锁着。里面有湿婆的小雕像和一条石头刻的蛇,似乎刚刚爬回神龛。有几个肌肉突出的小伙子正伏在神庙的石坎上练俯卧撑。另一位对着菩提树练哑铃,树上挂着镜子。瓦拉纳西有许多青年练哑铃,他们喜欢身材健美。庙门上雕着美妙的女神像,被摸得像宝石一样光滑。从神庙的栏杆上可以俯瞰恒河,已经是正午,水色发灰。神庙旁边是巨大的菩提树,树冠正对拉玛家的窗子,有只老猴站在树丫上张望。拉玛家的门不宽，一道简陋的小木门，严格讲，只能说是柴扉。瓦拉纳西没有中国那种事关主人尊严、面子、家族规模、地位的朱门，一般都是普通的小门。他们一家在这个门里住了多少代，说不清。但我听下来，拉玛一家并非寒族，但从来也没有过车如流水马如龙的风光，他们的风光不在这方面，这是另一种文明。不独拉玛家，瓦拉纳西的小巷，根本没打算让车子走进去。现代出现的汽车，要在瓦拉纳西通行真是勉为其难。小门后面是一个天井，湿漉漉的，一身材健美的男子正站在阴暗的天井里用塑料桶往身上浇水。古铜色的身体闪闪发光，像古代的武士，他是拉玛的哥哥，我问可不可给他照张相，他很高兴，他知道他美。房子有四层楼，楼梯很窄，藏在一个墙角，二楼是卧室和厨房，拉玛的姊妹正在洗碗，亮晶晶地摆了一地，都是钢精做的小碗、小锅，印度的碗很小，锅也很小。三楼也是卧室，可以说是家徒四壁，只有床铺和简单的家具，电视机似乎很少打开，看不出来这是在一个城市里居住了上百年的老家族。拉玛的双亲已去世，留下四男三女，姐姐领着全家过活。四兄弟都是船夫，三姊妹都在恒河边卖花。全家都住在这个房子里。拉玛还没有结婚，他说结了婚也是在这老屋里。姐姐是家长。她邀请我进屋坐坐，指着床，你可以躺下。我躺下了，她笑起来。"忙于微贱的日常家务的、许多妇女中的一个。""轻快地微笑，也轻快地哭泣，闲谈和工作。她们每天到庙里去礼拜，每天点亮她们的灯，每天到河边去汲水。""她在大门口放下她的灯，她站在我的面前。她抬起大眼睛瞧着我的脸，默默无言地问：'你好吗？我的朋友。'我想要回答，可是我们的语言已经失落，忘记了。"（《园丁集》）屋顶空着。隔壁的家家户户都是水泥平台，与中国城中村的屋顶一样。这是一个乐园，人们在这里聊天、游戏、放风筝、玩板球。黄昏，孩子们牵着风筝从这家屋顶跳到那家的屋顶，猴子也跟着跑。落日在瓦拉纳西的后面，我多年没有在城市里看见过落日了，瓦拉纳西的落日，在紫色的天空中，像一个红色的煤球。

拉玛一家全家早出晚归，其乐融融，每天的生活都是节日，每天都汇入朝圣者的狂欢。他们迫不及待，家只是个睡觉的地方。游客如恒河，四季不绝，他们划船卖花所获不菲，但不是为了富裕起来，香车宝马地过好日子，好日子是朝着神去的，他们把挣来的钱捐给神庙。去年，在这个区域里他家捐的钱最多，因此得到管理寺庙三年的资格。他家管理的这个寺庙在世界的摄影集上经常出现。这光荣的圣职不过是拥有那间屋子的钥匙，每天开门洒水，接待进来上香的教徒。

狗玩了一天，累了，就地倒下，睡去。神庙的入口成了卧榻。进进出出的脚，没有一只敢惊动它。

混乱无序、脏乱差的瓦拉纳西。其实有着严格的阶序。人们清楚地知道等级，怎样做是清洁的，怎样做是不洁的；什么是可以接触的，什么是不可触碰的；哪只手可以做，哪只手不可以做；什么可以吃，什么不可以——瓦拉纳西一丝不苟。瓦拉纳西的秩序在血液中，那是一条隐秘的恒河。禁忌与自由，每个人都清楚，只是我们这些局外人不知道。但不知道瓦拉纳西并不排斥你，瓦拉纳西的意思是，不知道也是神灵的化身。不知道有不知道的自由，不知道有不知道的神性。瓦拉纳西接纳一切，无神论者或有神论者，明察秋毫的居民或者懵懂无知的过客。我到处乱窜，瓦拉纳西几乎没有禁区，禁区在你的心中。小巷深处，是无边无际的迷宫。只有当地人才知道那些小巷通向何处。那道路穿过光辉小巷，也穿过洞穴、废墟、庙宇，无数的脸暗藏在黑暗深处，数百万个古老的房间、噩梦般的隧道、长着白胡子的老鼠和裹满苔藓的蛇、满地的粪便，家族在两百年前就消失了，但它的灰继续堆在原处；恒河的金发在某个缝隙里一晃。一座座神庙里面烛光荧荧，香灰成堆。有些最古老的庙前排着长队，人们捧着花束，沿着小巷鱼贯而入，门口有士兵荷枪实弹守卫着。教派冲突的阴影永远笼罩着瓦拉纳西，这是多元共存必需的代价，如果嫌麻烦，就得像基督教早期那样，独尊一神，血洗异教。穆斯林曾经统治瓦拉纳西，血洗这个城市，但是印度教又复活了。有的洞窟般的小庙里坐着已经成仙的苦行僧，身边堆积着花环，朝拜者匍匐进去。有的寺庙阴暗如森林，诸神在幽暗的洞穴里微笑，获悉你的命运但不告诉你的那种暧昧的冷笑，后心忽凉。旅游手册说，在瓦拉纳西，每年都有游客神秘失踪。这是一个真正神秘的地方，无数世代的未解之谜在此盘根错节。谜底压着谜底。没有谜了，瓦拉纳西就是最大的秘密。

附近有许多空着的房间，古老的房间，可以俯瞰恒河。有个男子在过道上睡觉。在一个阴暗的房间里，放着一排铁柜子。地上扔着一堆衣服。房间外面有个阳台，阳台旁是高大的菩提树的树冠。恒河在下面梳她银灰色的头发。它有时候是蓝色的，有时候是金色的，有时候是黑色的。另一日我看见一张图片：艾伦·金斯堡在贝拿勒斯。他正在一个阳台上喂一只猴子。我查了一下，贝拿勒斯就是瓦拉纳西。这阳台我非常眼熟，他到过这里。我知道他来过印度，但不知道他去了哪里。1983年，他来昆明，他离开后的一个星期，有人告诉我，他来了，又走了。

庆祝板球比赛胜利的卡车在街上驶着。印度击败了巴基斯坦和斯里兰卡。后面跟着一条街的青年，敲锣打鼓，播放音乐，他们疯狂地甩着头，跺着脚，挥舞手臂，猛拍巴掌。太疯狂了，真是群魔乱舞，发酒疯似的，震耳欲聋，万嗓齐鸣，我从未见过如此疯狂的场面，千钧一发，瞬间就会转成暴力。印度的身体是舞蹈，印度没有正襟危坐。

小巷里时常钻出参天大树，猴子在树上搭手张望。我很不习惯在文章里一再提到猴子，但在印度，猴子乌鸦老牛等等是人一样的存在，你如果要写作，你不能只看见人。猴子也大量地被写进印度的神史。无数的寺庙，没有高高在上被顶礼膜拜。我被那些圣坛累坏了。在科隆大教堂，巨大的管风琴震耳欲聋，红衣主教威严庄重，仿佛上帝就是像他那样用歌剧腔布道；在喜马拉雅山以北，藏传佛教的寺院森严幽邃，仪轨一丝不苟，经文一字不漏；在吴哥，爬上空无一人的神庙累得我气喘吁吁，上去又担心着下不来，那神庙不但高，而且陡峭，故意设计得只容少数人攀登……而在瓦拉纳西，神与人肌肤相亲，神器就是玩具。瓦拉纳西是一个巨大的玩场，可以玩得欢乐灿烂，笑逐颜开；可以玩得奥妙诡秘，若有所失；可以玩得酩酊大醉，误入迷途；可以玩得茅塞顿开，清明睿智；可以玩得浪荡狎昵，混沌痴迷；可以玩得失魂散魄，忽然明白……也许这是世界上最神圣的但没有丝毫神圣感的圣地，神像、神龛、庙宇、祭坛、神器无不被用得脏分分的，摸来捏去，爬上爬下，猴子上去乌鸦下来，你抹香油我洒河水，污垢粘着污垢，包浆擦着包浆。高处有神像，妙相庄严；中间有神位，烟熏火燎；地面有神龛，糊着粘着，看上去就像果皮箱，弯腰看看，里面的石头上刻着精美的女神，也许还是一千年前的作品。重要的不是对着神龛诚惶诚恐，以为那些泥巴、石头、青铜、黄铜、紫铜、木疙瘩、菩提树、玉石、玛瑙、珍珠……里面真住着谁，重要的是心意、行为、动作本身。沐浴、下跪、瑜伽、燃烧、制造……神性都在现场。

我胡说八道吧，瓦拉纳西是一个伟大的垃圾场。垃圾化是解构、去蔽最有力量的方式。解构就是复活。解构不是革命，而是复活。在这种神出鬼没、神祇无所不在、多如牛毛、不可胜数的地区，只有垃圾可以解构神权。否则顶礼膜拜、循规蹈矩、恪守不渝、舍生取义、画地为牢、鬼使神差……就要泛滥成灾了。将一切垃圾化，就是当下的、日常的轮回。如果只是升华、顶礼膜拜，一再地升华、诚惶诚恐，人就神魂颠倒，下不来了。升华是一种洁癖，它其实终结了轮回。这是瓦拉纳西的哲学。基督教缺乏解构的功能，于是上帝死了。"上帝死了，眼前呈现一片新的黎明。""海，我们的海重新展开，从未有过这样'广阔的海洋'。"（尼采）在基督教那里，解构只是在近代才开始。只是到了尼采才意识到："啊，应该创造出许多这样的新太阳！恶人、不幸的人、畸形人也应该有他的哲学、他的权力、他的阳光！他需要的不是怜悯……他们需要新的正义！新的格言！新的哲学家！道德的地球也是圆的！它同样有着对立的两极！这对立的两极也都有存在的权力！"但对于瓦拉纳西来说，这是亘古的真理，不是近代的启蒙。湿婆是印度最深刻的思想，湿婆崇拜意味着印度人既承认生命、创造、胜利、成功、高尚、成品、清洁，也承认死亡、毁灭、失败、堕落、垃圾、废墟。它们没有是非，既承认现世也承认来世。西方近代兴起的解构往往只是在理论上，瓦拉纳西伟大的解构是升华与解构同时在场，活泼泼地、日日新地创造着。瓦拉纳西的场日日夜夜生龙活虎，那是众神的狂欢，那是众生的狂欢，那是垃圾的狂欢。

火葬场附近堆积着柴堆。通往焚尸台的路是石头砌的，非常光滑。只有抬尸体的人和死者亲属从这条路过去。那边烟雾弥漫，火神做着鬼脸，吐出血红的舌头。我不知道，正想走这条路，有人挡了我一下。

夜晚，在瓦拉纳西的月光下，疯掉的女子在污泥里翻滚，一群男子围着她，跟着她欢呼狂舞，她赤裸着，浑身泥泞，一对肥厚的油淋淋的乳房，被月光照亮。

许多人在黑暗深处跳舞，跟着任何音乐，音乐是一种印度迷药。印度导演吉哈塔克说："我们的民族天性热爱旋律。我们所有的感情都是以我们独特的方式表达的……万花筒般，如游行狂欢，悠闲，散漫……同时我们是一个史诗的民族。我们喜欢无序的蔓延……我们喜欢听着同样的神话和传说一次次的重述。我们作为一个民族，并不特别关心事件'是什么'，而在意'为什么'和'怎么样'。这是一种史诗的态度。"

"不过在这片凄凉的景象中存在着安然。在世界萎缩、人类可能性的观念消失的地方，世界就被看成完满的。人退却到他们最后的、坚不可摧的防御里：他们知道自己是谁，他们的种姓，他们的'业'，他们在万物体系中无可动摇的位置；他们对这些东西的了解如同对季节的了解……生活自身变成了仪式：任何超越于这个完满而神圣的世界（这种完满感对一个男人或一个女人来说如此轻易就能获得）的事物都是空洞和虚幻的。""印度告诉人们，'有为'是虚妄的。"（V. S. 奈保尔《印度：受伤的文明》）奈保尔对这个老印度非常失望，他是一位标准的现代人。他的话令我想到苏轼，他在大约一千年前也表达过类似的观点，但他的口气是肯定的。在那篇伟大的散文中，苏轼轻蔑地否定了"有为"："方其破荆州，下江陵，顺流而东也，舳舻千里，旌旗蔽空，酾酒临江，横槊赋诗，固一世之雄也，而今安在哉？"他肯定的是，"客亦知夫水与月乎？逝者如斯，而未尝往也；盈虚者如彼，而卒莫消长也。盖将自其变者而观之，则天地曾不能以一瞬；自其不变者而观之，则物与我皆无尽也，而又何羡乎？且夫天地之间，物各有主，苟非吾之所有，虽一毫而莫取。惟江上之清风，与山间之明月，耳得之而为声，目遇之而成色；取之无禁，用之不竭。是造物者之无尽藏也，而吾与子之所共适。"（《前赤壁赋》）

　　黑夜，这是神灵醒来的时候。河岸灯光灿烂，人们在恒河边搭起台子，唱颂歌，舞火，舞火者穿着雪白的长衫，头上扎着金丝带。歌手盘腿坐在河岸，歌声自麦克风传出，浑厚深沉，就像从一条大蛇的嘴里发出。瓦拉纳西全体向着恒河，它在黑暗里听着。我听出来，他们在唱，湿婆，伟大的湿婆。

　　在祭坛远处的黑暗里，还有许多印度人像神一样坐在黑暗里，恒河已经看不见了，他们继续望着恒河，他们已经望了无数个一生。

伽耶　2010

瓦拉纳西 2010

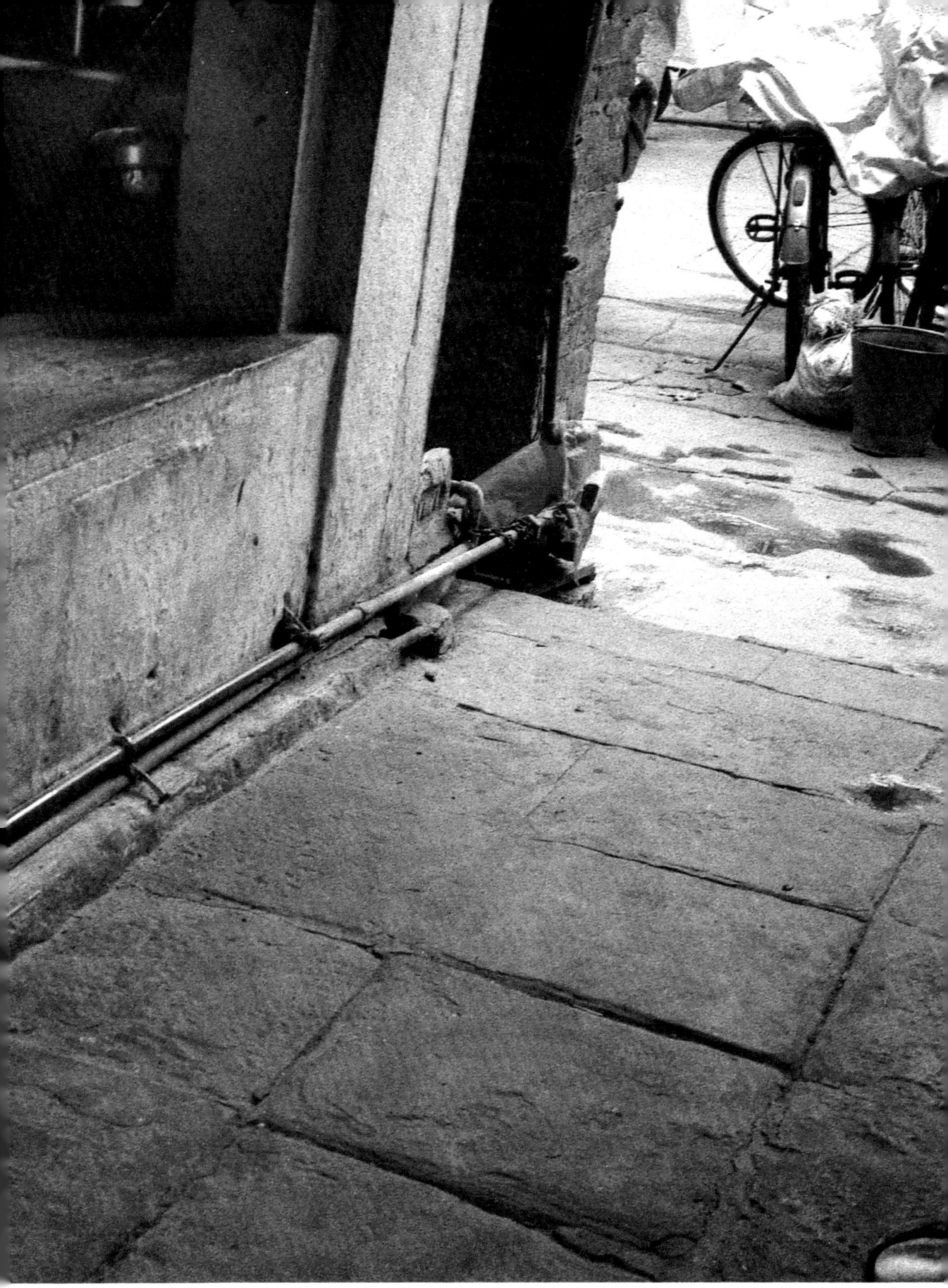

加尔各答，泰戈尔故居　2010

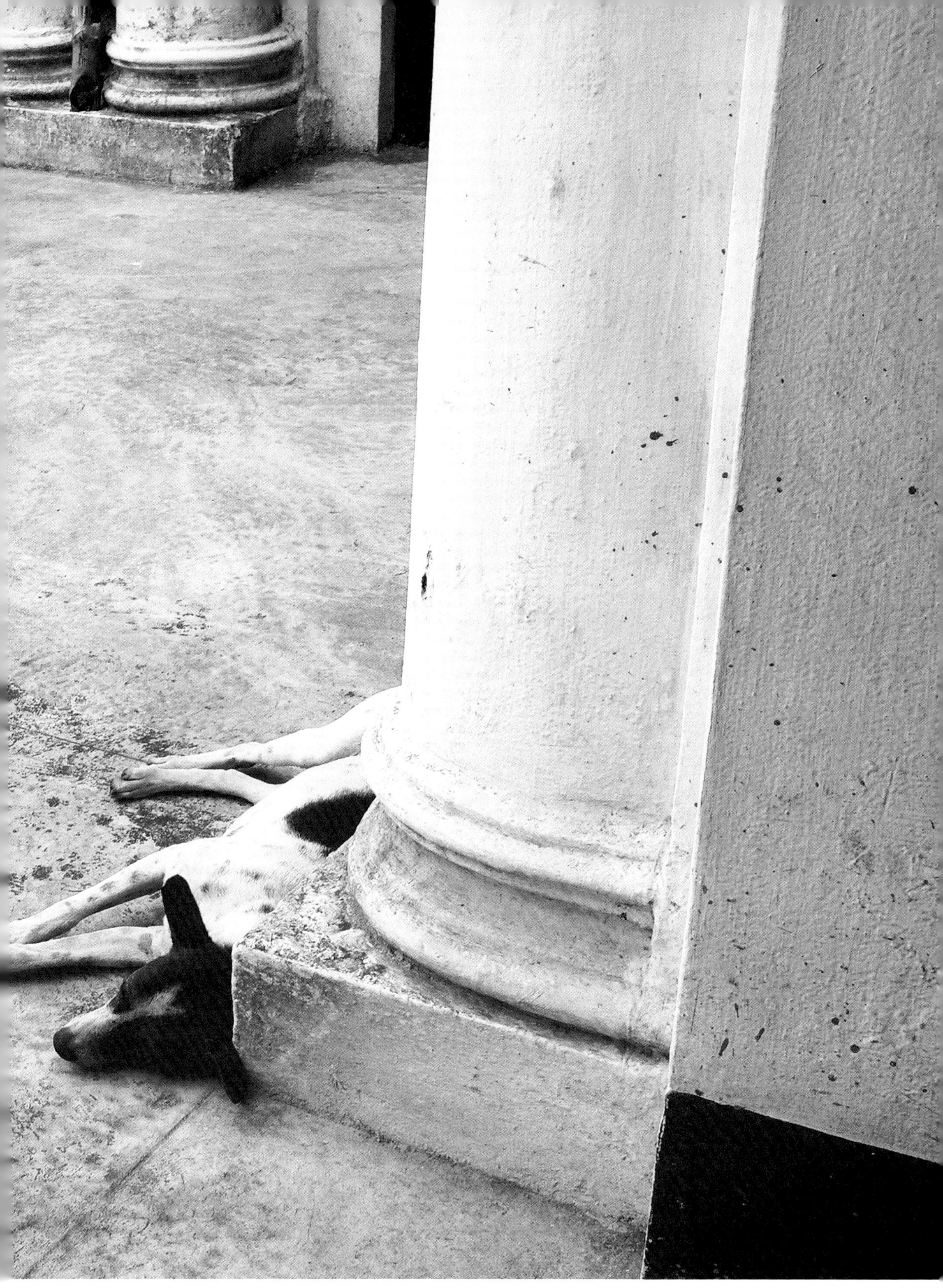

加尔各答　2010

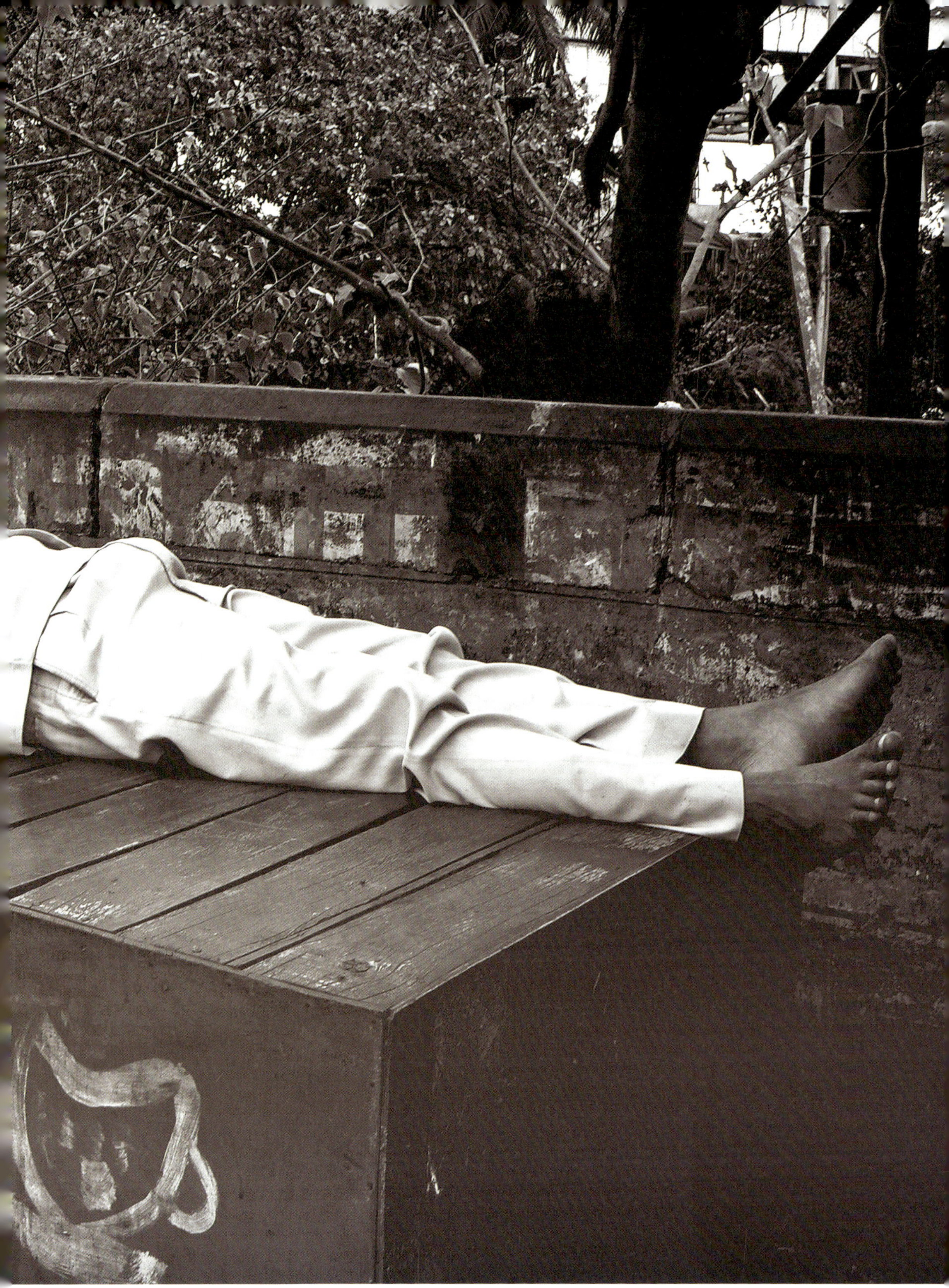

瓦拉纳西　2010

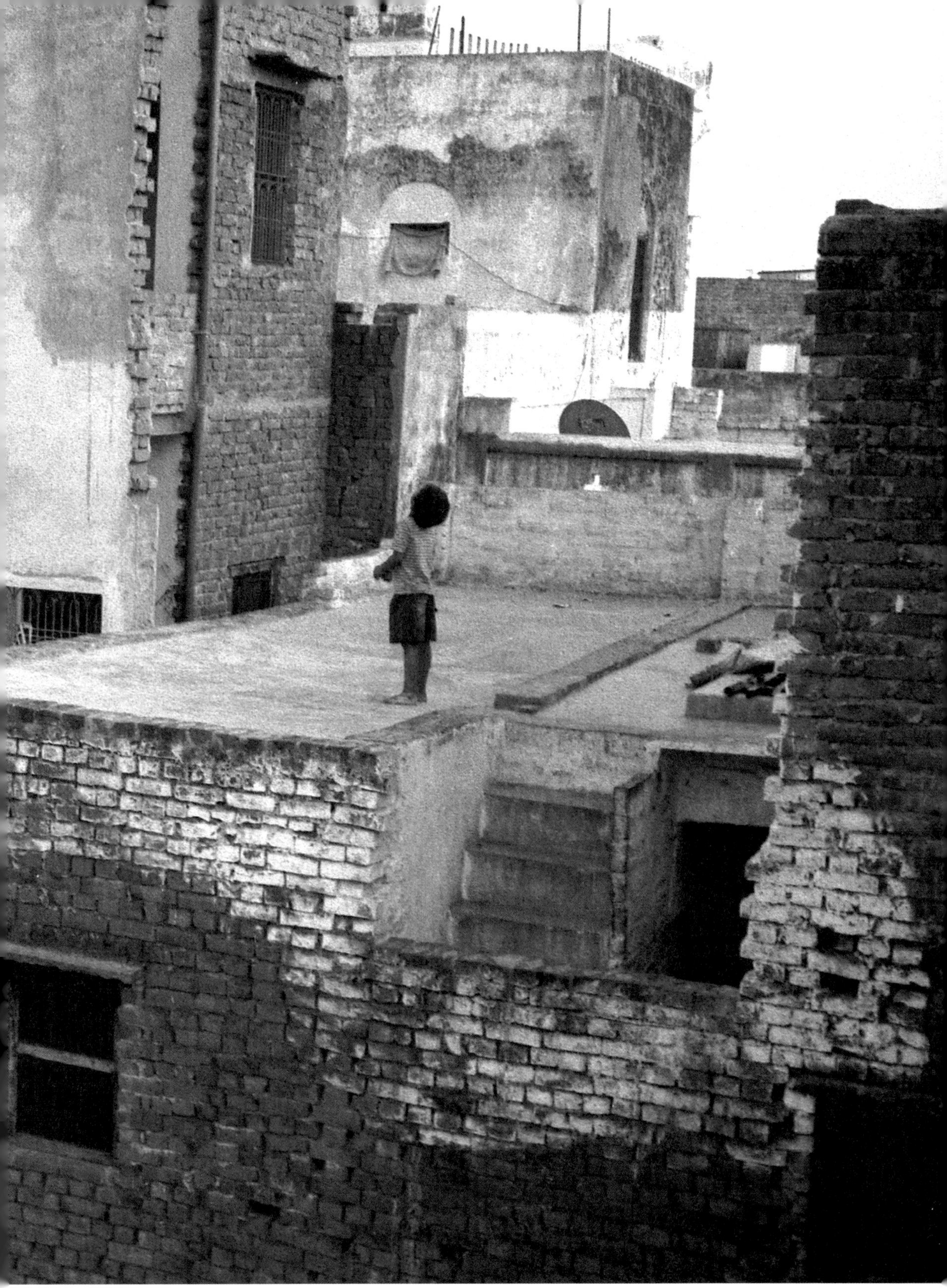

瓦拉纳西　2010

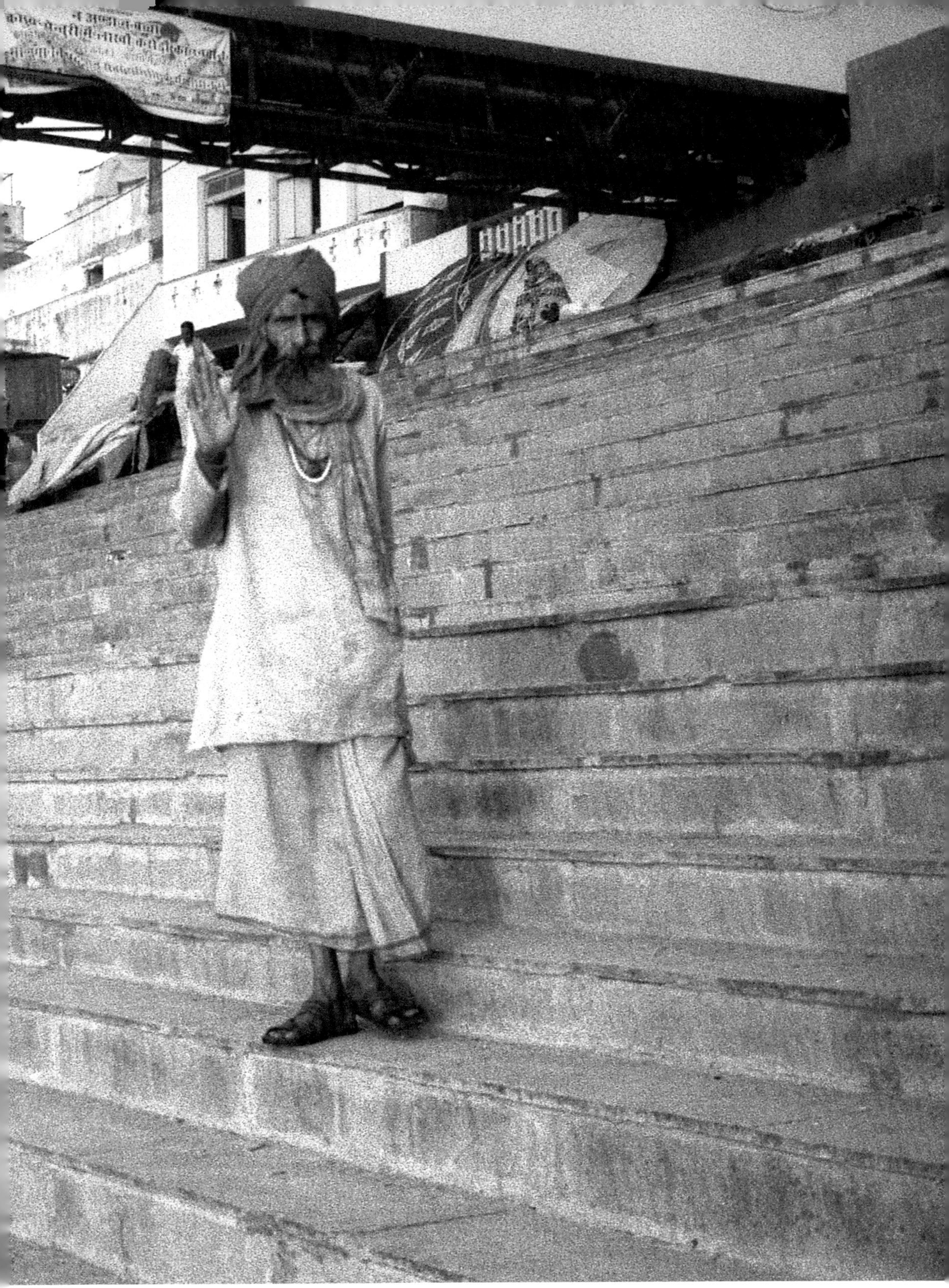

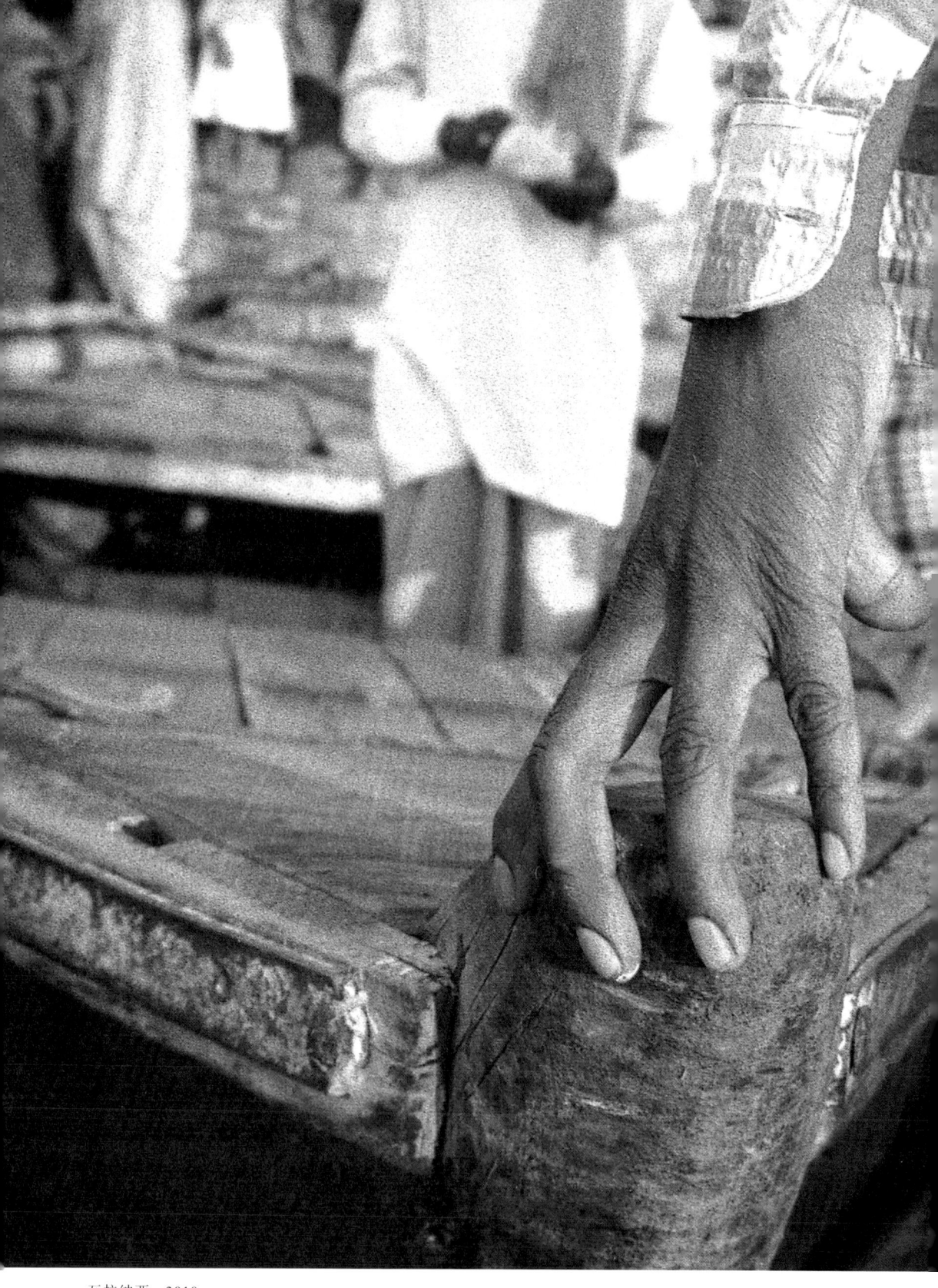

瓦拉纳西 2010

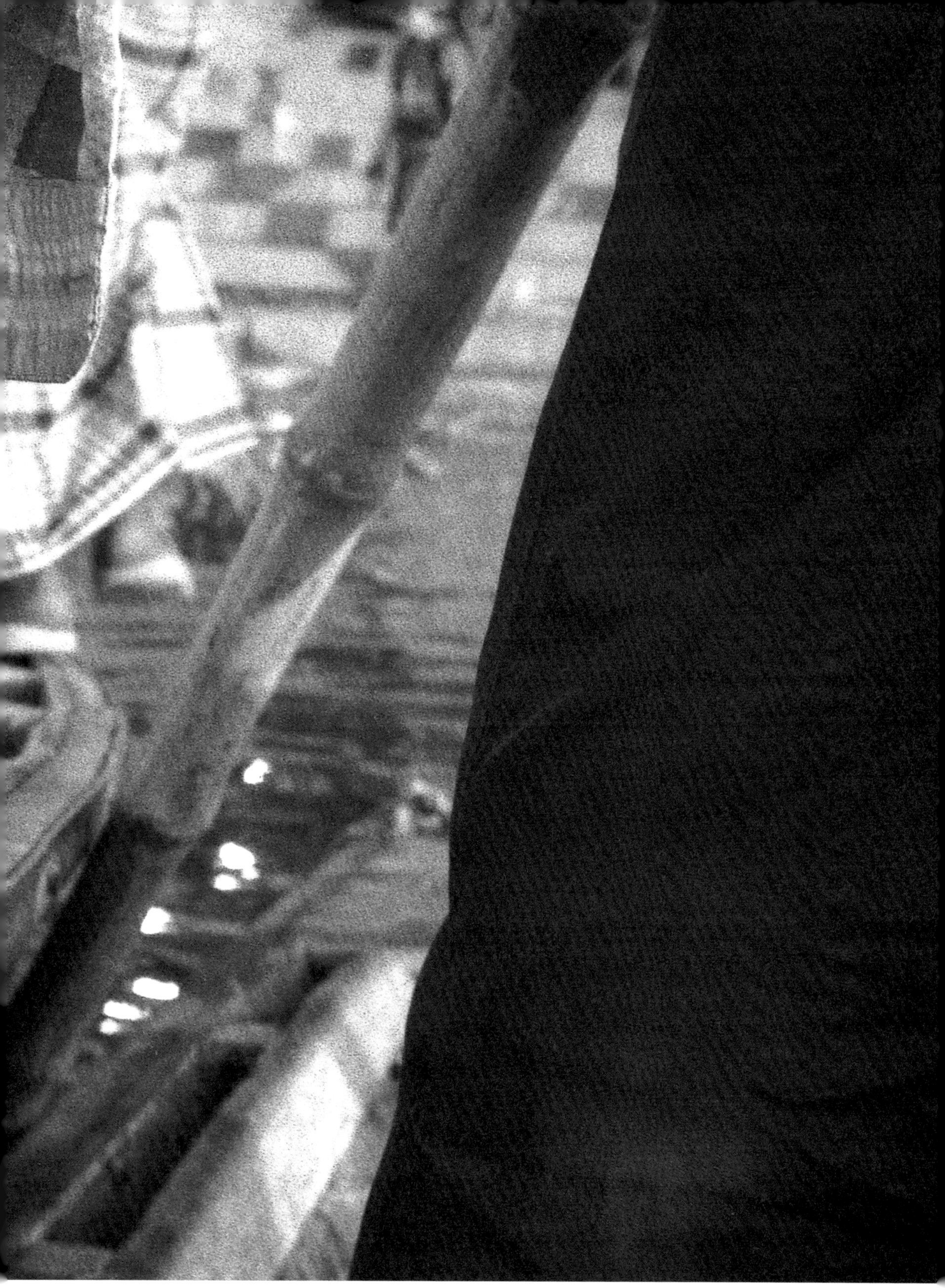

加尔各答 2010

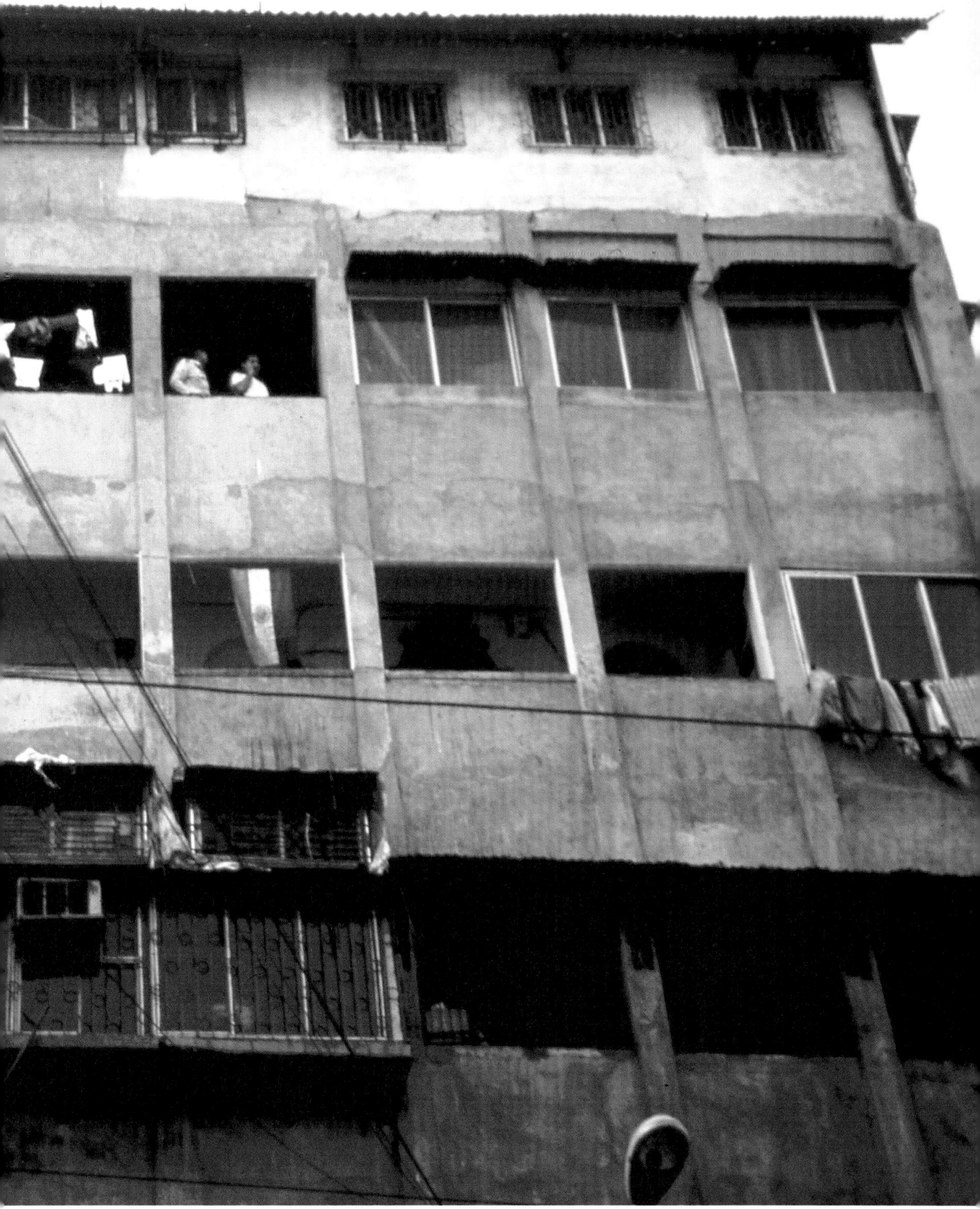

德里　2010

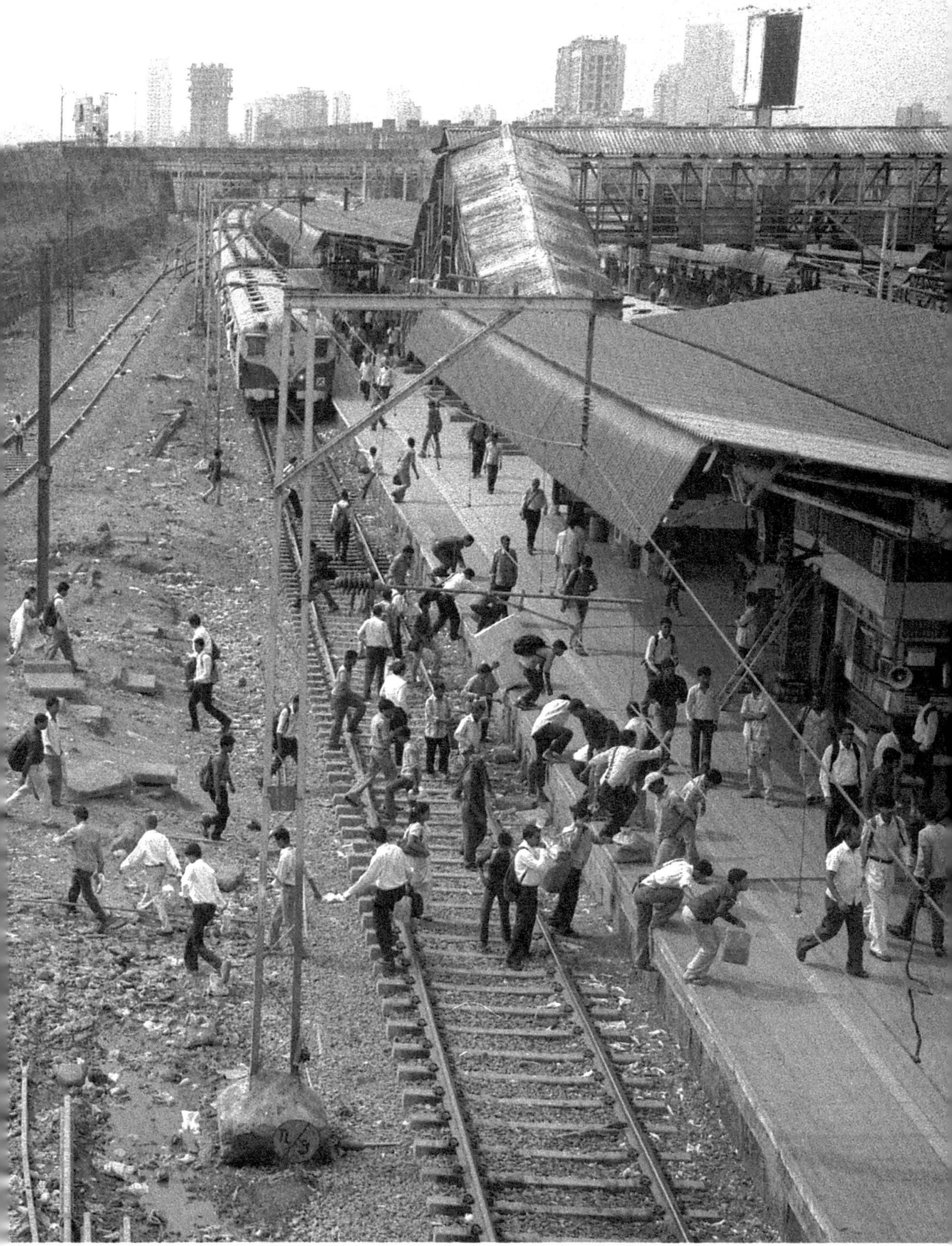

德里　2010

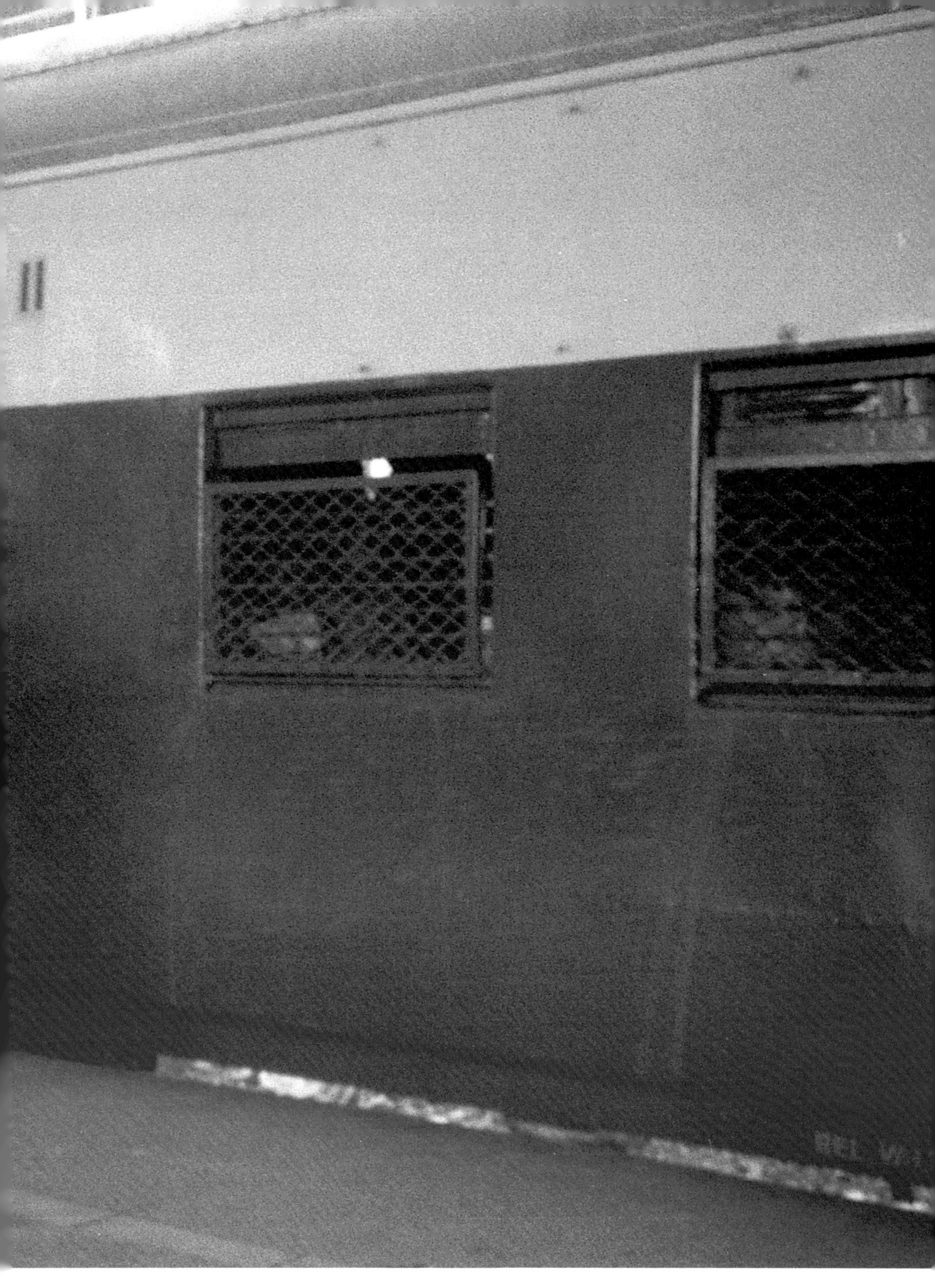
II

德里　2010

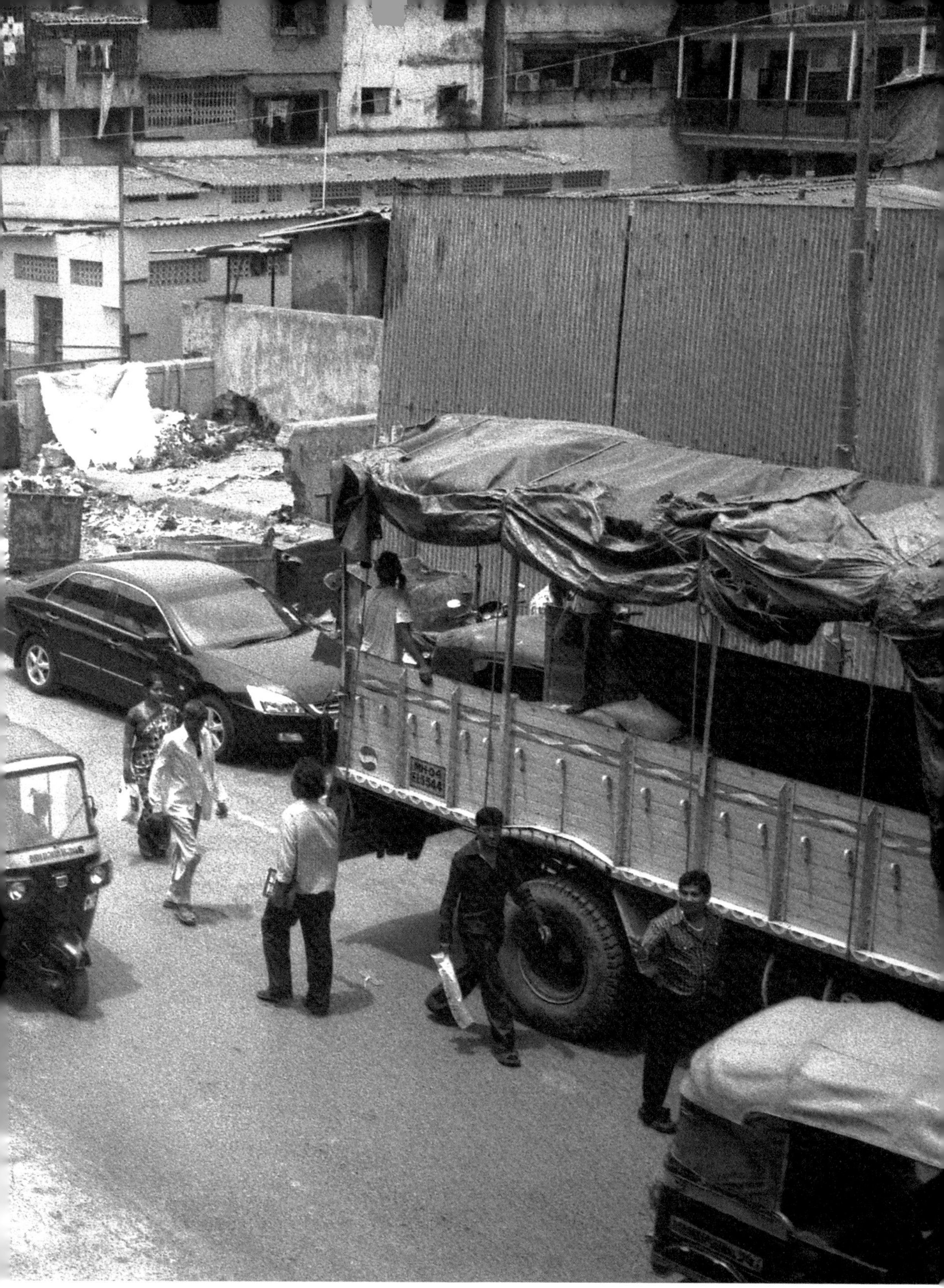

加尔各答　2010

加尔各答　2010

加尔各答　2010

加尔各答，在恒河岸上等待祭祀时间来临的人们　2010

加尔各答 2010

加尔各答 2010

加尔各答　2010

加尔各答　2010

加尔各答　2010

加尔各答　2010

加尔各答 2010

加尔各答 2010

瓦拉纳西 2010

加德满都 2010

伽耶，乡村小学　2010

伽耶　2010

伽耶　2010

伽耶　2010

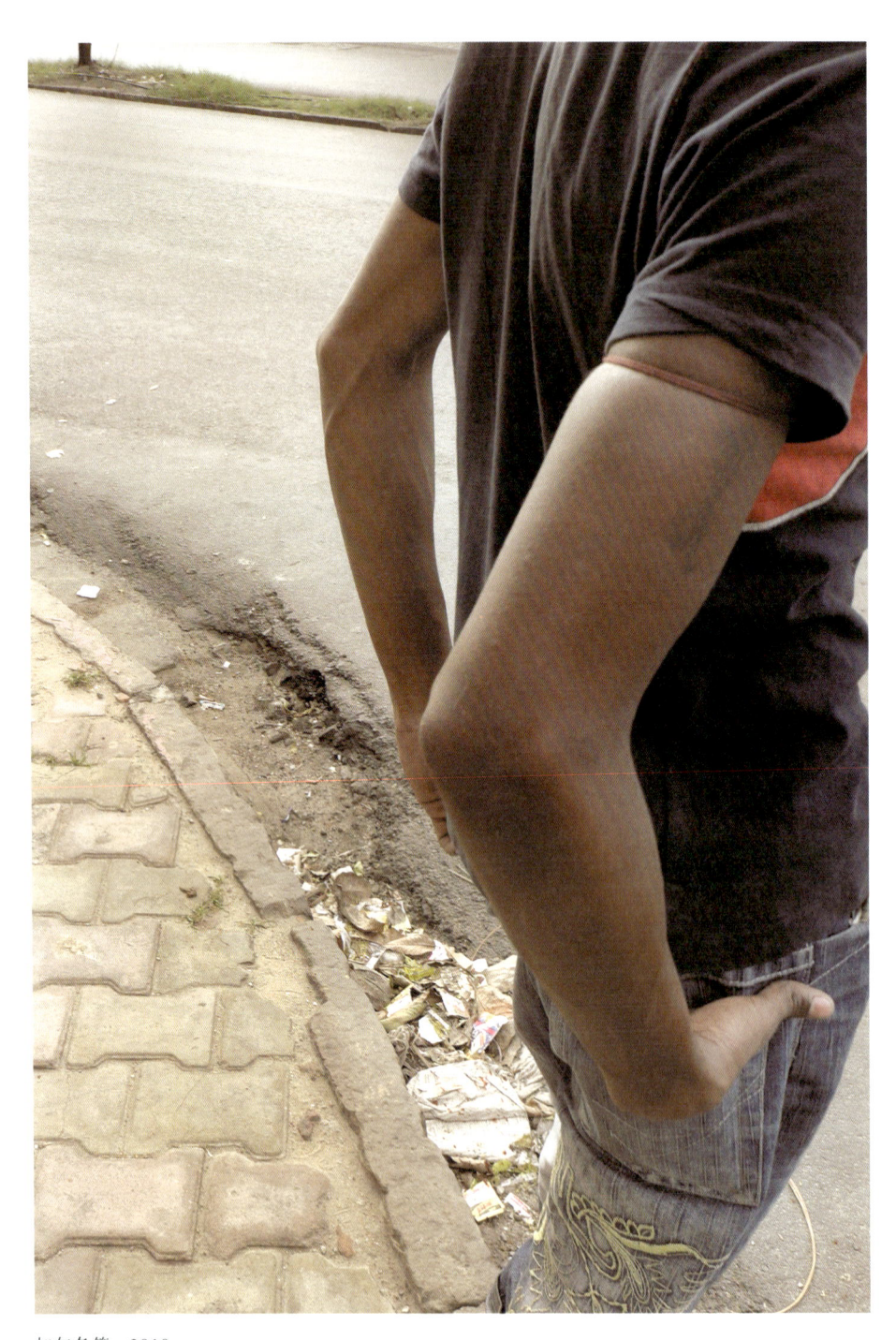

加尔各答 2010

瓦拉纳西 2010

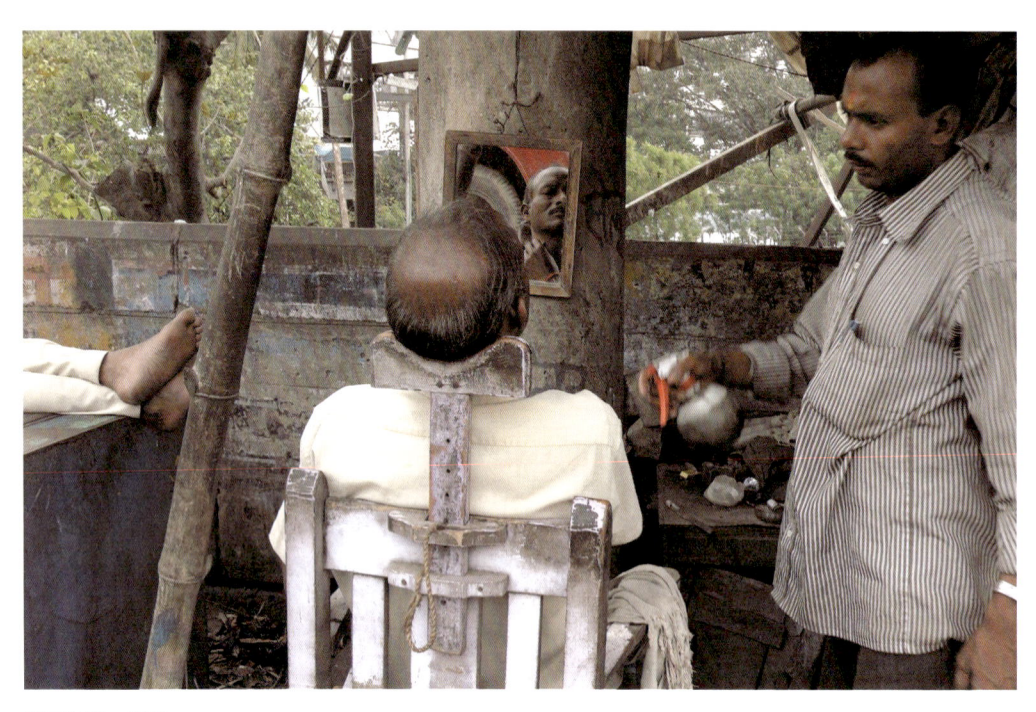

加尔各答 2010

加尔各答　2010

瓦拉纳西，我的导游 2010

瓦拉纳西　2010

伽耶，乡村小学 2010

伽耶，中学生　2010

加尔各答　2010

孟买　2010

瓦拉纳西　2010

瓦拉纳西 2010

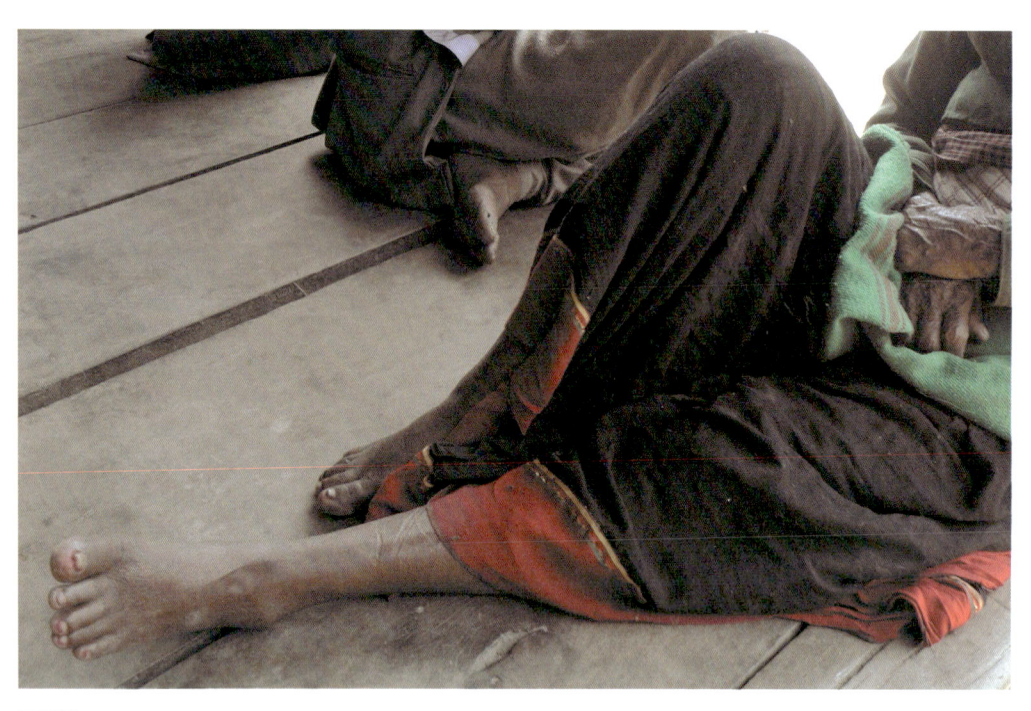

巴特岗　2010

伽耶　2010

加尔各答 2010

瓦拉纳西 2010

瓦拉纳西　2010

在印度迷宫深处

我跟着几个诗人去一家监狱访问。我们是经过政府特许的,市长签字批准我们去里面为犯人们朗诵诗。像去通常的监狱一样,我们要经过一堵高大的围墙,这堵墙高得相当夸张,像是悬崖绝壁。绝壁的顶端安装着一排铁丝网。有十几只秃鹫从秋天灰色的云层里俯冲下来,落在用来固定铁丝网的水泥桩上。一只秃鹫站在一根桩子上,另一只秃鹫站在另一根桩子上,很快落下来一排,像是来为监狱加强守卫,那堵墙也因此显得更加戒备森严了。我和两个印度诗人走在队伍的最后,他们一高一矮,都穿着拖鞋,开裂的鞋面下露着棕黑色的脚指头,鞋底深陷在灰里,几乎要埋掉他们的脚。衣服不太干净,看上去已经穿了很多年,像是德里老城里的流浪汉。其实,他们都是有家有室之人,都是婆罗门,写诗的婆罗门。这种衣冠不整、蓬头垢面很普遍,这里的人不像中国人那么爱面子。大多数人都是深色皮肤,深眼眶,相当深沉的样子,笑起来白牙灿烂。身体本身的质量超过了衣服的质量,衣服微不足道,破衣烂裳也无所谓。感觉走在我旁边的不是两个衣冠人物而是两个身体,令我信任,与他们几乎没有障碍。我们挨得很近地走着,就像是三兄弟。贾拉曲是个小个子,衬衣的口袋里别着一支圆珠笔、一支水笔。我们每个人都斜挎着一个麻布包,是诗歌委员会赠送的，里面装着一本诗集。一言不发。我们彼此不通语言。他们两个也互不相识，一个来自马拉巴尔海岸，另一个来自加尔各答旧城，都穿着细条纹的长袖衬衫，颜色稍微不同，我年轻时也穿过，与贾拉曲的一个颜色。这一段路我们三个争论不休，我和贾拉曲认为那些停在水泥桩子上的是乌鸦，穆迪认为是秃鹫。那些鸟间或叫两声，嘎嘎，嘎嘎，这声音令人糊涂，我们都不太确定它们是乌鸦还是秃鹫，也许是鸽子，但是鸽子的个头更小，在这个距离完全无法判断。或者那不是下午三点一刻的鸟鸣，而是死刑犯的集合号也未可知。我们一言不发，争论没有形成语言。我们只是仰头望着那些鸟，它们像轰炸机似的来了一群又一群。它们为什么对监狱感兴趣？就像我们这一伙诗人，从世界各地来到特里凡特琅，却对监狱这个不祥之地发生兴趣。

经过一个木头岗亭，一位戴着军官帽的男子抬起木质的栏杆，让我们进去。大门是发黄的铁门，本来是涂成天蓝色的。在外面看上去，像是一座工厂的大门，貌似我年轻时工作过的工厂的大门，只是铁门的颜色不同。监狱大门涂成蓝色很少见，我以前见过两处监狱大门，都是土红色的。经年累月之后，铁门生了一些锈，看上去就不是天蓝色了，大部分成了土黄色。土黄色经过雨水清洗，有些泛白，侵入本来的蓝，就像是一幅尺寸巨大的抽象画，但毫无艺术激情。大门是用四块铁板焊接成的，铁板之间留着十厘米宽的缝，可以窥见里面，一个钉在黄色肩头上的肩章在缝里面晃了一下，两颗星。大门柱子上钉着一块牌子，上面写着一个数字，1321，是这个监狱关押的犯人数量。大门一般是不开的。围墙上嵌着大门，大门旁边还嵌着一栋灰色的有着玻璃门的房子，来访者从那里进入监狱。我们进了那个有玻璃门的办公室，里面摆着沙发，挂着某人的肖像，墙角的桌子上摆着花瓶，沙发后面有一面镜子之类的东西。我看了一眼，没看见我自己，却看见后面的房间。从房间里面走出来一个高大的军官，他是监狱长，是这个监狱唯一一个衣冠笔挺的人物。一身土黄色军装，这种颜色看上去很旧，全新的也是旧的，肩头安着两个土红色的肩章，上面绣着金线和星。他留着八字胡，脸部轮廓分明，似乎在模仿某个已故的英国军官。我递给他一本我的诗集，汉语的，在印度我去哪里都背着这本书，以防我得证明自己是谁。这是非常有效的，任何人一翻开它，看见那些象形文字，即刻愣住，这种字感觉就连最博学的人也只在博物馆里见过，这个人竟然用它写了一本书，随即变得毕恭毕敬。他接过去，没看就塞到他的胳臂下，那里还夹着另外几本。我们跟着他走进办公室的过道，那里有一扇扇已成古董的栗色柚木门，古老的木纹，像是在贵族的宅邸里。门上的黄铜锁闪着微光，门上挂着刻着字母的铜牌，一看就知道是谁在里面干活。过道上支着一排柚木档案柜，其中一个柜子的门开着一半，里面陈列着一本本诗集似的本子，黄色的、厚厚的，已经卷边。我抽出一本来翻，里面用蓝墨水写着一行行蚯蚓般的文字，有的名字下面用红墨水做了标记。印度诗人见我满脸困惑，就把本子接过去，念了一个名字，卡夫卡，相同的发音。有一个诗人看得懂印地语，另一个看不懂，他是孟加拉人。印度有1652种语言。我又把本子接过来，念了一个名字，苏轼，发音如此。小个子的印度诗人耸耸肩，修士，他念道。然后我们继续朝里面走，经过厕所和另一些办公室。有个办公室开着门，里面有个黑头发的女子坐在一台老牌打字机前，正在朝一张白纸上敲字母。印度有很多打字机，没有一台是新的。这个地方很适合先锋派导演再拍一部叫《去年在马里昂巴德》的电影，如果他们想这么做的话，但是必须得到诗歌委员会的批准。他们不隶属于这个诗歌委员会，所以他们永远不知道这个走廊。我和小个子诗人贾拉曲走去洗手间小便，门把手水渍渍的。洗手间是英国人留下来的东西，到处都在发黄，小便池漏水。贾拉曲告诉我，印度以前没有厕所，整个印度，从喜马拉雅山到这个监狱（它建造在海边的一片平原上），没有一个厕所。所有粪便都排泄在大地上，大地成为厕所，百花盛开。英国人带来了马桶、小便池、监狱、档案，而不是莎士比亚。这个洗手间臭烘烘的，进去就没法不想到便坑里面那些黏糊糊的东西。我们没有洗手，盥洗盆的龙头不出水。我们其实也没有洗手的打算，手可以随便洗吗？穆迪继续戴着眼镜在外面等我们，兄弟要一起行动。我们抖抖，回到走廊，那个军官已经不见了。在走廊尽头，我们转过去，再转过去，终于走出了这个柚木城堡。那个军官站在院子里喊着，一个士兵小跑过来。院子里有几排矮房子，蘑菇般的岗亭，规格不一的铁门，都刷成天蓝色。房子后面还有花园，它像孔雀那样露着棕榈树的尾巴。在一扇门外面，横七竖八地扔着许多鞋子，都是拖鞋。我们又进了一扇小一些的铁门，门口有穿土黄色军装的士兵守着。监狱长继续在前面带路，他的屁股上晃着个真皮枪套，套口上露着木头枪柄。他的军装是短袖，两只手臂是古铜色的。紧紧跟着他走的是一位德国诗人，他不像卡夫卡那么瘦弱，身材高大，握着一台傻瓜相机。他长得酷似监狱长，只是一个白，一个黑。白的这人神情生硬，像个监狱长。黑的这人则像个大哥，不像监狱长。脱去军装的话，他就是个农夫或者德里集市上拉三轮车的车夫。过道两边墙上画着壁画，监狱长说，都是犯人画的。他们画了红色的老虎、金色的佛陀、黄色的狮子、蓝色的猴子、灰色的大象和一只孔雀，都是漫画，色彩鲜艳。

最后，我们进入一个光线昏暗的大厅。开会的地方，与一般会场不同，窗子都在高处，安装着铁栅栏。已经坐满犯人，大约一百多个。他们靠着天蓝色的塑料椅子，全部穿着拖鞋，上身是短袖白衬衣，下面是白笼裙，看上去很久没有洗过。一排排乌黑的脸，嵌在其间的白牙齿相当醒目，像是刚刚写过诗,从句子里走出来,还沉浸在某种含义中。后面站着几个士兵。他们笑眯眯地看着诗人。中间的过道上支着一台摄像机,摄影师正在后面对焦。诗人被带到主席台上坐着。一个犯人走来,给每人发了一瓶矿泉水。大厅的顶部安装着几台铸铁的风扇,像是某种脑袋的内部构造,肺叶般的扇片阴郁地旋转着。我从来没见过这样坚固的风扇,看上去已经旋转了一个世纪。犯人们坐得端端正正,仿佛他们刚刚作案完毕,洗过了手,正在休息。监狱长首先讲话,他说,欢迎诗人们!下面哗哗鼓掌,然后就开始念诗,第一个是印度诗人拉姆,他一看就是一位大诗人,一身白袍。神情、体重、手势,以及高挺在世界悬崖上的肚子和不经意间抹在额头上、像是用毛笔写的汉字里面的一横的黄香楝粉——都表明他是一位大师。他走到哪里,都有青年跟着他,吻他的脚。他站在麦克风前面,唱了一段印度史诗《罗摩衍那》。

> 大树开着各样的花,
> 花朵像展开的被单,
> 蓝色、黄色和草绿色,
> 都发出亮光闪闪。

> 罗什曼那!这幸福的和风,
> 这充满着爱情的日子,
> 这个甜蜜芬芳的月份,
> 树木都开花结了果实。

> 你看呀!罗什曼那!

那繁花满树的景象；
大树洒出了阵阵花雨，
好像那云彩下雨一样。

在美丽的林中平坦处，
林中的树木多种多样；
微风乍起，树木摇动，
把繁花吹落到大地上。

和风吹拂，愉快欢畅，
清凉中掺杂着旃檀香；
林子里弥漫蜜的香气，
蜜蜂嗡嗡地在那里飞翔。

在那些美丽的山上，
峰顶的石头闪闪发光，
山上生长着极大的树，
繁花满枝动人心肠。

你看四周那些
光秃的顶上开满繁花；
好像穿着黄衣服的人，
黄金遮满了浑身上下。

> 罗什曼那！这是春天呀！
> 各种各样的鸟儿纵声歌唱。
> 我却是已经丢掉了悉多，
> 愁思煎熬，焦忧难忘。

——《罗摩衍那·猴国篇》

  他的声音具有魔力，就像那个古老的电风扇，吹出一股沉重的风。即便立刻打开监狱，也不会有一个犯人逃跑。他绝对地信任他念的诗，只要一出口，古老的语言就征服森林、平原、大海和土地，最危险的罪犯也要臣服。他一点也没有夸张史诗的重要性，他只是用一个古老的调子唱出来，像是一台老牌的录音机。大厅安静得像一群吃草的绵羊。拉姆唱起来就忘记了时间，这种史诗就像醇酒一样，会令人忘记时间。他自己忘记了时间，下面的犯人忘记了时间，守卫们忘记了时间。只有主持人没有忘记时间，焦急地看表，示意他停下来，但是拉姆浑然不觉，戴着金戒指的手放在讲台上，肥厚的胸部起起伏伏，唱了一段又一段，这部伟大的史诗有24000颂。他的声音像恒河水一样浑厚，滔滔不绝。主持人最后只好打断了他。犯人们都竖着耳朵，他们中间有小偷、杀人犯和骗子，都歪着头听，拉姆停止时，他们还没有缓过神来，统统呆坐在椅子上。印度史诗都是教育人如何做人的，赞美神灵，谴责魔鬼。不需要知道它唱什么，这些诗歌已经唱了数千年，含义已经不重要，声音已经成为神的声音，谁唱，谁就是神，能够唱它是一件了不得的事，必须终其一生，甚至两生、三生。拉姆唱过，后面的诗人就是小巫见大巫，只能博取犯人的好奇心了。那些精心打扮过的诗人，衣冠楚楚，来自英国、美国、意大利、希腊、荷兰……

在拉姆之后都显得很轻浮，这些诗歌小丑为了博取犯人的注意，开始装疯卖傻，表演，惨不忍睹。一位英国胖子跑到台下，边跳舞，边念念有词，犯人们被逗得咧嘴大笑。1957 年 11 月 19 日，美国圣弗朗西斯科市演员工作室剧团在圣昆丁监狱为关在里面的 1400 名囚犯演出了塞缪尔·贝克特的《等待戈多》，他们之所以在监狱演出此剧，主要是因为剧中没有女主角。我们这一伙里面有两位女诗人，一位来自意大利，长得像电影演员贝拉（她对着一本书尖叫了一阵），另一位像马拉巴尔海岸卖鱼的渔妇：她在朗诵之际，忽然张开手臂，然后就跳下主席台，跑到犯人中间去，犯人都扭头去看她要干什么，她发出了一串奶酪般的法语，向犯人们颁发了小纸片，不解其意。拉蒂坐在前排，已经睡着了，她闭着眼睛的样子很像麦积山石窟里的佛。她累坏了，她费尽周折，申请各种文件，才将一伙诗人带进监狱，其难度不亚于将犯人带出监狱。外面下起了暴雨，监狱大厅的顶棚很薄，雨点打在上面就像一场激战，监狱就要垮了，这场雨像是在欢呼。轮到穆迪朗诵的时候，雨忽然停了，他站在舞台中间不知所措，低声念了几句，大意是：一头雪豹在喜马拉雅山中低语，它爱上了一只德里的孔雀，痛苦的、无望的爱情啊！阳光听了很感动，马上鼓掌，犯人的脸亮了，就像是一箱子豆芽。那是最后的阳光了，夜晚马上跟着它进入了监狱。犯人们不见了，那些蓝色的塑料椅子也不见了。拉姆走过来，请我与他合影，我就请赵凡用手机为我们拍了一张。当我们走出监狱的时候，天已经黑透。那天我念的是这首诗：

    我见过黑暗　我从未见过一只乌鸦

    那些乌鸦抬着翅膀跳来跳去

那些乌鸦在吃一只大老鼠的尸体
那些乌鸦为乌云抬着棺材
那些乌鸦嘴喋喋不休
一边飞　一边说着天空的坏话
那些乌鸦跛着腿走在宫殿的阳台上
那些乌鸦在啄食王冠上的乌鸦
那些乌鸦给深渊写信
字迹清楚如它们自己在飞翔
那些乌鸦在蚕食着黑夜不是为了光明
那些乌鸦穿着黑西装坐在法院的会议室
白天的屁股露出来　乌鸦用黑暗挡着它的私处
世界在生产暗物质　通过政治　权力　爱情
通过那些蹲在西西里广场上的黑手党
通过一首又一首诗　乌合之众在歌唱乌鸦
世界永远黑不过乌鸦　上帝不敢公布它的阴谋
白昼的夜行者　我见过黑暗
我从未见过一只乌鸦　完美的黑暗

　　特里凡特琅的人主要讲马拉雅拉姆语和英语。囚犯会说的语言更多，有些人会从其他地方跑来这里犯罪。我念的是汉语，下面的犯人肯定听不懂，我只是想让他们听到我的声音，我是一个嗓音沙哑的人，就像那场雨里面的某一小节，在暴怒之声与有气无力之间，海岸边的那种大海撤退时的沙哑。我每次念诗的时候都觉得自己是一个犯人，又自信又害怕。自信是因为相信在写诗这件事上自己清白无辜，忠心耿耿；害怕是因为为诗定罪是各种语言普遍的特权。语言并不是诗，诗侮辱了语言的大家长地位，你小子为什么这么说，这是语言吗？格律呢？意境呢？美呢？雪莱先生不得不为诗辩护："诗能使世间一切都变为美丽。原本美丽的事物会因之锦上添花，丑陋的事物可以为美所点化。它将欣喜与恐惧、快乐与忧伤、永恒与变幻融为一体；它冲破一切势不两立的对峙，用它轻柔的驾驭，使一切对立结伴而行。世间的一切都因诗的到来而变形，在它的辉耀下，同显一种神奇，成为它灵气的化身。那是一种神奇的炼金术，能够将致生于死的毒液，化作可以畅饮的甘露；它撕毁世界腐朽陈旧的表象，展露出无遮无掩、宁静沉睡的美，而这种美恰是人世间一切事物的内在精神……"（《为诗辩护》）诗在我们的时代已经落魄到每一首诗都要为自己辩护的地步。"我是诗！"辩护令我觉得写诗是一种对文明的冒犯，一种罪行。其实，诗人与台下那些咧嘴微笑的犯人只是分工不同。是啊，为什么是一伙诗人站在监狱里，而不是那些会计人员、技术骨干、基金经理或者畅销书作家？我每次念完自己的诗下台的时候，后面都要跟过来一群看不见的鬼魅，他们埋怨我又一次骚扰他们。他们——那些因为诗而疯癫、贫困、潦倒、放逐的屈原、李白、杜甫、苏轼、但丁、歌德、惠特曼、泰戈尔……早已功成名就，我念首诗就令他们睡不好觉，这小子写得怎么样哪？哀怨凄楚提心吊胆地跟着我，议论纷纷。其实我微不足道，他们过虑了。每一首诗都要惊动死者，令他们复活，倒是那些行尸走肉，总是神气活现，指责诗这样，指责诗那样。每个诗人都是囚犯，只是他们被关押在一个叫语言的监狱里。这个监狱叫什么来着？中央监狱。贾拉曲后来绕到我的座位旁，递给我一张小纸条又回他的座位去，上面写着他家在加尔各答的地址。他说，去找他。他在麦克风前面念了一首诗，用某种语言，声音像是叽叽喳喳的鸟。我估计意思是：

> 我住在加尔各答
> 那是我母亲生下我的一个地方
> 一块布永远在院子里晾着
> 有时候上面画着一幅地图
> 有时候缝着一块睡莲般的补丁
> 有时候我们用它做裹尸布

穆迪念了什么我也不知道。他的声音像是一位士兵。他念完就去向拉姆鞠躬。拉姆握着他的手，握了很长时间。就握手的一般时长来说，那是很长一段时间了，只有诗人才这么握手，像是一头老虎和一只犀鸟的握手。然后拉姆拍着穆迪的肩膀，他们一道走出了监狱，印度人就是这么亲切，这是一个兄弟姐妹的国家，大家彼此不见外。当我们再次回到监狱外面的那条碎石路的时候，天已经黑透，监狱的围墙消失在黑暗里，令人怀疑那里到底有没有围墙。在围墙尽头，有一座印度教的小寺庙，外面被雨水淋湿，闪着微光，里面还亮着灯。我们脱鞋进去，祭司还在。他是个中年人，光着上半身，胸前挂着一块宝石，下身围着一块白布，正在为油灯添油，古铜色的脊背上闪着汗光，像是一头肚子下垂的公牛。神龛是古老的石块垒叠起来的，坚固、阴森、庄严。印度教的神看上去要么丑陋得恐怖，要么美丽得恐怖。贾拉曲为油灯添了一点油。穆迪没有进去，他在黑暗里站着。

特里凡特琅，不知道是谁建筑的城市，有着灰色的屋顶，石头神庙沿岸而建，街道上飘扬着白色长袍和轻微的灰。祭司们赤裸着古铜色上身，坐在炎热的洞窟里工作，他们为妇女们祈祷，朝经多年浇淋已经发黑的石质林迦（印度教湿婆派和性力派崇拜的男性生殖器像，象征湿婆神）的龟形头部浇着精液般的牛奶。挤过奶的牛在街头高视阔步，敢于挡着汽车；趿着拖鞋的人们随地吐痰，唱歌，挎着脏兮兮的内黏膜编织袋改成的搭囊横穿大街，里面塞满了塑料矿泉水瓶。干瘪的草坪上，一只狗在奔跑，拖着自己的可疑影子；一群小孩子在天空下奔跑，朝着仓库外面的大水坑扔石头；身份不明的人在一片狼藉的地上蜷身而睡……有点混乱无序，秩序被梵天创造出来，为毗湿奴守护，又被湿婆毁灭，永恒循环。这种伟大循环在此地导致的细节是，这个只有52万人的城市似乎无所不包：贫民窟的棚户，一只轮胎瘪掉依然在飞的三轮车，富人的凯迪拉克轿车，后花园，宾馆门口训练有素的行李员，乞丐，肥婆，诗人，小偷，强盗，卖多莎饼（Dosa，南印度的一种薄饼）的小贩，推着水果车的贩子，背着一堆鼓到处晃的手艺人，海边性情暴烈的卖鱼妇，以及资本主义、马克思主义（共产党自1977年开始就在这里多次执政）、印度教、梵文、瑜伽、选举、大海、在坑坑洼洼的公路上卷起的灰尘……每个早晨，人们的第一件事就是去城里的帕德马纳巴史瓦米神庙朝拜，这座建于16世纪、毗邻阿拉伯海的印度教神庙是印度108座神庙之一。在印度教中，梵天是创造之神，湿婆是毁灭之神，毗湿奴是维护之神。帕德马纳巴史瓦米神庙供奉着伟大的天神毗湿奴。毗湿奴有九个化身，释迦牟尼是毗湿奴的第九个化身，印度教认为他怂恿妖魔和恶人藐视吠陀，弃绝种姓，否认天神，引导他们自我毁灭。另一个化身是罗摩，就是印度史诗《罗摩衍那》的主人公。就这部史诗对印度文明的影响力来说，相当于屈原之于中国。印度人对诗的崇拜和中国人不一样，但是诗出现于文明之初，被视为神灵在世的发言，修辞立其诚，系辞焉，其领导影响文明的深度是一样的。这座神庙被灰黄色石头墙和持卡宾枪的士兵围着。有传言说，神庙地下有一条隧道，通往秘穴，藏着特拉凡科国王的黄金，从内部锁上，无法进入，还有两条巨大的眼镜蛇守护着。黄金在数个世纪中只是传言，传言总是暗示出某种深度。往昔世界，国王所在地附近总有关于黄金的传言。在云南大理，8世纪以来的一个传言是南诏王在苍山的某处埋着一批黄金。我是那批金子的寻找者之一，我曾经在苍山上到处乱走，涉过溪流，登上绝壁高峰，对着一些古代的岩石、灰色巨墙端详良久。2011年6月，印度最高法院下令打开帕德马纳巴史瓦米神庙的6个密室，其中编号为"A"和"B"的两个密室已经139年没打开过。6月29日，一个七人小组进入"A"，发现里面是空的。移开几块大石头，出现一条通道，里面有1200多根长9英尺、重2.5公斤的金链，3顶黄金皇冠，近一吨重的黄金饰品、钻石、珠子、料器，17公斤东印度公司时期的金币，18枚19世纪初拿破仑时期的硬币，重量超过一吨的金币、金饰，一只黄金制成的小象……喀拉拉邦行政长官贾亚库马尔说：在密室里发现的东西初步估算总价值超过5000亿卢比。真是一个福尔摩斯式的故事，一丝凉意袭来。大约45年前，我在昆明一家传染病院住院治疗急性肝炎。医院是法国人盖的，病室外面是一个花园，有个患肺结核的中年病人每天蹲在石凳子上给我们讲"福尔摩斯探案"，只有他看过。我记得，他讲的那个故事是《四签名》。"我们随着印度人进去，经过了一条平平常常的、不整洁的、灯光不亮、陈设简陋的甬道，走到靠右边的一扇门。他把门推开了，从屋内射出来黄色的灯光，在灯光下站着一个身材不高的尖头顶的人，他的头顶已秃，光亮非常，周围生着一圈红发，像是枫树丛中冒出了一座秃光的山顶一样。在印度的时候，我和他经过一系列的惊险事故，得到了一大批宝物……话还没有说完，他就面色突变，两眼向外注视，下颏下坠，用一种令我永不能忘的声音喊道：'把他赶出去！千万把……千万把他赶出去！'"我们一起回头看他所盯住的窗户。黑暗里有一个面孔正向我们凝视。我们可以看见他那在玻璃上被压得变白的鼻子。一张多毛的脸，两只凶狠的眼睛，还有凶恶的表情。我们兄弟二人赶紧冲到窗前，可是那个人已经不见了。再回来看我们的父亲，只见他头已下垂，脉搏已停。"就是这一段，至今没忘。

这座神庙的造型像是一座楔形金字塔，塔身布满浮雕，厚而长的石块垒成的高墙环绕着它，无法不被吸引。我在一个黎明走出旅馆，不懂当地语言，靠嗅觉和视觉，很快我就走到了这个神庙附近。但是我不能进去。站在门外看着当地人络绎不绝拥进去，又神情异常地走出来，我很郁闷。一位印度人说，你们要穿得像当地人或许就能够进去了。他指点我们去神庙外面的一条街上去买笼裙。神庙附近有许多商铺，人们环绕神庙而居，做着各种生意。我们在一家堆着各种布匹的店里买了笼裙，当场裹上。卖布的女人笑呵呵地教我们怎么裹，并不难，揪住布头一扭，塞进一边就可以了，只是裹得没有印度人那么紧，他们可以裹着这种布条骑大象、打仗。走几步就松开了，再裹，像是老在系裤带。我们像印度人那样裸着上半身，下面裹着笼裙，赤着脚板朝神庙走。帕德马纳巴史瓦米神庙并非这一带唯一的神庙，还有许多小神庙混杂在民居里，远远地簇拥着它。它们就在街边，许多人站在外面烧香、献花、鞠躬。神庙外围是一片开阔地，右手边有个小房子，门口站着几个年轻人，正在聊天，可以把鞋子和换下来的衣服放在这里保管。神庙前面是石头台阶，有些人在台阶上坐着，睡觉的也有，聊天的也有。这台阶是这个城市里一个可以待一辈子，从出生直到晚年的地方。靠着神庙，可以看见朝阳升起。那些白胡子进神庙转一圈就出来坐着，黑头发时每天就进去转，直到头发完全白掉。台阶因此被打磨得相当光滑，这是赤脚打磨出来的石头，石头里的石头都露出来了，像是一种白骨。台阶一直延伸到那金字塔的石头门框里。在门框前，已经可以俯瞰整个城邦了。门框边上站着一位满脸大胡子的祭司，皮肤乌黑如夜，相貌凶猛。他不准我们进去，即使穿着笼裙，赤着脚板。一眼就可以看出我们不是印度人，被太阳晒得太少。大家都是古铜色，我们立显苍白。只好站在外面张望，里面阴森肃穆，岩石林立，神色庄严，隐约看得见神像坐在高处，营造出一种神秘的、冥冥中的氛围，暗示通往另一个世界。某种女性阴道般的内部，销魂、勾引、恐怖，只有死亡才能真相大白的地方。我们沿着神庙外墙走了一圈，卖票卖的就是这一圈，遇到几个个子高大的士兵，乌鸦，古老的岩石砌成的高墙，石块严丝合缝，就像埃及的金字塔。墙的另一侧是民居，与神庙之间形成一条小巷。有一家刻神像的木雕铺子，一位戴眼镜的老木匠正在干活，他正借着外光雕着一个象神。童年时代，我就在昆明动物园见过大象，它是从缅甸来的，四头巨物，灰乎乎的，戴着水泥面具，站在泥巴里，甩着尾巴，长鼻子在喷着灰，肥硕的屁股像山丘那样晃动。我被吓坏了，目瞪口呆，被恐惧镇压着，这座狰狞的高山缓缓地走到我面前，眯眼笑着，伸出鼻子乞食。我惊魂未定，紧紧拉着父亲的手。离开老远，还可以看见那些覆着尘土的背在墙头移动。直到中年，我才接受了它的神灵地位，最后的在世的诸神之一，唤醒并持存着人的敬畏之心。有一次，我在泰国拜访一位驯象大师，大象就住在他家里。我们聊天的时候，大象走过来听着。现在这头大象在这位戴眼镜的老木匠的手里转动着，它坐在莲花座上，有着女人的脸和长鼻子，身上镶嵌着宝石，缠着飘带，慢慢得道成仙。要知道这是一头象呢，他居然握在手中。印度人的想象力真是出类拔萃，古老的想象力，令人想起《山海经》。"东海之渚中，有神，人面鸟身，珥两黄蛇，践两黄蛇，名曰禺䝞。""大荒之中……有神，九首人面鸟身，名曰九凤。""有大山，名曰昆仑之丘。有神，人面虎身。"这种远古的记录（或者只是想象）各民族都有，印度持续到现在,大象被想象成现实里的保护神。历史、神话、现实如此密切地交织在一起,令来自神话早已无影无踪或者被认为荒诞不经的地方来的人不适应,感到害怕。印度人如此严肃、热烈地崇拜着大象、猴子、孔雀、牛……令印度的时间显得非常古老。时间这条大蛇缓缓地盘旋着,将我们带回到过去的荒野,得有强大的想象力,人才能在荒野上立于不败之地。神庙就是这种时间之蛇,它守护的是时间,吃掉那些叫作未来的小白鼠。后来我对拉蒂说,能不能想办法让我进去看看。她说,这要得到市长的批准,而这种文件就是拿到,祭司也不一定让你进去,市长无权命令祭司。好吧。

> 在遥远的喀拉拉邦　特里凡特琅城里有一座神庙
> 它日夜想象着一条巨蛇　香烟缭绕　大海在它旁边
> 黄金在它的地下　它日用的棉布和盐巴都是白的
> 越海而来的波浪有时候雪白　有时候漆黑　有时候金光万丈
> 每个黎明祭司打开大门　哦呀　只有幸运的本地人可以
> 进去　这些裹着丝袍的印度人　这些穿裙子的印度人
> 这些古铜色的脊背　这些赤着的脚　被毗湿奴大神选中
> 他们就住在旁边　捕鱼　织布　卖水果　烧香　开车
> 将女儿嫁给男人　送小孩去地狱　慷慨　沉默　好客
> 让我们这些游客看他们的手　他们的纸币　他们的垃圾
> 他们的乌鸦　他们的水　他们的大象　他们的石头
> 看他们的星星　树叶和唾手可得无法计数的沙

濒临阿拉伯海的喀拉拉邦还不知道它的一家旅馆住进了一批诗人。

它永远不会知道。宇宙里来了几颗星星，天空永远不会知道。这个地方我闻所未闻，忽然有一天，这个名字在一封电子邮件里出现了。2017 年的一天，我收到拉蒂写来的信，她是印度克里迪亚（Kritya）国际诗歌节的主席。"关于在喀拉拉邦特里凡特琅举办 2017 年度'克里迪亚'国际诗歌节的邀请：亲爱的诗人，作为一家于 2007 年 1 月正式注册的机构，'克里迪亚'旨在扩大世界各地文学、艺术和文化的范围及影响，致力于翻译、出版、表演，以及各种语言和文化之间的文学思想的互动和交流……伯特兰·罗素说：'集体恐惧会刺激群体本能，并倾向于对那些不被认为是群体成员的人施以暴行。'多样性是人类生存的一个重要方面。世界上大多数大国都是多样性的例证。印度有一句名言说：语言和食物每一百英里就会改变。世界其他地区也可能是这样。但知识和旅行的匮乏、学习新语言能力的不足、适应新的饮食习惯或生活方式能力的欠缺，都让人们害怕那些看起来与众不同的人。实际上，无知让人们以民族身份的名义崇拜自己。这种情形导致恐怖主义、战争和自我毁灭的仇恨。诗歌超越了语言、肤色和种姓的边界。'克里迪亚'对不同的语言和文化都予以重视。今年，我们希望关于多样性的声音可以传达到各类学校，希望居住在其中的人们能够意识到这个世界的多样性并衷心接受。您是当代著名的诗人，我们的评选委员会推荐您来参加我们即将到来的诗歌节。如果您能参加，我们将不胜感激。'克里迪亚'将提供诗歌节四天内的食宿，但无法负担您的旅费。"

开幕式在一个院子里举行，诗集排列在一张桌子上，据我观察，一本也没有卖掉。会议室门口站着两位军官。一位戴肩章的将军模样的人首先讲话。台上支着一个香炉，他点燃香烛，祈祷，然后讲了一番话。这种仪式令人觉得他不是这个会议的最高主宰，某个不在场的、香烟缭绕的神灵才是。然后诗人一一上去认真朗诵。这时候已经有人在后面的房间里做着午饭了：某种黄稀稀的东西，可以辨认出米和土豆，用手抓着吃。印度，任何时候都离不开手，都在上手。之后在一个图书馆朗诵，里面有花园和大树，一些青年坐在走廊上。一个小卖部在卖咖啡和饼干。我们在一间荒凉的大厅里朗诵，大厅中间坐着十几个诗人和几位读者，像是刚刚从海里捞上来的鱼，失去了大海，这些鱼有些焦虑，勉强。拉蒂迷信这种西方的方式，诗在图书馆朗诵，相当无聊。出来的时候，一位青年读者与我讨论我念的一首乌鸦之诗。"中国也有乌鸦呵"，他以为这种鸟是印度特产。这个图书馆是英国人盖的，从前印度的书不是藏在这里。印度的书被人们随身携带，裹成一卷一卷。

另一天去了一个天主教大学，与穿黑袍的教士一道午餐，他们吃肉。下午朗诵，这个大学看上去和普林斯顿大学的格局差不多，那位穿拖鞋的司机找不到朗诵的地点。车子在辽阔的大学里转来转去，等我们找到，已经迟到了半小时，学生们挤满了大厅，一起鼓掌欢迎，相当热烈，群情激动。诗有宗教般的号召力，但是还在戏剧性阶段。

我在墨西哥的一家餐厅遇到拉蒂，当时我们都在那里参加一个诗歌节。她正在吃一份包括土豆、鸡蛋、番茄和咸肉组成的早餐。一位老太太，容貌高贵慈祥（像佛陀），身材肥胖松软，她生过一个女儿，"住在英国"。她穿着一身从喀拉拉邦带来的白色纱丽。她也是一位吠陀学者。与一般的诗人不同，对于她，诗是行动、仪式。她不仅写诗，还把诗作为一项运动来做。诗是一种政治，她这种理念与古代中国诗人的想法相同。在世界大多数地方，尤其是在欧美的诗界精英之中，诗都被看成一种修辞，与德性、政治无关（孔子反对这种修辞，他一直告诫：巧言乱德。巧言令色，鲜矣仁）。政治有着太多的同义词或反义词，比如仁、正义、至善、解放。或相反：暴力、邪恶、不公、自由之敌等等。但是在古代中国，修辞（语言）被视为存在的确认，存在只有在语言中此在才能确认。《易经》说，修辞立其诚，所以居业也。好的政治必然是美政（诚实的，诗性的，在场的。"人充满劳绩，但还诗意地栖居在大地上"）。屈原在他那些伟大的诗章中对此阐释得相当有力。"不抚壮而弃秽兮，何不改乎此度？""岂余身之殚殃兮，恐皇舆之败绩！""长太息以掩涕兮，哀民生之多艰。""亦余心之所善兮，虽九死其犹未悔。"在拉蒂看来，印度教、基督教……萨满教和诗是并列的。拉蒂的诗：

床单

早晨当我睡醒时
发现床单穿了个窟窿，
这是沉沉入睡的结果。
我成天忙着用丝线补缀它
在夜晚降临之前　我织成了一口窗子
从中可以瞥见些新的梦

第二天睡醒时床单又通了洞，
这次我选用五彩缤纷的丝线。
傍晚时分我建好了一道门。

从此，我的梦不必再去外面找了

我可以进入这道门四处溜达，
自由自在。

每天早上我都会发现新的窟窿。
每天我都会忙着增添丝线和颜色。

如今我的床单已经变成巨大的庭院，
其中长着一棵榕树，树上栖着鸟群，
它们的喙衔着红色的星星，
但是太阳和月亮还没有出现。

于是，我沉睡　继续在床单上寻找窟窿，
我要找到一个可以缝出太阳和月亮的洞穴
不仅在这个星系缝出太阳和月亮
而且要在更多的星系中缝出太阳和月亮

我知道　最终我会抵达那个最后的窟窿，
通过它，我就会离开
加入无缝的光辉

伟大的混沌的来世。

伟大的混沌的来世，其实就是现在。为什么不去呢，机票并不贵，从昆明到加尔各答不过两小时。加尔各答到喀拉拉邦是印度国内航班，飞七八个小时，穿越印度的西南部抵达阿拉伯海边。机票便宜得可疑，好像不过是骑着一只鸟飞过去。我决定先去加尔各答待几天，然后再去喀喀拉邦。加尔各答，我不认识任何人，我写信给拉蒂，希望她能介绍一位朋友。她给了我一个电话号码，说是当我到达加尔各答后，会有一位诗人来接我。

加尔各答机场，我已经来过一次。这个机场相当随便，忽然这个门不能通过，或者那边有一群人在奔跑，这边有人躺在地上睡觉，而旁边有全副武装的士兵在直视着。一个令人放松也危机四伏的机场，不是什么生命危险，只是时间的危险，如果你很在乎它的话。在印度，你得学会优哉游哉，到处有人在漫游，流浪者、乞丐、打工的、修士、无所事事者、来自欧美的波西米亚、苦行者、和尚、诗人……飞机场也有一种散漫的风格，那些停在候机大厅外面的灰色飞机看上去确实像是一些巨大的飞鸟，插着古怪的羽毛。在印度，步行是最好的方式，随时要保持着身体的灵活性，这是一个身体显而易见的国度，许多部位像古代那样赤裸着：面部、手臂、脊背、脚……小便处到处都是，随便，厕所倒显得鬼鬼祟祟。

我们从飞机下来后，并没有诗人来接。打过一个电话，那边传来一串模糊的似乎是念诗的声音。不过我们已经通过互联网预订了市区一栋公寓12楼的一个套房，有五个房间，一个客厅和厨房。一辆发出各种可怕的响声，许多地方被玻璃胶带缠着的、伤兵般的出租车将我们送到一条破旧不堪的大街上。刚刚被暴打过一顿似的，到处是污迹，人行道已经塌陷，塌陷的地方脏水淤积。车门几乎被垃圾桶挡住。一栋丑陋的旧楼，看上去高不可攀，旁边是高架桥，桥墩上贴着印在纸上的神像、拼音写的广告，缠绕着粗细不一的电线，它们像丛林中的藤子到处乱爬，披荆斩棘，千辛万苦，才将电力送到一些肮脏的塑料开关盒里面。桥根堆着些建筑垃圾，长着草。路面躺着几只奄奄一息的老狗。这种地方可谓印度的深处之一。大门口有人值班，一个矮个、面貌和善的中年人，带我们经过停车场、车库，有个门外面丢着一双拖鞋。绕到楼的后面，门口支着一张桌子，上面有一串钥匙在发亮，大楼里面藏着一部电梯。这栋灰乎乎的大楼外表令人绝望，内部却相当豪华温馨，与外面的大街有天壤之别。每个住户都在自家门口摆着花瓶，有的铺着地毯，有的墙上挂着画，有的供着神像、点着灯。每家都不同。房间不错，明亮、朴素，家用电器齐全。客厅的矮桌子上摆着糖。两个黑漆漆的小伙子已经在等着我们，眼白，牙齿雪亮。他们每天过来打扫卫生，烹制早餐（煎蛋、面包片和香蕉），一言不发，仿佛我们只是几只驯顺的猩猩。

收拾好行李就出门。依然是那个样子，加尔各答，我上次来已经是十年前，没有焕然一新。证据是，那位赶着一群羊的牧人向波，依然在上午穿过大街，挨家挨户去为邻居挤奶，他赶着那些长胡子的山羊直接走进一个艾瓦西亚嬷嬷家的院子。英迪拉·蕾很喜欢这个时候，向波一喊，她爷爷就牵着她走出来，让她提着那个小号的镀锌铁皮桶。他们站在一旁看着向波蹲下去，用手搓捏山羊下垂在阴影里的奶只。他那么使劲地搓着，仿佛它们是空的。向波就住在这附近，他在他家的后院里养着这些羊，去集市买干草来喂。不一会儿，英迪拉·蕾的小桶就有半桶。够了，他们正要往回走，一辆黄色的大使牌汽车来到了门口，英迪拉·雷从车门里钻出来，朝向波点点头，他小时候就是喝他的奶。"这些羊太瘦了。"他对老向波说。是呵是呵，只要有奶不就得了。老向波给三家人挤了奶，然后赶着他的羊回到大街上，这些羊高视阔步，仿佛加尔各答是一个牧场。世界面目全非，古老的事务照常，这就是加尔各答。

加尔各答

绝早　黑夜分裂成无数乌鸦　叼着曙光
再次扑向恒河三角洲　苍天下无人回避
不怕死的加尔各答　在乌鸦下面挥舞着脏毛巾
古铜色的脊背一个个亮了　众目睽睽下冲澡的人们
无人在乎裸露　水花四溅　清凉涌进大街　风回来了
当我打开窗子　就看见悲伤天使的唱诗班在天空中站着
带来永恒的一日　歌唱死亡的音色有点沙哑　难听
但是自然　诚实　勇敢地唱着　加尔各答　加尔
各答　加尔各答　老蜈蚣般的火车扬着长发
穿过郊区　站在车厢门口的刚刚离开了故乡
一位婆罗门坐下来盘好脚　将曾祖父用过的经卷摊开
睡不醒的加尔各答　无梦的加尔各答　坚定不移的
加尔各答　印度以北的加尔各答　大河　平原
尘土和落日的加尔各答　神庙早已完成
司空见惯的事物统治此地　在彗星到达之前
不会再发生奇迹　骑着单车的加尔各答
黑暗的电车车厢里没有手机　有人说　满车的穷鬼
未必吧　明亮处　三轮车夫埋着头在烈日下蹬着旧轮子
老迈的白牛在敲着地面的长钟　自卑的高架桥停下来
等着成为废墟　乌鸦它说　你好！赤脚的
加尔各答　少年在灰里跑　把大人扔掉的瓶子拾起来

背着包袱的男女老少纷纷跳下英国火车回到家乡
他们要去织布　要去种水稻　要死在泥巴里
死亡是永不结束的庆典　焚尸炉在河畔冒烟
抬着尸体去　扛着空担架回来　轻盈的加尔各答
穿裙子的加尔各答　祭司们崇拜的加尔各答
浓妆艳抹的加尔各答　衣冠褴褛的加尔各答
小裁缝的针缝出来的加尔各答　世世代代的工具
铁匠铺永不熄灭　熨斗烫过的加尔各答
动手动脚的加尔各答　吉卜赛人的歌声响了
他们必须跳舞　信神　这才是生活
洗衣妇一天就用去整条恒河的加尔各答
每天都滚来一条全新的恒河的加尔各答
黑夜在她们的水罐里消失　天空在下雨的加尔各答
一群人抬着他们死去的父亲去燃烧　跳着舞呵
加尔各答　快乐地走呵　唱着歌呵　加尔各答
好玩的加尔各答　无忧无虑的加尔各答
像恒河那样缓缓走着的加尔各答　没有惊涛骇浪
没有高山峡谷　平原上的加尔各答
布匹飘扬的加尔各答　阳台上晾着纱丽的加尔各答
劳动者忙忙碌碌的加尔各答　旧书堆积如山的加尔各答
坐在货棚下读报的加尔各答　祖母们的加尔各答
湿漉漉的绳子在水井旁闪闪发光的加尔各答
人行道上陈列着一杯杯果汁的加尔各答
大象般苍老的加尔各答　灰蒙蒙的加尔各答

一万只猴子爬在屋顶上　扩大了丛林的边界
坐在大地上的加尔各答　危险的加尔各答
妓女们倒掉昨日的污水　她们照镜子描口红的样子
就像孔雀的老师　就像青春的加尔各答
一片片旧衣服挂在人行道上等着出售
衣冠楚楚多么难堪　幸福只需要一块好棉布
地摊上的加尔各答　棉花匠的加尔各答
裁缝的加尔各答　补鞋匠的加尔各答
祖母和妇女的加尔各答　盲人的加尔各答
裹着头巾的老巫师的加尔各答　世界最后的神庙
一万个神在公交车站　工地　商业中心　棚屋和巷道出没
七千年前的祈祷之声响在屋顶　装在陶罐里的加尔各答
英国圆柱下面睡着苦行僧的加尔各答　泰戈尔的加尔各答
有人在用英语念着《飞鸟集》　他的庭院在夏天是赤脚的
手臂上戴着黄金的加尔各答　额头上印着红点的加尔各答
白衫飘飘的加尔各答　胡椒盐巴和糖的加尔各答
长途客车窗口排列着石头般脸庞的加尔各答
在车门口晃着一叠脏钞票催人上车的加尔各答
说24种语言的加尔各答　潮水般涌向火车站的加尔各答
不会讲英语的曾经是大不列颠殖民地的加尔各答
织布者甘地的加尔各答　王维和李白的加尔各答
他们会找到无数志同道合者　玄奘的加尔各答
再次取经　他依然记得盛奶茶的小碗是泥巴捏的
用过就扔到地上　怀旧者的加尔各答

  他们在怀疑自己的人生路线是不是走错了
  如此落后　如此贫穷　如此肮脏　如此欢乐　如此健康
  永远扫不干净的加尔各答　我行我素的加尔各答
  令洁癖们绝望的加尔各答　垃圾不会比人类滋生更多的腐肉
  沿着恒河大道跑来的一场暴雨就干干净净的加尔各答呵
  我与你们不同　我去过加尔各答　成就不在于你得到什么
  而在于你去过哪里　不朽的一天　我来到加尔各答
  恒河的支流　遇到七十四岁的诗人瑞明·钱德拉·摩克波提耶
  和他六十五岁的学生丽塔　白发苍苍的老师和学生　带着诗集
  带着我穿过纱丽般的曙光　在一只漆黑的煎饼锅子旁吃早餐

  人行道被各种小吃摊点占领了，各种锅子在冒油烟。伙计们将洗锅水倒在路边，食客们背着旅行包站着吃煎饼，喝咖啡。这些是忙着去赶火车的。转到下一个街口就清爽了，有人站在家门口刷牙，几个拉黄包车的车夫裸着上身在一个小神龛旁边的水管旁洗澡，一身白沫。对面卖菜的摊子前，老妇蹲在路边洗菜。一家卖烤饼的铺子，白胡子的父亲和儿子在阴暗的房间里和面，外面支着的炉子已经有火。闲人已经坐在路边了，他们一般都待在杂货铺、咖啡馆附近。人们不喜欢穿鞋，一有机会就甩掉它，到处扔着鞋子。鞋子也是很容易甩掉的拖鞋，少有运动鞋、皮鞋。很难发现手机，赤露的身体很容易看到，背脊、手臂、脚和腰部。街道具有神龛、仓库、客厅、起居室、茶馆、医院、床、餐厅、舞台、学校……的功能，交通倒在其次。有些狗死在大街上，一动不动，其实只是在睡觉，它们有安全感，整个印度都是它们的床。乌鸦在建筑物之间跳来跳去。小巷子的墙上挂着各式各样的布、被单、裙子、裤子和外衣什么的，一辆轿车满身都晾着裤子，矮屋顶上也晾着。姑娘们站在巷子里聊天，纱丽微微扬起。忽然，云端走下来两个人，男的挎着个脏兮兮的褡裢，满脸白胡子，老得像是一块喜马拉雅山中的白石头。女的也上了年纪，斜背着挎包，身上堆积着乌云般的纱丽。两人相貌高贵，像是古人，某种思想之光覆盖着全身。他们停下来，站在我们面前微笑，我立刻就知道是拉蒂介绍的诗人。瑞明·钱德拉·摩克波提耶和丽塔。瑞明七十四岁，丽塔六十五岁。瑞明是丽塔的老师，丽塔从二十岁就跟着瑞明写诗。已经白头的瑞明一看就是一头大象变的，大象那庞大的身躯在他身上已经变成一种精瘦的深邃，那条鼻子被他藏起来了。"有鸟焉，其状如雌雉，而五采以文，是自为牝牡，名曰象蛇，其鸣自詨"（《山海经·北山经》），只有动作还看得出往昔大象的踪迹，他的一切动作都相当慢。他年轻时在飞机上当服务员，去过某些肤浅的国家，后来从印度阿散索尔的B.B.学院退休。出版过宗教、社会学、经济学、政治学等方面的书，还有诗集，他的书大部分是用孟加拉文写成，他也是个吠陀学者。瑞明前几年得了癌症，他动身前往一个寺院，在那里治愈了。又回到加尔各答他母亲的房间里，他和母亲以及亲人们住在一起，他写着书，他母亲坐着，在九十年的时间中。有时候，他起身去接一个电话。丽塔是个小学校长，独身，每个月都要用自己的一部分工资为学生们购买各种必需品，这不是奇迹，诸神都是这么生活的。他们两个都住在郊区，坐公交车和电车来到这里要两个小时。天不亮就出发，终于穿过了到处是障碍物的加尔各答，这头鳄鱼的内部现在被阳光彻底照亮了，热起来。瑞明伸出干柴棒子般的手臂一把挽住我，紧紧抓着不放，就像一位久别的父亲。我们几个诗人，写字的和写字母的站在大街上相视而笑。回去我们住的公寓，我给瑞明一盒云南茶叶和一本我自己印制的英文诗集，他马上翻开来读，然后立刻加以评论，仿佛他是魏晋来的诗人。"钟毓为黄门郎，有机警。

在景王坐燕饮，时陈群子玄伯、武周子元夏同在坐，共嘲毓。景王曰：'皋繇何如人？'对曰：'古之懿士。'顾谓玄伯、元夏曰：'君子周而不比，群而不党。'"就是这样。我们喝了点水，再次出门，去博物馆。"那里得去看看。"瑞明说。

乔林基街的印度博物馆成立于1814年，到2004年3月31日，里面的藏品为102 646件。19世纪，随着这个博物馆的成立，博物馆运动开始在印度滚动。意大利风格的旧大门几乎被门口的小摊贩遮蔽了。"各色男女手持着点燃的线香舞动着身躯，线香散发出缭绕的烟雾和强烈的香气。烟雾四处飘散，模糊了我们的视线。砰砰的鼓声以越来越快的频率咆哮着。我们的身体不得不和四周的节奏产生共鸣，所有人都置身于一片不停搏动的云团之中，在恍惚中，我们的意识和思想完全被喧闹的一切裹挟。在这里，你来不及思考也无暇去仔细观察，能做的只有用身体去感受。"（库沙那瓦·乔杜里《史诗之城》）博物馆门口喷吐着商业制造的遗忘之雾，我们绕过一个举着一群妖怪般的气球正在兜售的小贩走进去，里面的检测仪器像是一个毫无用处的铁框子，就要生锈的样子，总之要从这里钻进去。展厅角落里支着19世纪就安装在那里的铸铁风扇，笨重、耐用，像是磨盘。并非大地原在之物的古物一件件陈列着，足以令人直接感受到印度历史上发生了什么，它的世界观、精神状况和手工质量，它对美和善的认知。安静的大厅里似乎有一种呼吸般的低语，没有含义，只是呼吸。如果去读那些说明，存在立即变成解释，说明文字只会令印度消失，公元1世纪、2世纪……的标签并不会唤回时间，印度古老的身体自己就在那儿。来自古平原上的恐龙颅骨化石漆黑如石油，令人害怕的光芒。巴尔胡特廊用砂岩雕刻的药叉神挺着浑圆的乳房，安泰的印度女神。佛教方兴时代的佛陀造像，像是自信而健康的部落首领。我们不说话，走来走去，从一个大厅到另一个大厅，瑞明在前，丽塔在后，走在印度的废墟里，仿佛在落日黄昏的恒河之岸。古印度深邃、健硕、崇拜强大的、力量充沛的身体。玄奘也坐在里面，他是一块石头。后来我们穿过博物馆院子里的草坪，走去一间房子排队取食物，一点米和浇着咖喱浓汁的土豆。丽塔的脚患有严重的风湿，走起路来有点瘸，先告辞了。临走，送给我一本蓝色封面的诗集。她的诗：

> 正午十二点
> 我转过脸
> 脚跟旁的小影子大喊——
> 要像太阳
>
> 我看着这张树的脸
> 年纪挤出皱纹
> 支撑的树干压垮
> 庙墙　残破
> 下面露出榕树的根
> 我看见内部真实　美丽
> 善良的笑容灿烂
> 我的位置安全吗

加尔各答满城乌鸦，飞的，绕圈的，落的，叼着面包渣的，叫唤的，在垃圾堆上激动不安地走来走去的……但并不遮天盖地，羽毛普遍发灰。仿佛这城市是一堆废墟，随时在烟消云散。死亡不会被藏起来，生也不会成为唯一之事。向死而生，为生而死。刚才还在锈铁丝上飘扬的棉布，一会儿就不见了，不过是在下面炖在街边冒着烟的炉子上油花翻滚的黑锅子旁吃了个刚从里面捞出来的炸饼，抹了点咖喱酱——已经不见啦，被那位老妇人收走啦。那只狗也不见了。那些影子也不见了，两个来自普卡棉村的弹棉花的也不见了，他们刚才还在巷口弹着呢，一头飞絮。"本来无一物，何处惹尘埃。""怎么都行。"我们跟着瑞明去乘电车，他要带我们到处逛逛，尽尽地主之谊。他七十四，我六十五。加尔各答的电车老得不像话，车身的皮肤患着无法治愈的牛皮癣，一层层，多年的日晒雨淋所致。什么都往上面贴，竞选口号、涂鸦、划痕、撞车造成的外伤……这趟车自1902年3月27日运行以来就没有停过，看上去还是那趟车，某种慢吞吞、移动着的铸铁监狱，铁条、铁梯，铁门和木头靠椅都是古董家具的样子。经过多年的磨砺，木质的古老光芒散出来，像是来自陵墓。坐在阴暗的车厢里就像是要下到矿井里面去干活的矿工。赵凡太兴奋，上错了车，赶紧跳下来。今天是迪内什·辛格驾驶这辆电车，他并不认识我们。他已经足够老，胡子花白，穿着白衬衣、拖鞋，不像司机，像一位老家长，怜爱地看着上车的人们。他一直在电车最前面的那间小铁屋里忙碌，摇铃，脚踩刹车，伸出头吆喝挡住车路的行人。乘客们的腿埋在黑暗里，仿佛去任何方向，都是要驶回过去。穿过世界上最古老的街道，两旁都是老铺子、旧书店、卖旧衣服的摊子、旧车站，密密麻麻、叽叽喳喳、簇簇攒攒的人群，各种古董堆积如山，漫漶似海，巨大的正在出货进货的仓库。这不是博物馆里那些死去的古董，依然活着，被使用着，古老的棉布、塑料、木头、泥巴……与电车平行的三轮车，默默等着拦路虎让开。迪内什·辛格很喜欢这条路线，牛速，哐当哐当地响着，他已经在车头的小门那儿站了一生，儿孙满堂。有时候他伸出半个身子，朝这条街道招手。永恒的混乱，令他思路清晰，他根本不在乎车顶上的电线，这条路就在他的脑海里。放眼皆是邻居、好人。那些卖百货的邻居已经卖了两百年，一百五十年，天天见，从来没有搭过讪，仿佛是摆在车厢里的一动不动的石头。英国人带来了现代派的电车，指望印度人会因此乘着驶入他们的车站。可是相反，百年之后，发现印度人其实坐着这种设备驶回了过去，回到印度古老的包浆中，那些时间的氧化层里。这些电车被改造成加尔各答的旧家具，人们像神那样坐在黑暗的车厢里，眼球在闪光。年轻人离开了，座位上留下来的大都是老者和中年人。好奇的中学生也会跳上来。也有观光客上来，那些浅薄的旅行者很快就跳下去了，他们受不了一条路的前方不是一个接一个的惊喜，焕然一新。都是旧日车站，旧得像是破棉絮的街区。这不是什么观光路线，怀旧之旅，这是一种世界观，与世界的行车方向背道而驰，一趟趟固执地回到过去，再回去，奇妙的是并没有回到过去，那些刚刚上车的下班的人手中捂着出汗的手机。迪内什·辛格有时候走来卖票，钞票已经相当脏了，像是一张张小抹布，上面的面值、图案模糊，只有本地人知道那是几文。古老的钱都是用银子或者铜制造的，坚不可摧，纸币这种东西缺乏安全感，像是骗子所为。电车停在一个水坑边上，我们回到浸泡在黑夜里的街道。

前面出现了一条巷子，灯光灿烂。人群像泥石流在里面移动，两边都是各种各样的摊子，百货应有尽有，铺天盖地，挂满了各种棚子，都是便宜货。来这里的人裤兜里没多少钱，也没有确定的购物计划，只是来凑热闹，玩玩。食物罩在玻璃小柜里，点着灯，与神龛相似。各种各样的神，手工做的，印在纸上的，绣在织物上的，五彩缤纷，到处都是。许多女神、象神。一些人站着吃东西，任乞丐、流浪者、僧侣、珠光宝气的行人、苦力、瘸子、老者、意气风发的青年、大学生、姑娘们、流浪狗、老妪、患者、牛、三轮车、黄包车……在身边川流。他们编织着、吃喝着、消耗着、激动着，人人我行我素。大部分人穿着裙子，缠着布，飘飘欲仙。一个人类的迷宫，人的迷宫而不是物的迷宫，物只是用来让人被确认。从未见过的人，就是见了也马上分开，再也不见。过街电线上也挂着待售的衣服。到处弥漫着一种对物的轻蔑，无论它多么危险，便宜或昂贵，大名鼎鼎或微不足道……满不在乎，人们对商品的牌子麻木不仁，怎么都行，物尽其用。走来走去，停下来，买东西，吃东西，聊天或者出售。没有卖肉的。各种各样的人，被一种毫不费力的交流、融合包围着，强烈的松弛感，没人患抑郁症。这是一个藏着许多诗的地方，但是没有闲工夫去写了，每个人每件物都是一首长诗中的一句。"白胡子老鞋匠盘腿坐在地上　地位最低的王　令快速奔走的脚　纷纷停下""为了一份卷饼　婆罗门　车夫　苦行僧　酋长　教授　议员　游客　诗人　狗　自觉排队　食客没有尊卑""祖母的纱丽呵　用恒河水洗过了　裹着姑娘们的亮丽之躯　穿过旧集市""油海沸腾　金色煎饼在黑锅子里跳死亡之舞　食客忍住口水　只想大快朵颐""有人在僻静处小便　听上去　也是流水潺潺""装满书的麻袋　装满塑料品的麻袋　装满水果的麻袋　装满盐巴的麻袋　装满沙的麻袋　后来都倒掉了　麻袋腾空　那个苦力在胳膊下夹着它　走向下一份货物""一生总是在下决心　擦干净那块灰蒙蒙的障目玻璃　就要擦了　总是没擦　恍兮惚兮　其中有象　"……王夫之说："《诗》云：瑟兮僩兮，兮之为义，固为语助，而皆就旁观者可见可闻，寓目警心上说。如'挑兮达兮''佻兮哆兮''发兮揭兮'之类，皆是。"（王夫之《读四书大全说》）以上都是我在逛街时写的，我总是带着个小本子和一支墨水笔。最后一首是在一个装着冰激凌的、雾气腾腾的玻璃柜旁边想到的。

这是一个废墟般的迷宫。一切都是旧事物、老物件。那些刚刚出炉的东西，都是已经卖了上千年的，纱丽裹了上千年，头巾藏了上千年，笼裙裹了上千年，这些小打小闹的生意（卖煎饼啦，做奶茶啦，补鞋子啦，做衣服啦，修手表啦，配眼镜啦，卖书啦，卖小百货啦，卖黄金珠宝啦，卖香料呵盐巴啦……）至少也上百年了，手表店、眼镜铺在英国人来的时候就开着了。虽然材料换进来不少，塑料啦，金属啦，尼龙啦，但其功能与老物件还是一样的，比如那些劳工、流浪者、乞丐挎着的大号内黏膜编织袋，果实般地几乎垂到地上。早已不用马了。马匹、骆驼也换成黄包车、自行车了。但是那种慢吞吞的、甘于为人驱使的地位并没有改变。还是玄奘穿过集市时的那种氛围，那种亲切感，那种其乐融融，那种温暖令人记忆复苏，回到了过去的时间中。"土地沃壤，气序温暑。稼穑时播，花果具繁。人户殷盛，家产富饶。其形卑黑，其性犷烈。好学尚德，崇善勤富。"（《大唐西域记》）这是一个善地，到处洋溢着"生生之谓易"，追求的仅是生命最朴素的需要，决不奢侈、炫耀、夸张。"志于道，据于德，依于仁，游于艺。"（孔子）在过去的时间中，这种善地善举曾经通过手和不同的手艺在世界普及。这条街唤醒的是某种世界记忆，世界的旧世界记忆，我少年时代的街道武成路的记忆。"今天，情况完全不同了！正是欧洲移民，使北美能够进行大规模的农业生产，这种农业生产的竞争震撼着欧洲大小土地所有制的根基……由于开拓了世界市场，使一切国家的生产和消费都成为世界性的了……古老的民族工业被消灭了，并且每天都还在被消灭。它们被新的工业排挤掉了，新的工业的建立已经成为一切文明民族的生命攸关的问题；这些工业所加工的，已经不是本地的原料，而是来自极其遥远的地区的原料；它们的产品不仅供本国消费，而且同时供世界各地消费……过去那种地方的和民族的自给自足和闭关自守状态，被各民族的各方面的互相往来和各方面的互相依赖所代替了。物质的生产是如此，精神的生产也是如此。各民族的精神产品成了公共的财产。民族的片面性和局限性日益成为不可能，于是由许多种民族的和地方的文学形成了一种世界的文学。"（《共产党宣言》）现代主义的世界文学其实只是一种精英文学。"凡有井水处,皆能歌柳词。"旧世界的文学是一种水井文学。世界文学只在大学、诗歌节会得到欣赏。更多的情况是,地方既失去了水井文学,也没有产生世界文学,而是根本就丧失了文学。对每个民族来说,文学都是古老的,文学不会创造新世界,那是政治经济之事,文学总是通过语言保守着旧世界,"追忆似水年华",关于往日"红楼"的梦。瑞明为什么知道我喜欢逛这种地方,我们在八小时前还素昧平生。他没有像通常的导游那样带我去焕然一新之处,那种"失去了文学"的地方加尔各答也不少。他故意要给我造成一种文学错觉?"道可道,非常道。"瑞明不知道王夫之,他知道老子,他觉得他是印度人。也许吧,古代的事情说不清楚,大家自由来往,没有护照,而且交通工具繁多,大道、小径、马匹、云、羽毛、船只、脚、飞毯、魔法……多了。有人撞了瑞明,一个头上顶着一个筐子的贵妇。另一个人也碰了他,用他那管子已经瘪掉一截的自行车车把,他是旁遮普人。忽然,看见玄奘也在人群里东张西望,背着个旅行袋,面目清秀,皮肤白皙,与周围的古铜色截然不同。就上去搭话,是不是那个玄奘呵。听不懂,就取出本子来,写出两个汉字"玄奘",他拊掌大呼,当即滚下两行短泪。他的口音是古长安音,自然是听不懂普通话,但是知道汉字,汉字还是那些字。借过笔,也写出一行字来:"令五印度不得啖肉,若断生命,有诛无赦。于殑伽河侧建立数千窣堵波,各高百余尺。于五印度城邑、乡聚、达巷、交衢,建立精庐,储饮食,止医药,施诸羁贫,周给不殆。圣迹之所,并建伽蓝。"我一看就明白了,忙来忙去,旧世界新世界不都是这些事嘛!"你忙着吧!"就告辞,各走各的。瑞明说,我们这边走。他碰到某人,那个人背着自己的全部家当,用一个大编织袋兜着。他们是谁,来自何处,要去哪里?如此高古,样子像是日耳曼人,高鼻深目,但神情毫无共同之处,憨厚、朴素、天真、热情,但愿我的判断名副其实。同一人，在此灯下，亮丽可爱，在彼灯下，青面獠牙。"蓦然回首，那人却在灯火阑珊处。"一个揭晓的时刻，每个人都暴露了，肯定不是他们在家的样子，要负责的样子。现在个个天真无邪，无拘无束，尽情释放。如果是大壶节，大家还要脱个一丝不挂。瑞明诡秘地笑着，他认识一些我不认识的人，那些人带他去了一个神庙，一位祭司给他水喝，发出一些声音，治好了他在飞机上得的那个癌。他风尘仆仆，背着一个麻布包赤脚回家，累了就坐在菩提树下休息，然后复原如初。这条街没完没了，摊位、小道、空处、沟渠、睡在卷帘门旁边的神像、垃圾堆、障碍物……要走到尽头，大概要到天亮，所有人都睡了，这条街才会消失。我们在中途插入一条乌鸦内脏般的小巷，经过一些沉默的、朝着光明涌去的鱼，到了学院街。加尔各答大学就在附近，这里有无边无际的书市，书像大地上被收割的蔬菜水果那样堆积如山。书籍堆在星空下，装在麻袋里，摞在桌子上……书贩在桌子上留出一个空位，吊着赤足坐在上面，拖鞋掉在地上，默默地观察着读者。读者，那些看上去像是一条条鳗鱼的家伙梭来梭去，左顾右盼。在这里，要找到心仪的那本书得有火眼金睛。灯光昏暗，要看清书名得有好眼力。都是旧书，很难看见新书，似乎书一出世就要被永远读下去。不能永远读下去的书，写出来干什么？被这个世界抛弃的许多书都存放在这里，可以找到《道德经》《毛泽东选集》《高尔基小说集》《浪漫短信指南》《瑜伽百问》《亚里士多德和他的学说》《泰戈尔诗的哲学维度》《大师和玛格丽特》《咖喱与胡椒》《凯撒大帝》《罗摩衍那》《优等生》……还有更多的去处：占卜的、念经的、唱歌的、理发的、掏耳朵的、迦梨女神庙、修车铺、纳仁森广场、咖啡店、吉卜赛人睡觉的台阶……每一日都可以写出一部《尤利西斯》。有个房间聚集着现代诗人，他们从恒河两岸来到这里，朗诵、聊天、讨论诗与宗教的关系，出售自己的诗集。库沙那瓦·乔杜里说："每周三，加尔各答的一些作家和诗人都会聚在这里谈天说地，这个传统已经延续了四十八年。兰詹·古普塔是这个群体名义上的领导者。我进去的时候，他正坐在屋子后面的角落里。初见他的几次，他总是将他的白发梳得油光锃亮，脸颊上带着稀疏的胡茬，那时候，我私以为大概是这位诗人在刮胡子时有些心不在焉，所以才遗漏了几小撮。"（《史诗之城》）诗人到处出没，加尔各答是诗人的深海，他们像是大海里不多见的鲸鱼，但总是有。活着的湿婆的化身。忽然经过一片黑夜，微弱的灯光下坐着几个人，一位法师正在中间念念有词。忽然又经过一个池塘，男女在水边相拥。另一个书店，柚木书柜。公共食堂，许多学生在里面一边吃着，一边翻书。不知道下一个地点会遇到什么，永远出乎意料，梦游或是现实，无法确定。跟着瑞明四处寓目警心，他像但丁一样，微笑着带路。他说，那边有许多食物，一盘接一盘抬上来，堆起来。最后，我们跟着他走进一家小馆子，吃了些煎饼和糖茶，然后他就在黑暗里消失了，他住在郊区。

拉蒂不太喜欢瑞明，她嫉妒瑞明接近一位神灵而不是诗人。拉蒂更接近斗士、知识分子。这个母亲般的诗人喜欢组织世界各地的诗人到印度来，像班主任那样领着他们到处去朗诵。"我们坚信，在这个受冲突驱使的世界，我们能够通过诗歌的媒介建立和平与互助并增进彼此的理解。迄今为止，'克里迪亚'已经在印度各地举办了10次诗歌节，得到了当地主办方的支持。这个诗歌节的流动性使世界各地的诗人和艺术家得以了解不同的语言、文学和文化，并在印度文化和世界文化之间建立起了一座桥梁。每一次诗歌节都为来自世界各地的诗歌爱好者提供了一个共同的平台，让他们聚在一起分享他们的诗歌和思想。我们注重鼓励新的有才华的诗人，所以'克里迪亚'对有潜力的、年轻的诗人也同样敞开大门。"

她带我们去的另一处是流浪少年收容院。在矮山和树林中，住着些贫穷的美少年，比一般的印度人更黑，也许是在露天待的时间更久，并发生在幼年之际。印度有一个总是迟迟不落的太阳。如果讲阴阳的话，这土地的阳比阴盛。他们在流浪中被一个私人机构收容，为他们免费提供食宿、教育。赤脚少年们坐在一个大厅里，像是古希腊的牧神集合。大厅周围长着杂木，有花园、操场和一排排平房。这场景令我想起遥远的一日。他们看着这些叫作诗人的动物，听着他们喃喃自语，默不作声。写诗的意义何在，是写出意义还是写这个活计。少年们看着我们，知道世界上有这种人，不会带来死亡，只是带来语言，语言并不在于意义。就像他们的存在，让世界更深刻地记住少年这种时间。

特里凡特琅的海边出生过一位伟大的诗人，我不知道他。他的家乡为他竖立了水泥雕像。穿着西装，望着远处，握着诗集。拉蒂租了一辆破旧的中巴车，刚够所有诗人挤在里面，我们现在很亲密了，都是诗人，写了什么并不知道，语言不通，但身体是通的。这是信奉马克思主义的地区，我们坐在一个棚子里念诗，乌鸦和大海在一旁。那头白头发的巨兽从远处天空下黑夜般扑来又倒塌在沙滩上，死于大陆。漫长的海岸上只有一个渔夫，像湿婆神那样漆黑。捕到的鱼被他藏在沙里。

海鸥在天空中看着大海。我们在朗诵。

诗歌节。

2021 年 3 月 3 日　星期三

特里凡特琅，两位诗人　2017

加尔各答，站在车头上的电车司机　　2017

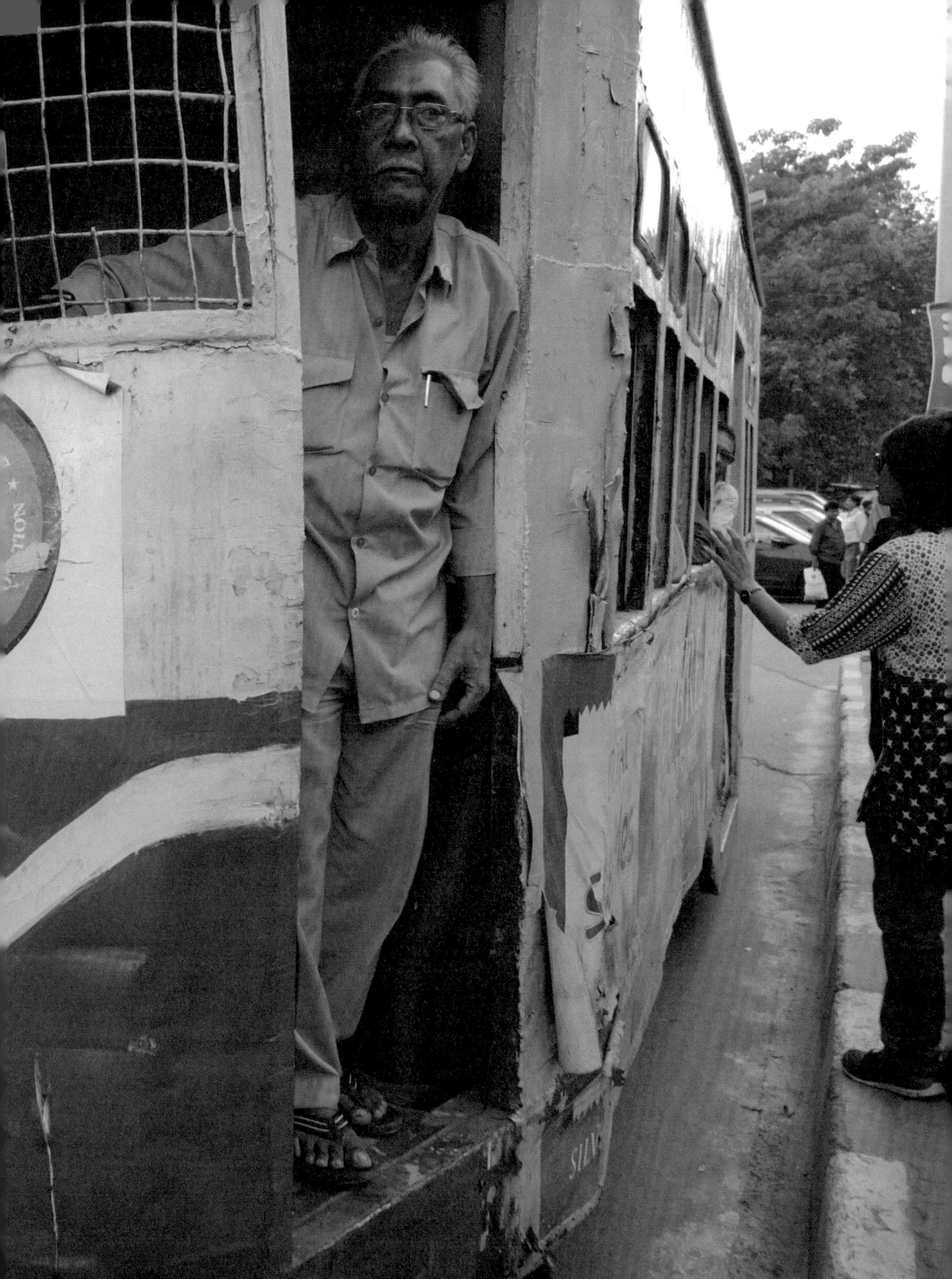

在加尔各答的电车内　2017

加尔各答街头，两个穿裙子的男子和一个睡着了的男子　2017

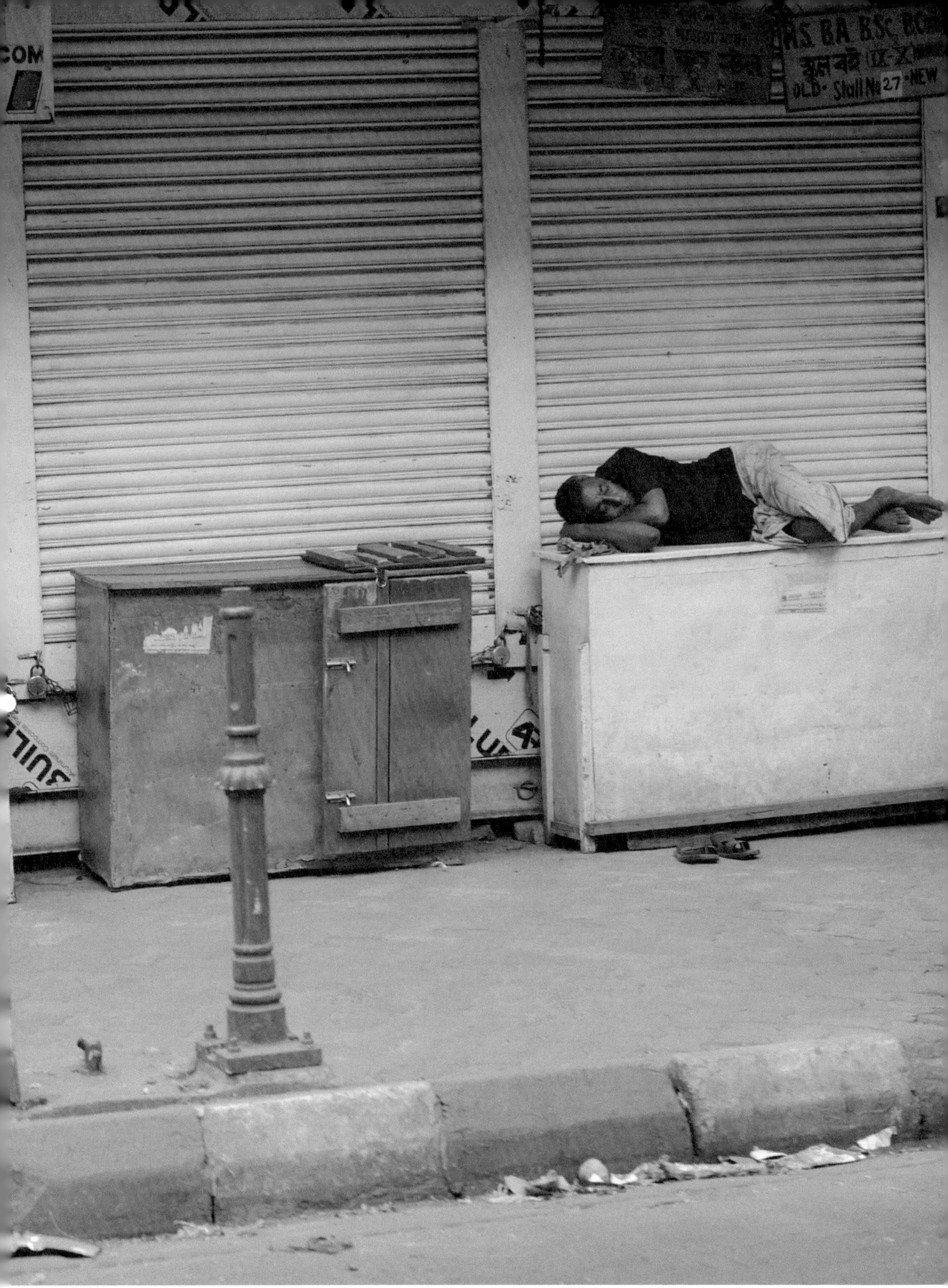
COM
B.A. B.Sc.
OLD • Stall No 27 • NEW

加尔各答，裁缝铺之舞 2017

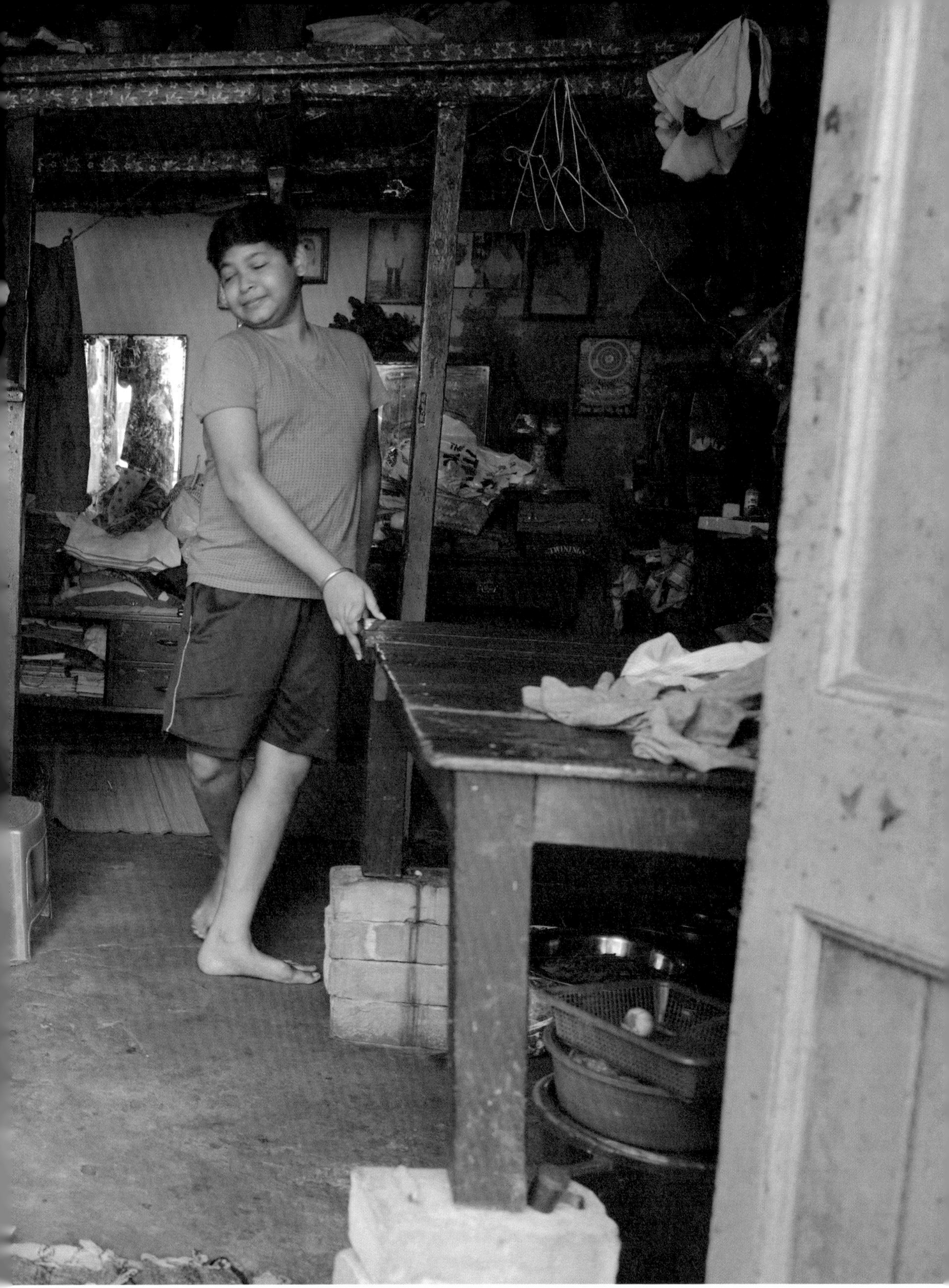

加尔各答，阳光灿烂的小巷　2017

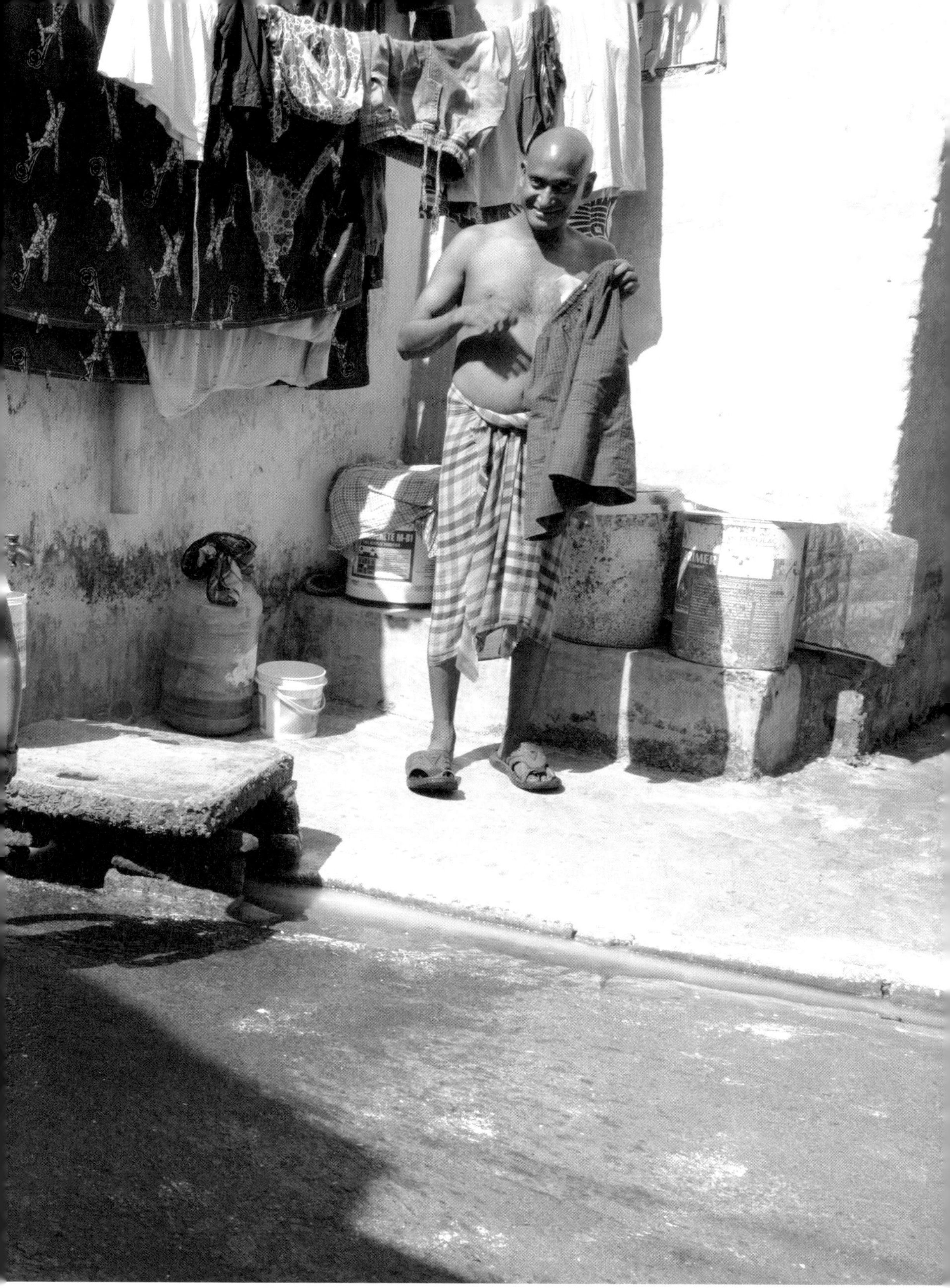

黎明时在加尔各答街头洗漱的人力车夫　2017

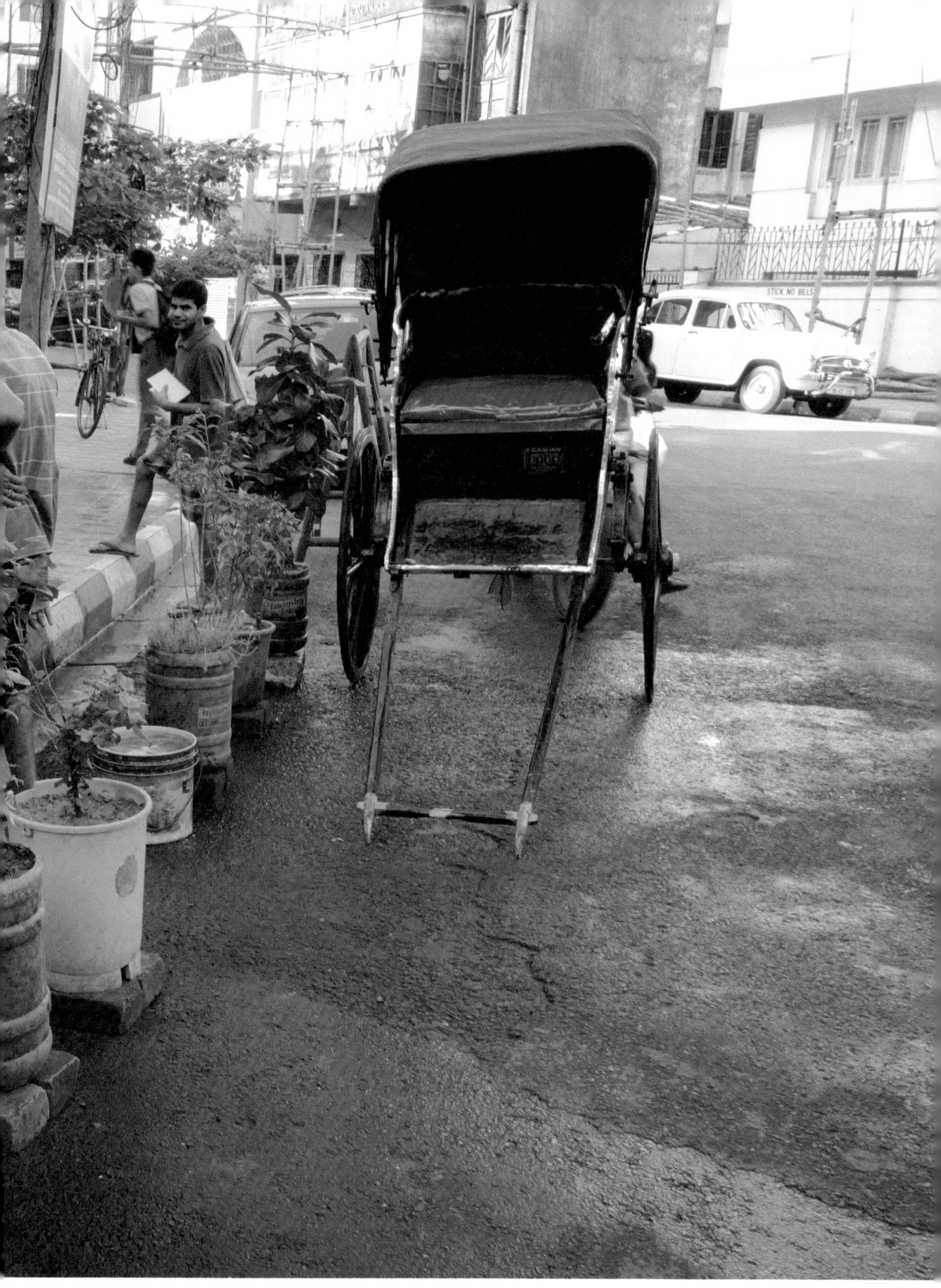
STICK NO BILLS

加尔各答，人行道上的小吃摊子　　2017

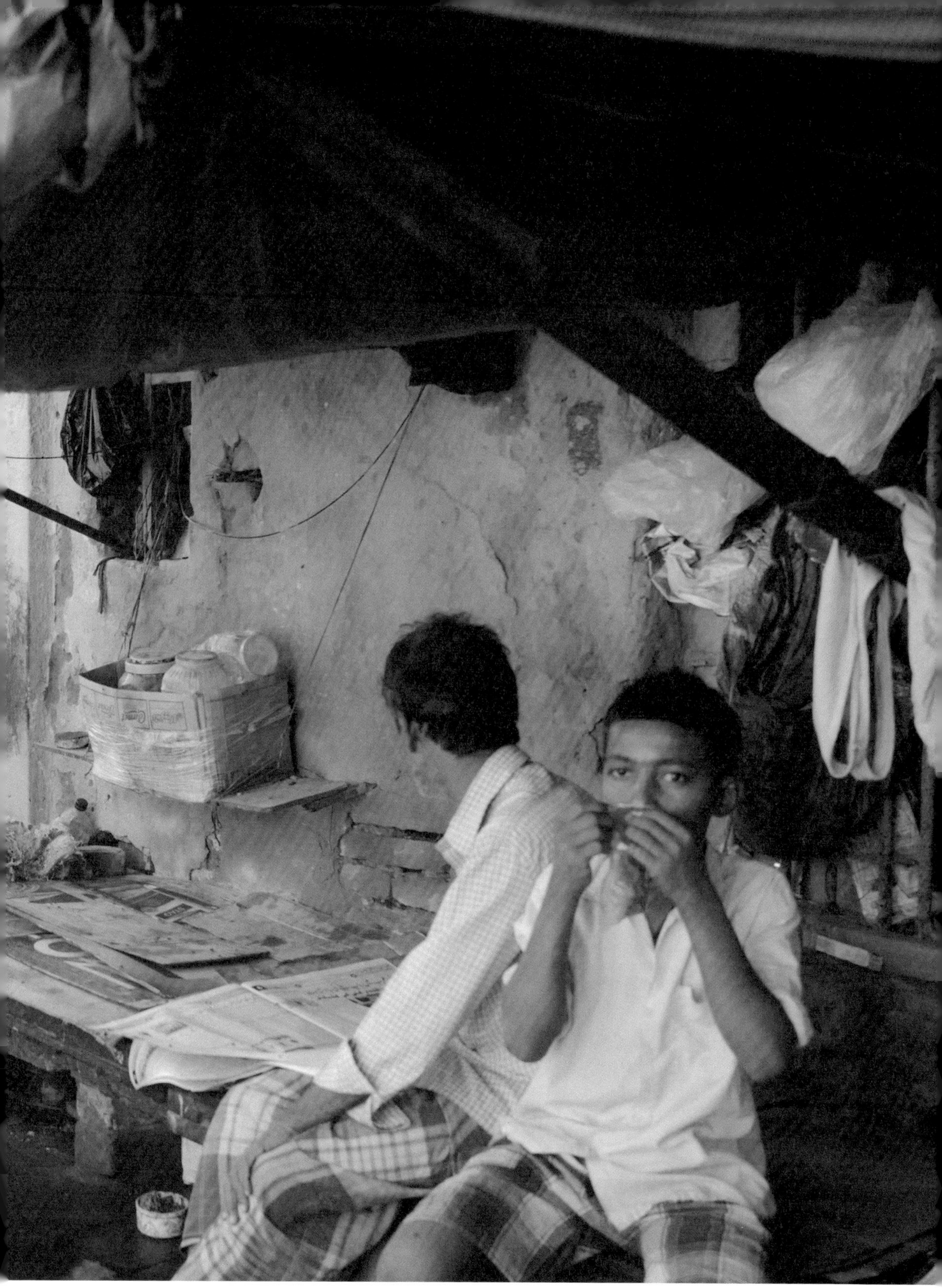

加尔各答　2017

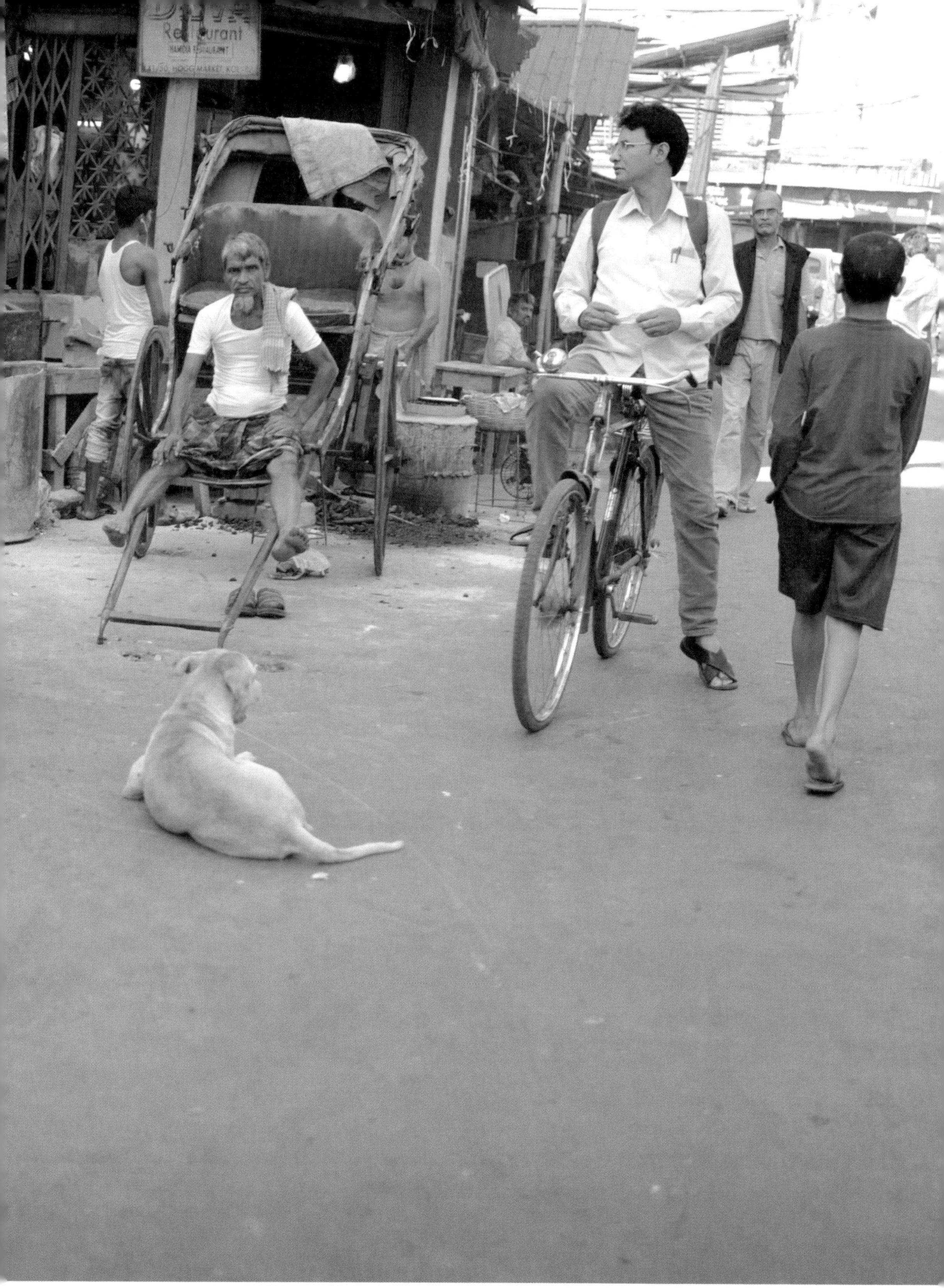

加尔各答　2017

加尔各答，恰马尔　2017

加尔各答,默迪的小店 2017

加尔各答,弹棉花的苏兰基 2017

加尔各答，小学生夏尔玛和她妈妈　2017

特里凡特琅，流浪者之舞　2017

加尔各答，坐在街口的人们　2017

加尔各答　2017

加尔各答，两只熨斗　2017

加尔各答，锅子和水罐　2017

一个陶罐

这段时间　世界又扔掉了一个陶罐　谁家迁居后
从厨房滚出来　死孕妇的肚子　难产　土红色
与炎热平原上雾蒙蒙的落日近似　沾着干掉的涮渍
在泥沼　臭水沟　旧电池　塑料片　破鞋　烂玩具
死尸　浑身是癣的丧家犬　煤渣　填掉的井　断墙……
之间　还俗　扩大了井的边界　在滚滚红尘中回忆着
它的泥巴前世　那一天　我正跟着一个团在西域观光
他们垂着脑袋　在爬满苍蝇的玻璃窗边昏睡　这不是
景点　三轮车　菩提树　洗衣妇　搬运布匹的板车
警察　裁缝　小偷　铁匠　烧煳的锅子　香料　不必
醒来　仅我　一个捡漏的　发现它　飘飘欲仙　仿佛
刚刚做出来　就得道了　系围腰的陶工　还在那边抠
手心　乘大巴受阻　求司机开门　以为我想随地小便
是可以的　在此　一头神牛跑来踢了一脚　结实着呢
多么美呀　印度　你盛水的形式　如此常见　低廉
固执　饱满　透明——看得见那团混沌的黑暗　待我
抱回去　慢慢地　汲取　何以如此辽阔　11日游
菩提伽耶　泰姬陵　孟买　王舍城　德里　举重若轻
搬回时　游客们突然坐直　表情异样　仿佛皈依了那些
灰尘中的苦行僧　将一无所获的脏钵　拾回来　凭空
增加负荷　无法再购物　也无从炫耀"到此一游"　还
引起猜疑　海关大员的铁指节　敲着这个旧家什　他用过
这么费事　带个水罐子回家　漏不漏呀！似乎我渴傻了
忍着没笑　放行　像他的祖先一样大方　从前在那烂陀……

2015年12月2日　星期三

加尔各答印度博物馆　2017

加尔各答印度博物馆　2017

加尔各答印度博物馆　2017

加尔各答动物园　2017

在加尔各答阳光灿烂的街道上与影子起舞的行人　　2017

加尔各答，朝着初升太阳的祈祷者　　2017

加尔各答　2017

在加尔各答动物园　2017

加尔各答　2017

加尔各答　2017

加尔各答的电车　2017

特里凡特琅　2017

加尔各答　2017

加尔各答　2017

加尔各答的卖笛人　2017

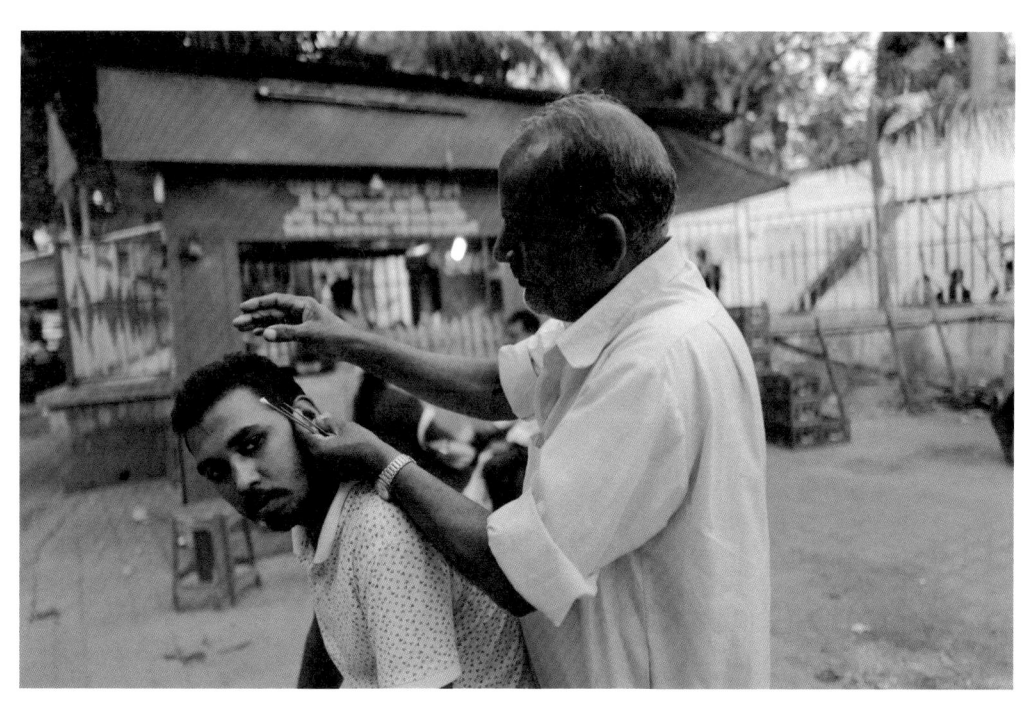

听见了，特里凡特琅　2017

加尔各答图书夜市 2017

加尔各答 2017

特里凡特琅，海边　2017

特里凡特琅，海边　2017

特里凡特琅，阿拉伯海　2017

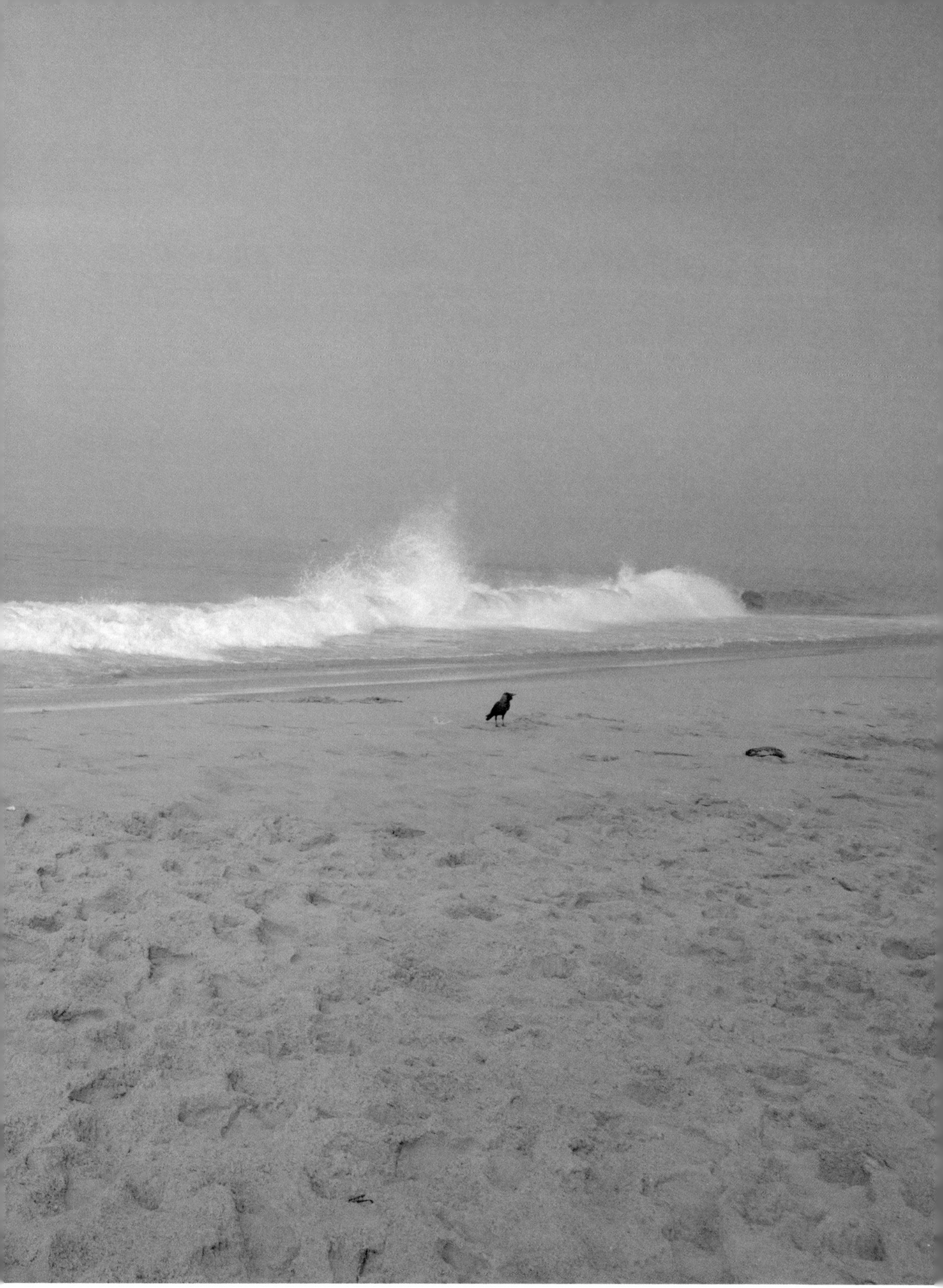

在尼泊尔的喜马拉雅

一天，阳光照耀着正午的加德满都。蓝色的喜马拉雅群山在远方隐约飘拂如众神的大殿。下面的青翠谷地里，住着四十多万人。无边无际的建筑物群岛，人民创造的城市，私有化社会的产物。密密麻麻，几乎每家人都有一栋。居民在自己的一小块地面上各行其是，屋宇高的高，矮的矮，或涂成粉红、果绿、草黄、铁灰，或方或圆，或平或陡，千姿百态，混乱而生动。千家万户毗邻而居。万法归一，你盖你的房子，别人也要盖别人的房子，大家遵循着自然法，遵循来自传统的心照不宣的规范。很少有那种鹤立鸡群、霸占别家阳光与蓝天的"小暴君"（川端康成语）式的建筑物。其间，神庙、寺院、神龛、神树……三步一岗，五步一哨，大大小小有两千七百多座。机场就在城边上，入城的大道坑坑洼洼、尘土滚滚，空气中焦油味强烈，挤满了逃难般的摩托、汽车、三轮和呼吸急促的步行者。到了城里，拥出拥进地混成一团，水泄不通。交通警察站在人群中挥着棍子哑哑地吼着，没有红绿灯。人行道几乎无法走或者没有人行道，乱得令人心烦。更多的摩托从小巷子里不停冒出来，喷进大街。吼声一直要响到天黑，那些自然形成的小巷小街缺乏公共交通系统，只有摩托可以飞速穿越。王室的宫殿灰蒙蒙的，藏在一片围墙和树木后面，几乎看不见。围墙上有士兵在站岗。一队士兵每人持着一根木棍在街上巡逻。有人在街边卖挂毯，一大排挂在墙上，那面墙不是普通的墙，后面是一国家机构，旁边就站着站岗的士兵，并不赶他。一家汽车专卖店，玻璃橱窗里面停着丰田轿车。一警察坐在路边，顶着一块头帕躲日头。许多行人背着旅行背包。某条大街人们靠着墙根排长队，队伍长得令人绝望。他们是来自尼泊尔各地的青年，等着领取护照去国外打工。尼泊尔近年经济起飞，与这些年轻人从国外寄回的钱大有关系。资料说，他们在过去十年里寄回的美元达到十亿。领护照很简单，照片表格往里一递，咔嚓盖个章。如果不信任，每份资料都要调查，要单位证明，那么……这些人大部分住在喜马拉雅南麓那些海拔四千米以上的高山里。忽然想起我当年办护照，嗯，折腾了四年，前后填了两公斤重的表格，数十个章。不给你，就是不给你，但又不告诉为什么不给。

中午，空气就被摩托尾气占领了，这是一天最拥挤的时候，太阳最毒，灰最狂。游客垂头丧气，远方喜马拉雅淡定的群山稍许给人一点安慰。一群三轮车在街上昂首挺胸飞驰而过，都是空车，车夫们紧锁眉头，怀着重任的样子，每个车龙头上都插着一杆鲜红的三角小布旗。导游库玛告诉我，他们为涨工资而罢工，正赶去一个广场集合。我愣了一下，旅游手册可没有提到这一点，它把尼泊尔描述成一个没有政治的"山中天堂"。从印度到尼泊尔，我原来只想到民族国家、宗教社会，现在忽然记起来，它们也是民主社会。民主在这些地方，更重要的恐怕不是选票，其实就文化的复杂性来说，南亚次大陆恐怕不太在乎投票箱，因为其文化构成不像西方社会被知识灌输得那么单一。民主，在这里恐怕更重要的是人们可以按照自己的意愿、信仰、自己力所能及的生活方式生活，怎么活，怎么住，什么是有价值有意义的，人民自己做主，在这方面，南亚次大陆颇有无政府的味道。国家并非生活世界的领导者，领导生活世界的是人民自己。无论那是怎样的生活方式，现代的、传统的、迷信的或者不迷信的、卑贱的或者高贵的，流浪汉、与狗群睡在一起的苦行僧、模仿好莱坞电影、贫民窟或豪宅。投票或者不投票，只要这种生活不违背冥冥中的诸神。而神不是唯一的，甚至是彼此矛盾的。你的神是你的神，我的神是我的神。中国古话说，止于至善。神也要止于至善，而善是什么，那是印度经验、尼泊尔经验。就具体形态来说，恐怕没有放之四海而皆准的善。如果以西方的善来衡量，那么印度教社会就是非法的，种姓制度在当代西方意识形态中恐怕不是一个善事，而早先，种姓制度的出现却与雅利安人有关。经过大桥，下面的河流上垃圾堆积如山，大都是塑料制品造成的垃圾而不是花天酒地、铺张浪费、海鲜、肉食者们制造的垃圾。看得出来，如果没有这些工业废弃物，这个城市会立即干净很多。加德满都消化垃圾的方式依然是古代的方式，迷信雪山流下的水会洗干净一切。这些水流到世界的低处去，包括下面的恒河。尼泊尔曾经是以印度教立国的君主制国家。宪法曾规定，国家君主必须是雅利安文化和印度教的信奉者。2006年5月18日，尼泊尔议会通过决议，宣布尼泊尔为"世俗国家"，废除印度教为国教的条款。世俗化其实不仅仅是意识形态的变化，也由于塑料玻璃们的崛起，任何一个神都不得不世俗起来。

我可没想到加德满都会是这样。喜马拉雅，那是世界的天国净土、雪山、流水、神庙和飘飘欲仙的居民。唉，别了，脆弱的旧世界！

我住的旅馆是一片别墅式的小建筑群，十多间客房环绕着一个花园。房间外侧是街道，整日轰响。到了晚上九点左右，一刀切断似的，安静下来。似乎大街上的机器不是一台台先后熄火，而是一齐拉闸。就像我少年时候，玩到九点钟，孩子们忽然解散，各回各的家，扁担开花。而到了早晨七点左右，工厂开工似的，汽车、摩托一齐轰鸣起来。或许加德满都居民的作息时间比较一致？房间布置得朴素而雅致，窗帘、肥皂、浴缸、皮子开裂的旧沙发、某人的素描肖像、地毯，像是流亡者住过的那种。一位中年妇女每天来打扫房间，就像是打扫自己家人的卧室。七点半时，院子里一阵摩托响，一个男子载着她飞驰而来。然后很快地掉转方向，再次飞驰而去。每天如此。餐厅在花园里，摆着铺了白布的餐桌。早餐免费，有咖啡、面包、煎鸡蛋和果汁。周围的树上蹲着乌鸦。看得出来它们一直住在这里，不是搬来的。世世代代住在这里，只是世界里加入了新的物种和邻居。那些古老的树木绕过电线杆子和广告牌，就像绕过原始森林里新生的藤子，继续朝着古老的阳光。

　　清晨，灰尘未起，加德满都开门了。家家户户开门第一件事是拜神，为神龛洒水，献花，抹油，点灯；喂猴子的喂猴子（城里有一座小山，山顶是两千五百年前始建的苏瓦杨布纳庙，住着漫山遍野的猴子，像僧侣一样，靠信徒和游客养着），喂鸽子的喂鸽子，喂乌鸦的喂乌鸦，喂神牛的喂神牛……然后才开始一天。真正的加德满都迷宫藏在大街后面的小巷里。巷子里到处是神龛、神庙，有些在几条街的交汇处，有些藏在角落里、院落中。这是街坊邻居聚会聊天游戏的地方，总是聚集着无所事事的人。神像总是被各种祭品涂抹得花头油脑的，像乞丐。黑漆漆的食馆把桌子支在户外，食物是豆汤和油炸的饼子，这是加德满都较普遍的食物。这些小巷、街道的核心是杜巴广场。在尼泊尔语中，杜巴（Durbar）是王宫的意思。这一带有五十多座价值连城的庙宇和宫殿，1979年联合国教科文组织指定杜巴为世界文化遗产。一句话，这里是尼泊尔的故宫或者卢浮宫之类可以光宗耀祖的地方。我以为会戒备森严、战战兢兢、毕恭毕敬地走到那里，才发现与经验中的神坛重地完全不同，并没有患了博物馆麻风似的，被如临大敌地隔离起来，而是继续使用。这是一个热闹好玩的市民广场，神人共享的文化宫。坐着无数闲人，结婚的队列兴高采烈穿过人群。乞丐兴高采烈鼓盆而歌。王宫的红墙下，老人依墙而坐，他们把这里当作养老院。16世纪或者17世纪的石阶上到处坐着人，人们在这里祭祀、休息、聊天、游戏、买卖、谈情说爱、迎接外国元首……木雕、石雕、女神、瑞兽……经历无数沧桑，海枯石烂，似乎已经变成化石，已经不是神庙，而是神祇本身在场了。随便摸，随便坐，随便爬，游客一屁股就坐在17世纪打造的、已经被磨得凹下去的门槛上，小孩爬到一尊马拉王朝的石狮子上去骑着。忽然间，一阵雨从喜马拉雅的雪冠飘来，吉兆，尼泊尔正是新年，刚刚祭祀了雨神。我跑到一座神庙的屋檐下躲，供奉湿婆和他的妻子巴瓦娣的庙，湿婆和巴瓦娣的雕像没有正襟危坐高踞在宝座上，而是塑成彩塑，美女俊男，依偎在二楼窗口，笑眯眯地望着下面的世间。摸摸雕在庙柱上的树叶，木纹干得裂开了，雨水渗漏进去又流下，一群蚂蚁逃出来。庙门被铁链子和一把英国牌子的老铁锁锁着。门缝里面黑漆漆，以为到此为止。过一阵，一老者领着两位长裙飘飘的妇女，把旅行包（耐克牌）往台阶上一放，示意我等挡着庙门的闲人让让，摸出一把黑铁钥匙，抽掉链子，神庙门吱呀一声开了，幽暗，杂乱。这三个人席地而坐，要干什么？只见老者拿出日历卦书，原来他是一位婆罗门祭司，给这两位妇人的某事测良辰吉日。印度教习惯，只有婆罗门算的卦才是有效的。我问了一下，掌管着庙门钥匙的婆罗门有好几个，要用的话，随时可以打开。雨继续飘来，神庙的屋檐下站满了躲雨的人，有的湿淋淋的，有的裹着塑料雨披，都默默地望着用巨石块铺成的杜巴广场，水洼里映出一座座庙宇的塔尖。自从这些神庙完成之后，这是第几场雨？忽然想起博尔赫斯的诗：

在哪一个昨天

在哪一个迦太基庭院

也下过这样的雨？

超现实的城市，一方面是从古代世界自然延续到今天的生活、习俗以及古董，另一方面是来自世界各种文明的最时髦的游客。加德满都的游客与世界其他地方的游客风格不同。举目望去，在泰米尔街区，到处是披头士、嬉皮士、驴友；神色憔悴，怅然若失，刚刚从高峰上下来的家伙；深思过度因此郁郁寡欢或者眼睛发亮见过真神的家伙……似乎世界上的另类人物——先锋派艺术家、嬉皮士、流浪艺人、诗人、巫师、僧人、登山家、遁世者、绿党、《廊桥遗梦》的主角、小资、竹林七贤或者寒山子的后代、侠客、浪人、情种、酒鬼、堂吉诃德、桑丘、莱蒙托夫小说里的当代英雄、杰克·伦敦小说中的淘金者、海明威小说里面的硬汉、莉莉·玛莲、斯特里普、抑郁症患者、嗜毒者……都集中在这个地方。这些人士对那个世界摧枯拉朽的拜物教以及它的日益精确的量杯，对那个自以为是的精装本浩如烟海的图书馆感到厌倦、窒息、绝望，他们想回到亚当夏娃的原人时代。他们牢记着卡尔·马克思的教导："一个成人不能再变成儿童，否则就变得稚气了。但是，儿童的天真不使他感到愉快吗？他自己不该努力在一个更高的阶梯上把自己的真实再现出来吗？在每一个时代，它的固有的性格不是在儿童的天性中纯真地复活着吗？为什么历史上人类童年时代，在它发展到最完美的地方，不该作为永不复返的阶段而显示出永久的魅力呢？"加德满都是世界波西米亚的大本营之一。自从19世纪在欧洲发端以来，波西米亚已经成为某种世俗的现代艺术宗教的代名词。辞典说："波西米亚为Bohemian的音译，原意指豪放的吉卜赛人和颓废派的文化人，在浪迹天涯的旅途中形成了自己的生活哲学。如今的波西米亚不仅象征着流苏、褶皱、大摆裙的流行服饰，更成为自由洒脱、热情奔放的代名词。"上帝死了，尼采号召以诗意的酒神精神取代上帝。现代宗教的大祭司是一群资本主义世界的另类诗人、艺术家。20世纪60年代，这个"邪教"在艾伦·金斯堡、凯鲁亚克这些人领导的"垮掉的一代"的诗歌狂飙中达到顶峰。有本书叫《蓝色之手：垮掉的一代在印度》，讲的是60年代那些另类诗人——"垮掉的一代"如何前往印度寻找精神寄托的历史。这个印度一直延伸到尼泊尔，延伸到喜马拉雅山那些神秘的斜坡。一场从加德满都开始，环绕着喜马拉雅的朝圣终年不绝。这是世界的精神原乡，佛陀就诞生在这些坡上。萨满教至今在深山老林里继续着某些不无血腥的祭祀。尼泊尔地区受到印度文明的影响，但它不是印度，它比印度更接近文明的某种开始。在这里，原始时代的腥气还没有完全被文明的抹布擦干净。在印度，诸神就像尼泊尔集市上的文身图章一样，已经刻好了、定型了，抹些颜料盖在身上就是。在尼泊尔，神灵无处不在，不仅仅是印度教神灵、佛教的神灵，更多的神还没有被文字记录，许多神灵还住在高山上、森林中、溪流里……像屈原时代那样"乘赤豹兮从文狸，辛夷车兮结桂旗；被石兰兮带杜衡，折芳馨兮遗所思"。这个地区各种信仰、迷信如森林般林立，从万物有灵的萨满教、原始佛教到藏传佛教、印度教；从嗜血的女神到满腹经纶的高僧大德，从忽然显灵的石头到以大麻致幻的隐士。如果世界对图书馆中的那条丧失了身体和行动的传统形而上之途感到压抑，那么尼泊尔指向另一条。请记住，克尔凯郭尔说："上帝不是理解，而是行动。"那些神秘的解悟之道藏在加德满都的某个神龛里、某个寺院的帷帐后面、某场狂欢的现场，藏在喜马拉雅的某堆白雪、某个峡谷、某座高峰或某条溪流中，藏在奇特旺山区的某个部落或者佛陀家乡蓝毗尼的黑暗里。其实，在现代世界，就是行动也找不到上帝了，诸神在大地漫游的时代早已成为乌托邦，谁能挡得住这个世界深得民心的祛魅运动？谁能阻挡这个世界一日日走向水至清则无鱼的乏味？即使印度这样的大力神都已经魅力稀薄。加德满都就像一本幸存在现实世界中的绝版圣经，以最后的微光、只言片语的警句格言诱惑着每个身体力行的朝拜者，每个人都相信他可以在此地得到某种启示，甚至运气好些，像从前那些高僧大德一样获得解脱。他们站在加德满都街头，眺望黎明时分红蒸的喜马拉雅，眺望月圆之夜黑邃的喜马拉雅，眺望冬天中蓝明的喜马拉雅，眺望夏日灰蒙的喜马拉雅……目光迷惘。我们是谁，我们从哪里来，到哪里去？像无声的钟声，一次次在人们脑海响起。

  这是终结之地还是驿站？加德满都机场永远是一个乘兴而来、失落而去的机场，不是喜马拉雅缺乏乌托邦气质，而是它太乌托邦了，除了那些永恒的土著，外来者很难在此落地生根、得道成仙，大多数人最后都要重返他们的现代化囚笼，黯然归队。他们唯一的安慰仅仅是，把喜马拉雅作为一个传奇或者一首诗带往各自的家乡。20世纪60年代的朝圣运动已经成为传说，但风气已经形成，一代代人继续怀着被"垮掉的一代"的诗篇唤醒的梦想来到加德满都。加德满都不失良机，拼命迎合这些游客的波西米亚趣味，将世界各国的小资、先锋派、革命家、行为艺术、波普……——另类文化包装成文化商品，"波西米亚风格的主要特征是流苏、涂鸦，如果用一幅画来比喻，就是毕加索晦涩的抽象画和斑驳陈旧的中世纪宗教油画，以及迷离错乱的天然大理石花纹，杂芜、凌乱而又惊心动魄。暗灰、深蓝、黑色、大红、橘红、玫瑰红、玫瑰灰便是这种风格的基色。"嗨，就是这些，加德满都向他们推销他们自己的浪漫主义、思想，他们的创意，他们的惊世骇俗，他们的颓废绝望，他们的深刻或者浅薄。满街都是波西米亚最热衷的产品——手工编织的图案粗犷的大毛衣、登山鞋、印着切或者毛头像的T恤、佛像、原始部落的面具、咖啡、大麻、照相机、胶卷、棉麻制品、列宁装、波普画册、先锋派诗集、唐卡、祈祷轮、冥思符、符咒盒、护身符、经文、碑石、木质嵌银藏碗、蓝调、灵歌、民谣、爵士乐、凯鲁亚克的小说、金斯堡的回忆录……琳琅满目，应有尽有。V. S. 奈保尔揶揄道：西欧或者美国的嬉皮士们"出于自负和精神厌倦（一种智识上的厌食状态），他们只培养出道德败坏。他们的安宁很容易变成惊惶。当石油价格上涨，或者国内经济动摇，他们收拾收拾就逃走了。他们搞的只是浅薄的自恋，他们恰恰崩溃于印度教的起点：对混沌深渊的认知，把悲苦当作人之条件来接受"。"这是一次向荒野的溃退……溃退到魔法与咒语，是一次退化到非洲的漫漫长夜的过程，回到像刚果那样仍挣扎于原始时代的地方……往昔岁月仍然被当作是'我们祖先的好日子'被人思慕。这是文明的死亡，是印度教最后的倾塌。"也许吧，奈保尔喜欢进步和确定性，但人们一次次企图重返混沌的深渊、"神圣的贫穷"，却也是因为这个世界明确无疑的进步，无休无止的升级换代，使生命越来越无聊之故。也许有朝一日，南亚次大陆的"无序"、"被神圣化的肮脏"（V. S. 奈保尔语）、被全球化的铁扫帚打扫干净之余，就像伦敦或者深圳一样，被卫生清洁整齐同质化，成为雅斯贝尔斯所谓的"兵营"，老奈恐怕就不这么说了。最简单的事实是，丧失了混沌的深渊，他也将丧失素材和写作的激情，毕竟他那些杰出的小说细节恰恰来自"漫漫长夜"中的"混沌深渊"。

街上有很多卖面具的小店，里面黑乎乎的像山洞，挂着各种各样的搜集自南亚次大陆的木质面具，与非洲面具大同小异，历经沧桑的脸上，怪物们的眼球深陷在世界后面，仿佛正在回忆自己的眼球。不像后来在欧美时尚起来的非洲面具，那些脸越来越英俊、狡猾、聪明、乖戾。这些尼泊尔面具简洁粗糙，老实天真专注，很有力量。当然也是真真假假，有些真的是来自古代部落，有些则是新做的（即便如此，那种笨拙的古代气质也没有失去）。曾经有过一个时代，世界戴着面具。人类有两张脸，一张在面具后面，一张在面具被取下来之后。人们取下面具，回到自己的真相。这个真相就是人类在大地上其实是无依无靠的，随时会被"无德"的自然摧毁。人们敬畏自然，自然是具有无法捉摸、把握、对抗之魔力的妖魔鬼怪，洪水是一个血盆大口的魔鬼，闪电是一个青面獠牙的魔鬼，老虎是一个神出鬼没的魔鬼……人类只有借助面具才能与它们平起平坐。面具是人的自我解放。人通过面具拥有神性，面具使人脱离与生俱来的卑微肉身，具有一种幻象赋予的伟力。一旦戴上面具，例如老虎面具，人就成了老虎的化身，自动获得老虎的待遇：威猛、恐惧感和力量。那些非常之事都是在面具创造的幻觉中干下的，那些事情由面具负责而与戴面具的人无关。面具的法律，比如野兽的法律、鬼魅的法律，就自动成为戴面具者的法律。今天人类已经忘记了自己在大地上的真实处境了，他们抛弃了面具。或者说，他们自以为已经发明了比面具更强大的面具，可以全面与大地对抗。加德满都的旅行社都有一个时尚的娱乐项目，只要付200美元，一架直升机就可以载你绕珠穆朗玛峰转一圈，真是惊险刺激，躲在这个有着玻璃大眼球的面具后面，那感觉就像是自己已经成为大地之王，世界在我的脚下，群峰俯首称臣。如今，这些曾经具有神力的面具被一个个卸下，被放逐到工艺品市场，布满灰尘，只等着被某位游客相中，带回去装饰他们藏在世界大都会中的波西米亚小房间。我感觉到有一股子凉气或者霉味从这些脸后面溢出，似乎在恳求我戴上它。面具店总是阴森森的，电灯无法使它们亮起来。那个世界已经离开，它的脸留在这里，继续望着我们，狰狞或者冷酷，表情不变。

波西米亚风格只是加德满都的一部分，泰米尔街区是旅游者的乐园，当地居民却不参与这些波西米亚的化装舞会，他们的世界在另外一面。白天，他们在游客带来的货币洪流中做买卖、讨价还价，晚上，退回到街区后面的院落中，继续他们亘古的生活。库玛就是这样，他老家在郊外的高山上，开荒种地，家里有老娘、老爹和妹妹。他自己和弟弟十年前来到加德满都打工。他跟着一位去过中国的印度人学会了几句汉语，就在一家中国人开的旅行社当导游，每月挣人民币3000元左右。干了几年，成了旅行社的小股东之一。矮个子，有着雅利安人的面孔和黄皮肤，总是穿着一件灰白色的夹克。二十七岁，没有结婚，还在等待着爱情，"她们满脑子想的都是钱"。他叹了一口气。库玛的梦想是有一天能够有自己的旅游公司。

巴格马蒂河源于喜马拉雅的冰雪，流过加德满都谷地，最后汇入恒河。人们沿着河谷修建了许多神庙，最伟大的神庙就是公元5世纪开始建造的帕斯帕提那神庙，现在是联合国认定的尼泊尔世界文化遗产。庙旁边建了火葬台，印度教徒死后在这里火化，骨灰撒到河里，这是一条通向来世的圣河。四月，河几乎干了，河道上堆着垃圾，里面有些五颜六色的坑和一条细溪，空气里有一股骨焦味，某具尸体已经烧了几个小时，浓烟翻滚，就像刚刚停工的铸造车间，炉渣、暗红的铁水、还在冒烟的煤堆。景象凄凉惨怖，这只是我的感觉。有人站在河里弯下腰捧水朝自己身上浇。一头牛横站在桥上。印度教徒在帕斯帕提那神庙里吟诵着歌曲或者经文。苍色的天空中飞着乌鸦。非印度教徒不能进帕斯帕提那神庙。印度教徒是血缘和转世的结果，不是说你接受某些仪轨，皈依某种理论，就能加入印度教。印度教并不是基督教、佛教那种意义上的宗教。印度教是一种血缘信仰，它像汉民族崇拜汉字的名教一样，有着自我圆满的封闭性。你当然可以皈依印度教，供奉梵天、湿婆、毗湿奴，但那是你自己的事。作为游客，我只能在河的另一岸观看帕斯帕提那神庙，它有着镀金的顶、塔和暗红瓦块覆盖着的大殿。隐约可以看见人们正波浪般地环绕着大殿涌来涌去，有人坐在庙廊上演奏乐器。我们隔得很远，就像在人间看着天上，这地势暗含着隐喻。河岸有几排青石条镶嵌成的石龛，门框雕着造型奇异的神像和蛇。龛里面竖着男性生殖器的石雕，这是毁灭与创造之神湿婆的化身——林迦。林迦直立在代表女性生殖器的水槽状的底座"约尼"上面，共有一百零八座。从第一道门望过去，只看见一眼望不到头的青色龟头在闪闪发光，勃勃如林，似乎正在提醒世界随时记住生命的起源。外面的石坎上坐着几位禁欲的苦行僧，缠头、蓄须、裸肩、赤脚，脸上抹着白粉，画了图案，营造出某种苦不堪言但乐在其中的效果，其中有几位的肖像见于各种文字的旅游杂志。有个身材消瘦但目光炯炯的青年走过来，穿着白色的旧衬衣、喇叭裤和缺口的塑胶拖鞋，指节粗大，像意大利新现实主义电影里面的某个角色，他比画着，意思是可以带我去参观，他脸上有一种诡秘的表情。他带我去了一个大院，里面全是席地而卧的老婆婆，示意我给她们一点钱。又去了几个角落，可以看见帕斯帕提那神庙的一角，里面有一头巨大的铜牛。又进了一座小庙，里面坐着几位穿长袍的白发苍苍的人物，正在闭目沉思，不时有人进来吻他们的脚。墙壁镶嵌着黑石，上面刻着女神的浮雕像，黑色的脸上描着一双镀金眼睛，极美。我脱鞋进去坐下，挨着大师坐了一阵。庙宇的庇护，就是你每天都可以进来发呆。这也是印度教寺庙，但我也可以进去。到中午，几个汉子从后面厨房抬着盛有白米饭的大箩筐热气腾腾地奔出，庙门口立即排起长队，乞丐、肚子饿的人都来排队，每人得到一瓢米饭和一勺豆汤。他们用塑料袋接着。庙里的大师也有一份，也给了我一份。小伙子一直跟着我，我坐下他坐下，我走他走，寸步不离。一边对我咕噜着什么，我听不懂，但知道他在告诉我这是什么，那是什么。我对"那是什么"没有兴趣，只是观看。"那是什么？"是一个深渊，我时间有限，我只能待在世界的表面。"人若不能观察，他们就没有观念；他们只有执迷。"（V. S. 奈保尔）说的是，观察，就是看见事物的表面。我见到，虽然建筑不同，语言不同，行为不一样，风俗千差万别，但那个寺院给我的米饭是蒸出来的。小伙子跟着我，说一阵，跳舞般地蹦跳一阵，还哼着歌。一部关于印度妓院的纪录片里面，一个出生在妓院的十二岁小姑娘坚定地说，贫穷也可以很快乐。很像颜回。这个小伙子也是个快乐的家伙。风一吹，他的裤裆就紧贴着腿部，看得出他的裤袋是空的，他身无分文。从印度到尼泊尔，我最深的感受就是人们并不歧视贫穷。社会也许并不肯定贫穷，但绝不歧视，贫穷不是耻辱，更何况有些贫穷是人们自己与世界观有关的选择。与印度比较，现代中国的世界观真是太单一贫乏了。最后他终于比画着要一点钱，我给了他。他转身走了，远远地看见他招呼另一位伙伴，扬着那票子。

有很多中国人来到了加德满都。他们不是来朝圣的，他们埋头做生意、赚钱。有家饭馆是一位湖北人开的，他娶了一位尼泊尔女子。那女子美貌丰满，背着娃娃招呼客人。尼泊尔的食物比较贫乏，菜市场上的蔬菜寥寥无几，就萝卜、土豆、青菜这些。没有需要时间来炮制、腌、卤、加工出味道的食物。并非大地不产，也不是缺乏智慧，而是人们不在乎。劳动，足够基本的食物产生就够了，其他时间要留给神。湖北老板很有本事，不知道从哪里找来的，居然还有麻婆豆腐、酸菜鱼、虎皮青椒……菜谱上有几十个菜。库玛非常惊讶，红烧肉他从未吃过。另一天，库玛领我去加德满都最高档的尼泊尔餐馆，里面按照所谓民族特色装饰了一番，墙上挂着些篾制品和面具。抬上来的食物都是小碟的，一些煮过的蔬菜和煮烂的碎肉。餐毕，一位演员装扮成一只孔雀上来席间跳舞，向客人要小费。南亚次大陆以神为天，而中国以食为天，这导致文明的明法不同。以神为天，肉食者鄙。生活简洁、直截、粗陋、寡淡、平易……精致奢侈只在与神有关的方面。以食为天，天是形而上，食是形而下，天人合一，就是形而上要体现在形而下中。味道就是一种形而上，由食的形而上转而追求日常生活的方方面面都要有味道，导致生活品位的雅致、丰富、精细、繁复、雕琢、虚饰、奢靡……当然也容易坠入完全形而下的庸俗无聊。

加德满都盆地从前有三个大城邦：加德满都、帕坦以及巴特岗。我在夜晚穿过巴特岗古城回旅馆，仿佛是走在少年时代的某个夜晚，没有电的城市，月光照耀着街道上的石板路。有些人家半掩着门，烛光照出挂在老墙上的女神的脸。经过黑乎乎的水井，有人还在洗东西，传来哗哗的倒水声。广场上的石头狮子在夜色里显出狰狞的轮廓，传递出古代世界的威严和神秘。朦胧的墙垛和窗户之间隐约传来细碎的人声，才八点钟，似乎全城都在铺床了。我住的旅馆紧挨着尼亚塔波拉神庙。房间里有手电筒和蜡烛，懒得用，月光从窗子照进来，隐约可见床头摆着一尊象神。摸索着解衣睡去，床铺有一股檀香味。这种黑夜给我一种久违的安全感，仿佛外祖母的床就在旁边。

黎明，被钟声唤醒。月亮还在天上，但已经和风铃一起挂在神庙的瓦檐下了。灰蒙蒙的广场上，祭神的木轮子大板车孤零零地歇着，他们拉了一整夜，已经把它拖来了。那钟就挂在楼下的巴伊拉布纳神庙门前，第一个敲钟的人已经走了。庙门口有一对被人摸得雪亮的铜狮子，张着嘴，舌头上刻着花纹，仿佛刚刚吐掉了黑夜。钟声再次响起，后来的人朝庙前的神龛里洒些水或者上炷香，然后随意敲一下或者几下。仿佛是通告神灵，我来过了。这是巴特岗居民每天做的第一件事。随着天色渐亮，祭神的人越来越多。妇女们把贡品放在一个铜盘里捧着，几朵鲜花、几根香绳、几片水果、米粒或者别的神喜欢的东西，她们要贡很多处。男子似乎随便些，甩着两只手走到神庙前做一些动作，用头碰碰神像的头或其他部位。偶像不仅在神庙里，神庙以外，代表神灵的符号还有很多。大大小小的神龛神符遍布全城。祭神非常方便，家中、院子里、大街上到处都有神龛。既有印度教家喻户晓的神灵：主神梵天、毗湿奴、湿婆，以及雷神因陀罗、风神伐由、雨神帕舍尼耶、象头神迦尼萨、神猴哈奴曼、神牛南迪、大鹏金翅鸟伽鲁德、酒神苏摩、水神阿帕斯、火神阿耆尼、太阳神苏里耶……也有萨满教的神灵，还有私人自己祭祀的神灵（某物，因为它曾经显灵）。巴特岗也有几个博物馆，但其实根本不必去，整个城市都是活着的博物馆。黎明才是神迹显露的时候，旅游者先前只知道闻名遐迩的神庙，现在才发现，白天被灰尘和行人遮蔽着的许多地址，都是神迹。旮旯角落里都有，不一定是神像，或许是一棵树，一块来历不明、靠在路边的被坐得亮堂堂的石块，墙壁上的某个凹处，镶嵌在某处的一颗铜钉；马赛克做的神龛，不经意的话还以为是垃圾筒。在一个精美的石龛里，供着一块状如女阴的石疙瘩；另一个神龛里供着的是状如猴子的石头。更多的是猜不出有何意味的物体，来历早已忘记了，总之它不是普通凡胎。谁是大神、谁是小神、谁是男神、谁是女神，只有本地人知道。人们从井里打了水来，洒到各种具有神性的物体上，曙光中，神迹湿漉漉的，闪着光芒。

宗教在这里是一种加法。萨满教相信大地上万物有灵，崇拜子不语的"怪力乱神"。直觉和经验引领朝拜对象。挺拔的树、怪石、状如生殖器的事物等等。人们首先崇拜的是那些能够"生生"的东西，比如水源、女阴、男根、山石……许多大树被视为神龛，香烟缭绕，像大师一样披挂着布帛，似乎正在布道、布施。道法自然，神来自大地，而不是横空出世。许多神龛，看得出是印度教和萨满教的结合，女神和男神合欢交媾的雕像在上，下面是像女阴或者阳器什么的石头疙瘩或树根。神庙以大地的产物为基础，然后升华为模式化的偶像，高踞于太虚幻境。原始的痕迹没有抹去，形而上意味的偶像也超凡脱俗，妙不可言。随时令人记住，那些堆积如山的经文、神像，全是起源于大地。神灵系统就像一个政府，有首脑部门、有保卫部门、有管吃喝拉撒的、有管生老病死的、有管生育婚嫁的，而整个系统，为无聊人生提供了无数的仪轨、仪式、玩场，使人生在无穷无尽自明的意义中不再无聊。神都是具体管事的，要祭哪一位神与人们当天要做某事有关。神并非只是泛泛地在冥冥中保佑一切。妇女们东摆一朵花，西撒几粒米，那里倒一点水，这里点一盏灯，巴特岗不是城市，它是一个大神身体的各个部分。最普遍的神灵是林迦，这些男性生殖器雕塑林立，生殖是最重要的，生生之谓易。生中断了，世界也就不存在了。最美的神像都属于神庙，神庙被诸神环绕着，那些女神或者男神被匿名工匠塑造得千姿百态，在舞蹈、在交媾、在飞翔、在冥思。导游库玛非常自豪，他滔滔不绝地说"我们尼泊尔的"这样，"我们巴特岗的"那样，他为我指出许多幽秘的、鲜为人知的神迹，也带我去世界著名的文物，那文物依然在经受着风吹雨打。一只柚木孔雀，雕在祭司老宅的一扇窗子上，正在黑暗的窗棂上开着屏，已经开了五百年。这只孔雀已经被拍过数千万幅照片，比活的孔雀飞得更远。

　　巴特岗因为黎明的祭神仪式而再次充实。太阳升起时，它彻底醒过来了，又一个好日子，所有的窗子都打开了，所有的铺子都开门了。老妇人在头上插上一朵刚开的花。银匠在祖传作坊里叮叮当当地打着什么，银光一晃时，我看出那是一条水蛇般的项链。这是一座12世纪建造起来的城市，它的一切奇迹般地持续到今天，更神奇的是，它不仅仅是一群"遗产"，也继续着它诞生的那些古老时代的生活。我仿佛是睡了一觉醒来进入了一个中世纪的梦，一群裙裾飘飘、叽叽喳喳的妇女正围着一口大石井汲水，五颜六色的绳子晃动在井壁边，水井旁摆了满地的铁桶、陶罐，以及咕噜噜的鸽子。一个流浪汉端着一只碗，向妇女们要了一碗水仰着脖子喝起来，清泉般地沿着他的喉结流下来。这是一个依然在井中汲水的城，到处是水罐，过去是陶罐、铜罐，现在也加入了塑料桶，这天性低等的俗物被置于古代的水井和女性们戴着脚环的赤脚旁，即刻获得了神性，好看了。旱季，深井的水几乎冒出来一桶就被取走一桶。就像老牛的乳头，虽然牵拉疲惫，但总是有乳汁，大地自有大地的储备。全盛时期，巴特岗曾经有一百七十二座神庙和寺院，七十七个水槽，一百七十二座朝圣者休息所和一百五十二口水井。杜巴广场是巴特岗的核心。五百年来，马拉王朝在这里建过多座王宫，有一道金门以及五十五扇窗子世界闻名。王宫周围环绕着神庙群，神庙为民居、集市、陶器作坊、铁匠铺、银器铺、裁缝铺、灯铺、米铺、油铺……所簇拥。行人在街道中央悠然漫步，一支支乐队击鼓而过，小贩在卖新年历。有个女人正在一窗子边梳头，接着出现了一个男子，两人一起依着窗子。沿着那些石板铺就的高高低低的街道，有人提着一桶清水走过，裙子被风扬起。道路两旁隔一段就有一排木头或石头的街床，也许是巴特岗的独创，世界上独一无二，一排排已经被人体磨得异常光滑，闲人像古希腊人那样卧在上面看街景。亚里士多德赤着脚在街上走，而柏拉图正提着油瓶去买香油。神庙的台阶上也坐满了人。无数流水般的臀将一座座庙宇的基础部分擦得亮堂堂的，仿佛它是一盏永不熄灭的灯。这不是在中世纪的巴黎圣母院，不是，这是在2011年的4月21日9点钟的巴特岗，此地距加德满都国际机场十四公里。巴特岗是这种地方，你可以在这里虚度一生而感到心满意足。这是世界的终点而不是驿站。他活着，他工作，他生儿育女，他死了。当你年幼，这里是幼儿园，整个城都是你的玩具；当你工作，这里是作坊和生意场；当你休息，这里是公园，有你的邻居；当你无聊，这里是神庙、剧院、舞台、文化宫……它总是处于一个接一个的节日中；当你贫乏，这里是公开的无所不在的学校，它教你敬畏、谦卑、博爱、知足常乐和安贫乐道；当你老了，这里是天然的敬老院，没有人会把你送到老年人隔离中心关起来。你躺在街床上，看见另一老者独行，他是你童年时代的伙伴，一把捉过来，再聊聊，这是你们的一万零一次聊天，你们什么也没有聊，只是在一起躺着，看街上的孩子们追着一条狗跑进了小巷。也许这只是我虚构的巴特冈，但巴特冈确实保持着一种非同凡响的氛围，就像落日下的金矿。

这是一个贫穷的城市，几乎没有豪宅，可谓贫乏，最豪华的建筑是王宫、神庙和特里布汶大学。最富有的是雕刻在木头、石头，绣在各种丝织物上的诸神，他们总是霓裳羽衣、穿金戴银。但贫穷并不是愚昧的结果，而是选择的结果。巴特冈文明选择一种朴素清淡的现世。这是巴特冈文明追求的意义，祭神使这个城市充满了不朽的意义。这并非迷信，巴特冈当然知道去湿婆神殿燃一打香绳并不会使一场疾病顷刻痊愈，否则巴特冈人就不会开西药铺了。祭神的意义不在这个方面，对诸神的敬畏使漫漫人生充满意义，永不结束的仪式使得生命在吃喝拉撒、传宗接代之外也不无聊。奥义书里面说："最高神肇生一切不过是为了排遣自己和取乐。"

巴特冈虽然贫穷，但巴特冈决不无聊，对诸神日复一日的侍奉使巴特冈时时处于一种神思中。贫穷或者富贵并非人生的意义，它们只是存在的方式，重要的是，这种方式中人生是否因此从无聊中解脱。中世纪对于巴特冈不是过渡，而是完成。巴特冈不稀罕现世的所谓进步，现世不是一场你追我赶的拜物教的奥林匹克马拉松运动。世俗的岸到此为止，可以了，"祸莫大于不知足"（老子语）。知足常乐，超越只在神那方。但巴特冈不是黎明的中世纪，而是黄昏的中世纪，神人同乐的黄昏，躺在中世纪传下来的街床上，看着一头牛披着落日的余晖走向暮色，我确实感到诸神的在场。但也有一种莫名的悲伤和忧郁，现代已经包围了这个城，它摇摇欲坠。

巴特岗的加法是，一方面是全城历久不衰的对诸神的狂热信仰，一方面年轻一代也在完全西方风格的大学里接受教育。巴特岗的特里布汶大学是十多年前成立的，在旧城里当然没有它的位置，但也不妨碍它安静地待在城边，每天早晨，都有穿着统一校服的学生走去上课。大学教师苏罗加拉似乎意识不到巴特岗的乌托邦气质，他无忧无虑，做事或走路的时候，忍不住要哼着歌，似乎他喉咙里藏着一张唱片。他家在巴特岗的一处外表破败的院落里，自然形成的院落，周边都是四层砖砌的楼房。大多数窗子从前都是雕着花纹的，如今由于雨水长年累月的侵蚀，轮廓已经模糊了。但依然看得出来，这些窗子做得就像神龛，临窗眺望的人就像被供在神龛里。巴特岗人特别喜欢在窗子后面待着，一边做某事，时不时瞟一下街心。莫测高深、幽灵般的老妇人，瞟一眼又赶紧去看别处的少女，左顾右盼、目光明确的男子，把整个身子伸出来的小孩……居民们似乎在期待什么，谁会到来？院落四边都有小路通向另外一处，中间的空地上有一座石雕的林迦坛，非常古老，石雕的男性生殖器的头上刚刚洒过水，湿淋淋地像是刚刚完成了一次生殖活动。苏罗加拉家的房子是祖上盖的，已经不记得住过多少代人。家里现在有十二口人，老大老二已经结婚。现在是父母亲、他和弟妹住在老屋里。在巴特岗外面的田野上，有几亩地属于他家。他二十七岁，长得像某部电影里的印度人，他还不知道谁将是他的新娘。我跟着他爬上阴暗的木梯，脱去鞋子，进入巴特岗城无数鸽子笼般的房间中的一个。每个房间都很小，窗子很矮，像老祖母的怀抱似的温暖而慵懒，这些房间似乎主要是供人们坐着或躺着，一进去就安静下来，不想再走来走去。他的房间很干净，有一种洁癖感，木板隔墙边支着一个书架，挂着列宁的像。每天七点钟起来，苏罗加拉跟着祭神的人们穿过陶马迪广场、塔丘帕街、旧城广场、印度教祭司 15 世纪建造的宅第，经过那只从 15 世纪起就一直在开屏的木雕孔雀……走去特里布汶大学开始他的一天。他在特里布汶大学教生物学，是代课的老师，月薪 3 万卢比。特里布汶大学是巴特岗人自己集资建立的，一栋有几十个教室的红色大楼，下面是一个足球场，那位正在跑道慢跑的小伙子是不是唯物主义者？大学外面环绕着田野。有些系散落在老城里，比如音乐系，就在一所神庙里。本部有大学最具现代风格的建筑，教员的办公室集体共有，很大的房间，在巴特岗也许只有大学里才有这种大房间，房间里没有神像，墙上挂着牛顿、爱因斯坦以及高尔基。少年时代，我崇拜过这个作家。有人为我端来一杯咖啡和一些小饼干。苏罗加拉用英语授课，生物学用巴特岗方言是无法讲授的，巴特岗方言没有生物学这种东西。苏罗加拉信仰马克思也信仰印度教，这两者如何兼容呢？他讲起了深奥的哲学，讲到诸神之上有一个更超越的神，他似乎把马克思视为印度教诸神之一。每周，他都要去湿婆庙或者毗湿奴神庙收集猫头鹰的粪便。我是这样认识他的，那时他正在新年的集会上当播音员。我想找个管事的人来问问巴特岗的"十万个为什么"，以为庆祝新年的大会也像中国那样是官方组织或者至少有一个组织机构，我请库玛带我去找，但他始终没有明白这是什么意思，为什么要"为什么"呢？后来发现了苏罗加拉，他太显眼了，就在一个巴特岗罕见的麦克风后面。既然他对着麦克风讲这讲那，那么他也许和某个组织有关，于是去找他。但后来我发现，并没有这种组织，时间一到，一切就自然地开始了。我们白费心机地在人群里问这问那，就像问大海为什么是咸的，问鱼为什么是鱼。这个世界的一切早已开始，正在转的途中，转就是了，没有为什么。在南亚次大陆，只有少数与人民脱节的知识分子喜欢问为什么，我读过一些印度当代知识分子的翻译文本，里面充斥着诸如"民族国家""政治与意识形态""解体""身份""文化民族主义""全球化"之类的名词。而在南亚次大陆，真正的精神领袖是那些口传心授的宗教人物，他们没有文本，也不关心这个世界的新名词，不朽的经典早已烂熟于心，只是一再重复它、理解它，它的奥义是无穷无尽的。"转"是对结论的散布而不是对结论的怀疑、认识、探索。苏罗加拉只要一走出那个凤毛麟角的大学，他就会被诵经的声音吞没，苏罗加拉也会心甘情愿地抛弃他的生物学文本，融入那口口相传的洪流。

城里到处是古迹。在城边哈努曼特河边，有几座供着林迦的石头庙，很像吴哥。其实吴哥就是从这边传过去的。我去过吴哥，那是一个已经戒备森严的博物馆，神灵早已隐匿。在巴特岗，这样的神庙随处都是，荒废在远古中，偶尔有人走进废墟来小便。别以为它们已经废弃，巴特岗人惦记着每一处，只等着启用它们。时间一到，这些荒凉的神庙即刻会活过来。我独自在神庙的石阶坐了一阵，就像千年前某位婆罗门，望着对面正在夕光中轻摇的芦苇丛。

当我来到巴特岗的时候，这个城市正处在节日中。巴特岗疯了，到处是人，人群从附近的村庄、田野、平坝、高山中涌进来，穿着新衣服，背着货物或者包袱。商贩在地上一铺塑料布就做生意。装扮一新的少男少女在人群里穿来穿去，漫无目的，只是要别人欣赏自己。市民则挤在自家房屋的窗口或站在屋顶。新年的大事是把湿婆像从巴伊拉布纳庙请出来主持仪式，领导游行。人们先在哈努曼特河边的卡尔纳广场将祭车装配起来，神车是用大木料制造的，有三层，两边安装着两米高的大木轮（祭车每年只装配起来一次，平时就弃置在巴伊拉布纳庙的墙角边）。祭车装配好，就把铜铸的湿婆神像请出来，安放在车头上，库玛说。这个湿婆像是湿婆的恐怖相派拉瓦，平时放在湿婆化身的巴伊拉布纳庙里。寺庙里面藏有三件神物，由八位老人看管，任何人不能进去。巴伊拉布纳庙的中门有一个小洞，上面雕刻着一排野猪嘴，平时人们只能将祭品从这个小洞送入寺内。如果尼泊尔有大灾难，派拉瓦像就会流血。2001年尼泊尔王室发生血案，派拉瓦就曾经流血，库玛说。库玛的中国话讲得颠三倒四，但他很有耐心，一个故事讲三四遍，直到我明白为止。他总是说，明白了吗，说给我听听。我只好像他的学生那样复述一遍他说的故事。战车后面还有一根十字架般的高柱，当地叫作Yosin，上面绑着树枝，库玛说这是雨神的化身。从前，派拉瓦托梦给马拉国王，那时候长期不下雨，派拉瓦神说，如果你崇拜我，就会下雨。国王就为派拉瓦建了巴伊拉布纳庙，就下雨了。派拉瓦请出来后，祭司开始为他打扮，画胡子、涂红头发，然后开始献祭。祭品主要是活鸡、生羊、稻米、花瓣、香绳……无数的献祭者波浪一样汹涌在神车周围，喊着、挤着、把一只鸡或者一头羊递给站在车架上的壮汉，他们高举着刀，一刀下去，一个鸡头掉下，鲜血四溅，献祭者被喷得满脸鲜血。车轮被牲口们的血染得鲜红。献上的米粒、花瓣被刀手撒到湿婆的头顶，派拉瓦在众生之上僵硬地笑着。据说在古代，这类仪式包括献祭活人。我曾经看过一具云南滇池附近出土的青铜器，上面的献祭场面就是这样。战车周围万众狂欢，抱着鸡或者羊只的人疯狂地往祭坛中间挤；献祭过的抱着血淋淋的无头的牲畜，心满意足往外挤。全场环绕着神车，就像一台绞肉机在运转。人群外面的空地上，一群群老者坐在地上念着经书，做买卖的摊子铺天盖地，一个祭祀、买卖、歌舞、狂欢的巨大现场。人烟滚滚，周围的屋顶上站满了人，有个屋顶站的全是穿裙子的少女，就像刚从云彩里降下来的。没有警察也没有组织者，有些身份不明的老者、男子在招呼。这是祭祀的第一波，之后，就要把这台沉重的车子拉到尼亚塔波拉庙前面的广场上。从卡尔纳广场到尼亚塔波拉庙要穿街过市，而且是陡坡。一群祭司围着神车歌唱、奏乐、祭火、舞蹈之后，拉车开始了。两条粗如蟒蛇的长麻绳拴着神车，仿佛它是一头被俘获的恐龙，数百小伙子拥上去，分成两排，一声吆喝，那绳子和人组成的波浪上下涌动起来，地动山摇。每次只能移动一点点，把这台木车拉到广场，要拉一天一夜。前面的人耗尽了体力，后面的人不断加入，这些小伙子拉得那么拼命，龇牙咧嘴，汗流浃背，近于疯狂，似乎拉着的那个庞然大物就是他们的来世。当神车被拉进街道，那才是惊心动魄的时候，街道水泄不通，街面的窗台上全是伸出来看的人头，拉车的人和看客一齐高呼，震天动地。直到深夜，那齐心合力拔绳的吼声依然一阵响过一阵。

就像永恒显身，身负重任，迈开蹼走向它的另一个深渊。暮色里，被晒得更黑的大象一头头走出落日，穿过奇特旺的村庄和原野回家，仿佛再次被大地加冕。驯象师坐在晚霞之端唱着歌。大象走得很慢，摇摆着就像一只只庞大的覆满灰尘的座钟。它们的脚步必然沉重，它们已经在喜马拉雅山脚的亚热带原始丛林里工作了一天，它们的任务是载游客去原始森林里面看另一些动物。我试图以"沉重"来感受它们的脚步声，却扑了一空，当它们走近时，那巨蹼只是像砂纸一样轻轻地擦过地面，还带着一点点飘忽感，像稍重的落叶。

奇特旺国家公园位于尼泊尔南部喜马拉雅山脉支脉西瓦利克山脚下海拔150至760米之间的拉伊平原，世界为数不多的原始地区之一。这里住着世界罕见的亚洲独角犀牛、孟加拉虎等五十多种动物。森林外住着八百年前定居的塔鲁族，他们不再打猎，并已经学会种植水稻。森林里面已经没有野生的印度象，它们全都被驯养起来了。印度象比我在昆明见过的西双版纳大象更黑，黑如深夜。它们住在一个大象营里，被铁链子拴着，有的一堆堆躺在地上，就像黑夜留下的粪便。

大象营就像奥斯维辛，为了防止大象逃亡，用铁丝网围着。里面有一个展览室，当中放着一个象颅。大象的终端，运转这庞然大物的生命、繁殖、威严、笨重、缓慢……的那堆皮肉以及血液、脑髓都消失了，笼罩着生命的黑夜散去，只剩下一具纹理清晰的骨骼，就像一个巨大的核桃仁或者一堆展开的化学公式。这就是庞然大物的"深处"。乳黄色的岩石上有几个洞穴，各种小径通向鼻孔、眼球，仿佛可以走进去，象颅上确实有一张抽象的图纸，我想起它那狡黠地眯起在黑暗额头下面的小眼睛，以及它在世界上散布的那些诡秘传说。印度象是南亚次大陆体积最大的动物，在印度教里被认为是智慧之神。哦，这就是曾经安装着智慧之神的智慧的洞穴，但即便已经水落石出，我们还是看不见它的智慧，不知道大象之谜。它们为什么在临终的时候会集体汇集到一个地方去死，就像印度教徒去到瓦拉纳西？一切都随着黑暗的解体而失踪了。这个象颅令我深感空虚。它的谜现在退隐到高密度的颅骨内部，最后的一途是粉碎。但即便如此，也只是变成粉末而已，犹如这家伙生前总是喜欢吸进大量喜马拉雅平原的热灰，然后反扬长鼻子，喷到自己的背上。

晚上，原住民塔鲁人来住所外面的空地上表演舞蹈。他们在黑暗里跺脚，击打木棍，奏出节奏感很强的音乐，围着火堆，举着火把跳跃。这是旅游团的项目之一，他们已经表演了几百场，但每一次都非常认真，跳得气喘吁吁，大汗淋漓。这不是由于职业素养，那舞蹈就像酒精，只要木棍打击的音乐一起，他们的眼神就变了，冒出火星，抛下我们，蹦跳着回到八百年前的某个夜晚去了。

奇特旺原始森林外面就是塔鲁人的村庄。这是些泥巴和稻草搭成的简单建筑,此地1973年起就被划定为国家公园。游客四季不绝,居民应该所获不菲,但并没有因此改变他们的生活方式。看不见通常旅游区的那种爆发、贪婪和欣喜若狂。安分与朴素的生活。没有被大象营收编的大象就睡在家门外面的稻草堆里。黎明,草堆里冒出一个小人来,他和大象睡在一起。他是拉鲁,十八岁,有两个弟弟。他父亲是养象人,他跟着父亲学了五年驯象,长大了,独自来到奇特旺租了一头五吨重的印度象,用它来载游客去原始森林游览,每个月可以收入1万卢比。他家里的人信印度教,只有他信伊斯兰教。他每天六点起床,去森林逛两小时。中午看不见动物,它们也怕热。到黄昏,动物又出现了,他再去森林。

我跟着他去他的森林。他在象背上绑了一铁杆子焊的舆,就像一个囚车,可以坐四个人。我坐在移动的山峦上走向原始森林。森林外面大片开垦出的荒原,使它成一个被隔绝的城堡。拉鲁说,运气好的话,在里面你可以看见老虎。他像国王一样骑在大象的脖颈上,用一根树枝敲着它的耳朵,指挥它走路。坐在山峦一样的象背上,有一种虚假的威仪坐实感,其实这是危巢,大象一旦不高兴,很容易就能把这个王位甩将下来。

大象涉过河流和沼泽地。我看见一头鳄鱼爬在一截朽木上,像是一块长出了眼睛的老树皮,正敌视着我们,周围有一种鳄鱼创造的安静。之后穿过空地,一个泥潭里泡着两头白犀牛,背上长满某种古老的东西。几只野猪在树根下面翻刨到什么,低了头去啃。黄昏中,我们进入了森林,拉鲁说,现在动物才会出来,不热了。大象斜着眼睛,仿佛藏着阴谋。林子里面有一条被象蹂躏平的小道。婆罗双树遮天蔽日,树根上缠绕着藤子和干掉的苔斑。某种响声,只有大象听得见,它站住,侧着耳朵,忽然,它离开小道,朝一旁的树林闪去,拉鲁迅速低下身子,而我差点被掠过头顶的树枝刮下去,幸好大象只是跑了几步就站住了。惊魂未定时,突然看见前面林间出现了一处空地，阳光照耀着一个家，里面有一棵弯倒在地的大树，几只猴子站在树背上玩，似乎刚刚大笑过一阵，其中一只背着小猴子，它们旁边站着几只梅花鹿，它们彼此舔着。我惊呆了，是的，我看见了那个传说中的伊甸园。担心大象把我甩下去，我紧紧地箍住了象舆上的铁杆子。

蓝毗尼是文明创造的圣地，博卡拉是大地贡献的圣地，这是喜马拉雅群峰的终极处。从那里开始，世界最高的十座峰从安纳普尔纳峰次第向上，直到珠穆朗玛的雪冠，然后消失于虚无。万物之高终于抵达了它的终点，之后的高只存在于想象中了。这才是最后的圣地。沿着坑坑洼洼的普里特维公路前往博卡拉得走上一天。就沿途风景来说，如果天堂的中心是宫殿什么的话，那么这一路都是天堂的郊区。公路两侧是高山，有些山头浓烟滚滚，火光闪烁，有人在烧荒。峡谷里是玛蒂河，滚滚作浪，翻腾着碧玉般的水波。河滩上堆积着巨石，人们把洗好的衣物摊开在石面上晾着。越近博卡拉，大地越呈现出史前的氛围。可以想象当年，"垮掉的一代"是如何一路欢呼雀跃，灵感激荡。到了博卡拉，天堂启幕。首先出现的是碧绿的费瓦湖，仿佛一位报幕员，世界安静下来，朝圣开始了。

费瓦湖边全是酒吧和卖工艺品的小店，俗套。有些行头打扮非常标准的嬉皮士模样的老家伙坐在酒吧里喝咖啡，说英语，落网的女士不在少数。"垮掉的一代"无影无踪，只剩下道具和凤毛麟角的个人魅力。

来自南美的流浪者在卖他们自己制作的项链、首饰。在亚马孙的河谷里拾到的珠子、坚果，用铜丝编扎成胸坠、耳环什么的。他们风餐露宿，其中一人长得像格瓦拉。他们的歌声里有一种磁性，使听众犹豫再三。

一位来自西藏的大娘在兜售彩石，她自己在河谷里拾到的。瞧瞧，喜马拉雅群山中都藏着什么，偶尔蹦出来几粒，已经完成的诗。博卡拉无穷无尽，值得在此虚度一生，"垮掉的一代"真有眼光，但是他们也待不住。

金斯堡也回去了,他还是得死在曼哈顿的公寓里。

在博卡拉,喜马拉雅处于一个可以顶礼膜拜的位置。太远了,群山虚无缥缈;太近了,又进入登山家们的歧途。博卡拉正好,面对那些如高僧般端坐的群峰,就像来到大雄宝殿的蒲团上。黑暗里,游客们已经来到那蒲团上,博卡拉城外的一处山头,它被无数的朝圣者长年踩踏,几乎已经被踏平了。在这里,安纳普尔纳群峰距博卡拉最近的鱼尾峰可以一览无遗。鱼尾峰海拔 6993 米,它的西侧是海拔 8091 米的安纳普尔纳第一峰、海拔 7219 米的安纳普尔纳南峰。鱼尾峰东北侧,依次是海拔 7555 米的安纳普尔纳第三峰、海拔 7525 米的安纳普尔纳第四峰、海拔 7937 米的安纳普尔纳第二峰。天色渐明,群峰像一次次顿悟般地这里出现一片,那里显露一角,这边露出了腰带,那边睁开了眼帘,这里把剑锋从鞘里拔出,那里端出一面玉屏,有些乌鸦叫嚷着扑过去。那位国王的冕亮了,这位女王的颊微醺……山头上站着数百人,几乎每个人都举着照相机,像是等待开枪的部队。照相机已经取代了人类的眼睛。当然,人类耳朵也被手机取代了。大家等着日出,这是一个总是有效的俗套,那一位一露面,平庸就开始了,伟大庄严的氛围忽然消失,强光刺目,纷纷戴上墨镜离去。因为都忙着照相,之前群峰静穆如月球,深蓝的苍白,竟没有几个人像群峰下面的万物那样以自由的肉眼看见过它们,都是从一个金属小框里看的,没带照相机的人真是有福。

在旅馆整理箱子的时候,偶尔一瞥窗外,像是被一掌推出世界,我又看见了喜马拉雅:高踞在天空深处,高过云头,仿佛已经脱离了大地,正在上升。一张天神的脸,倏忽间,已经隐去,就像风景在画布上消失了,天空一片苍白。

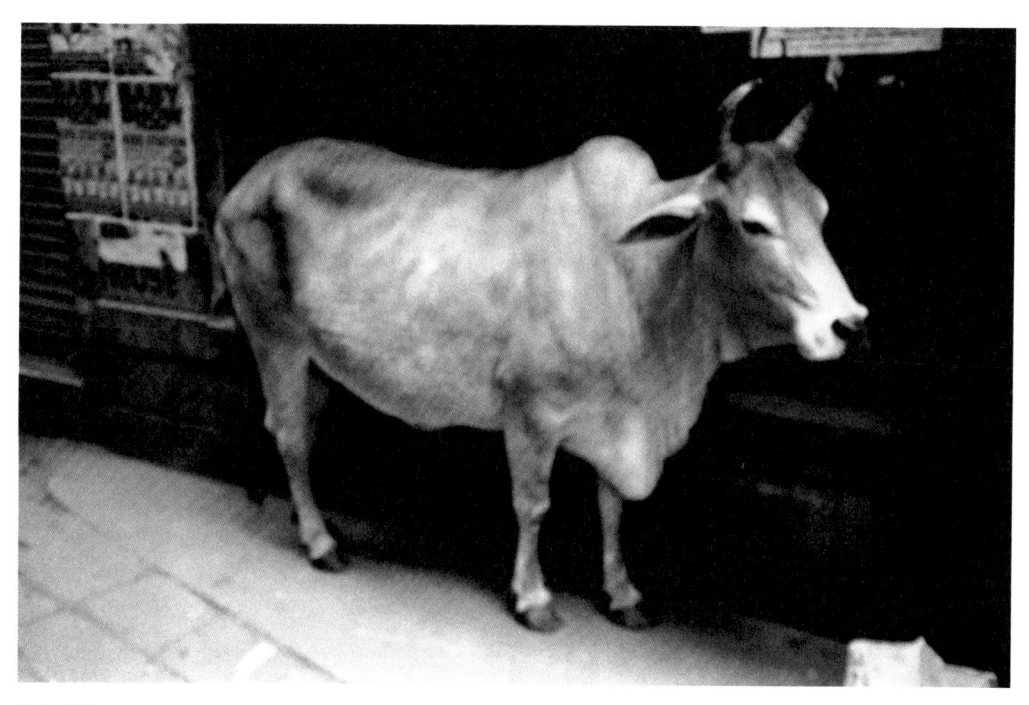

瓦拉纳西　2010

加尔各答 2010

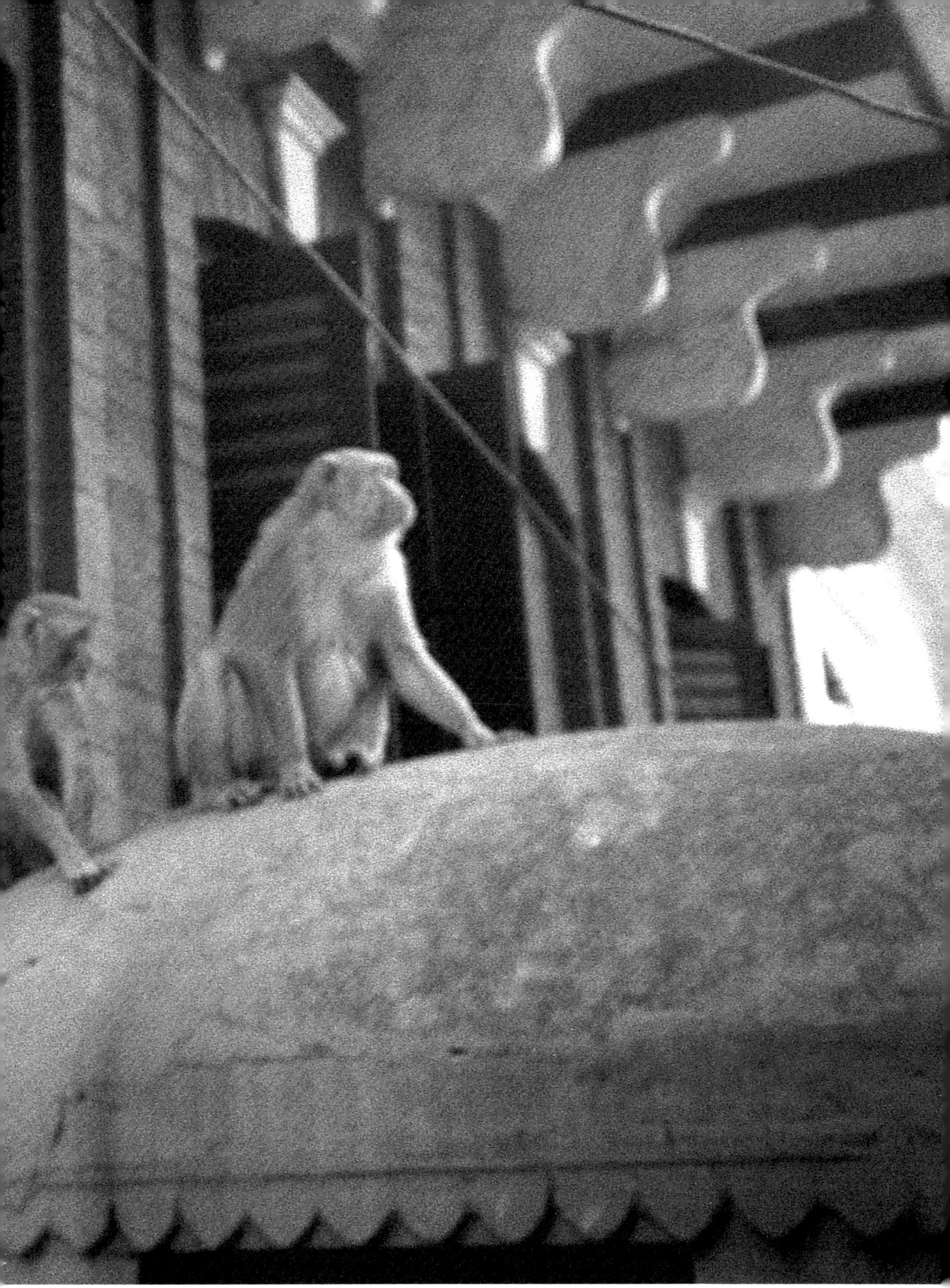

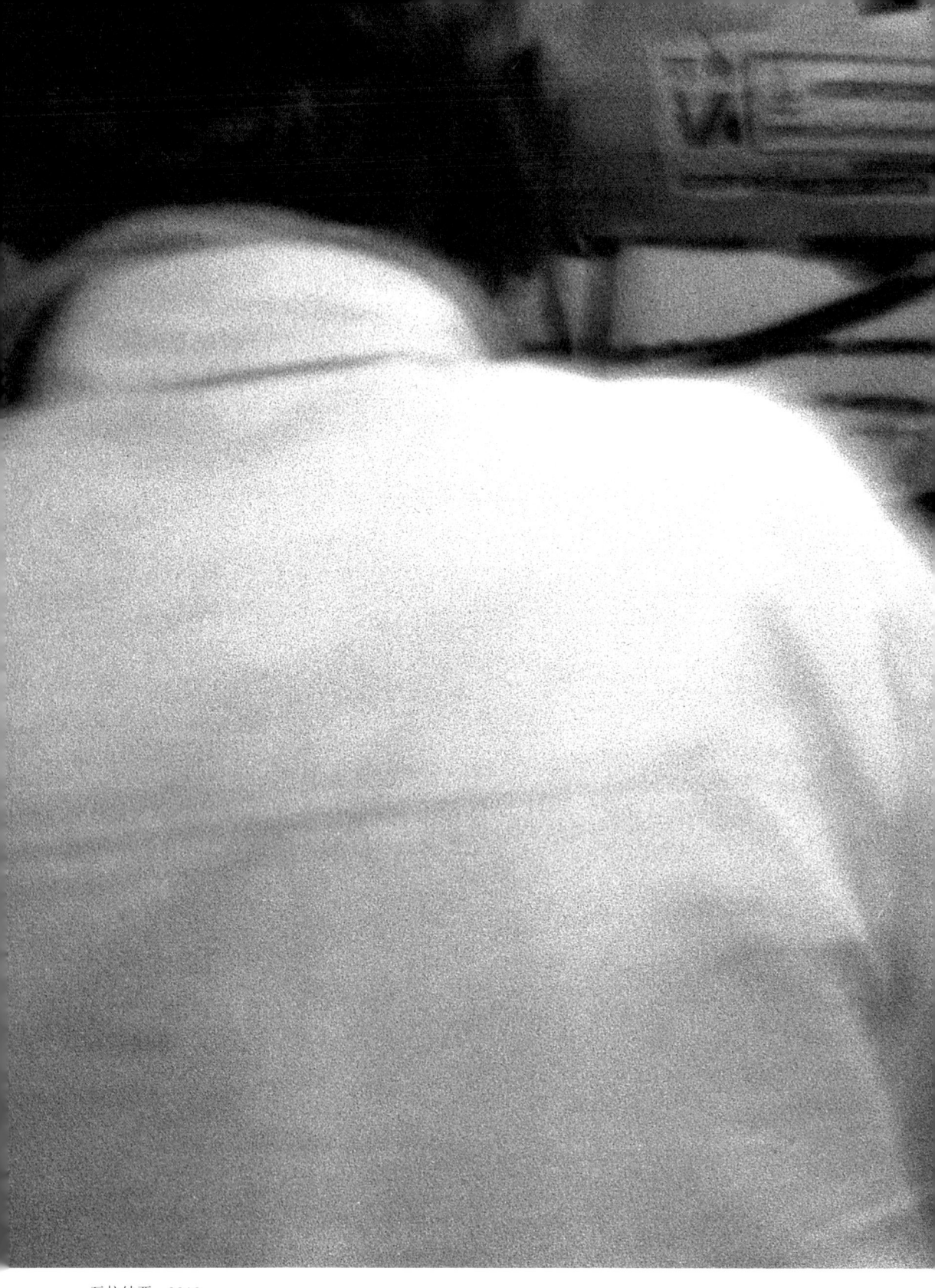

瓦拉纳西　2010

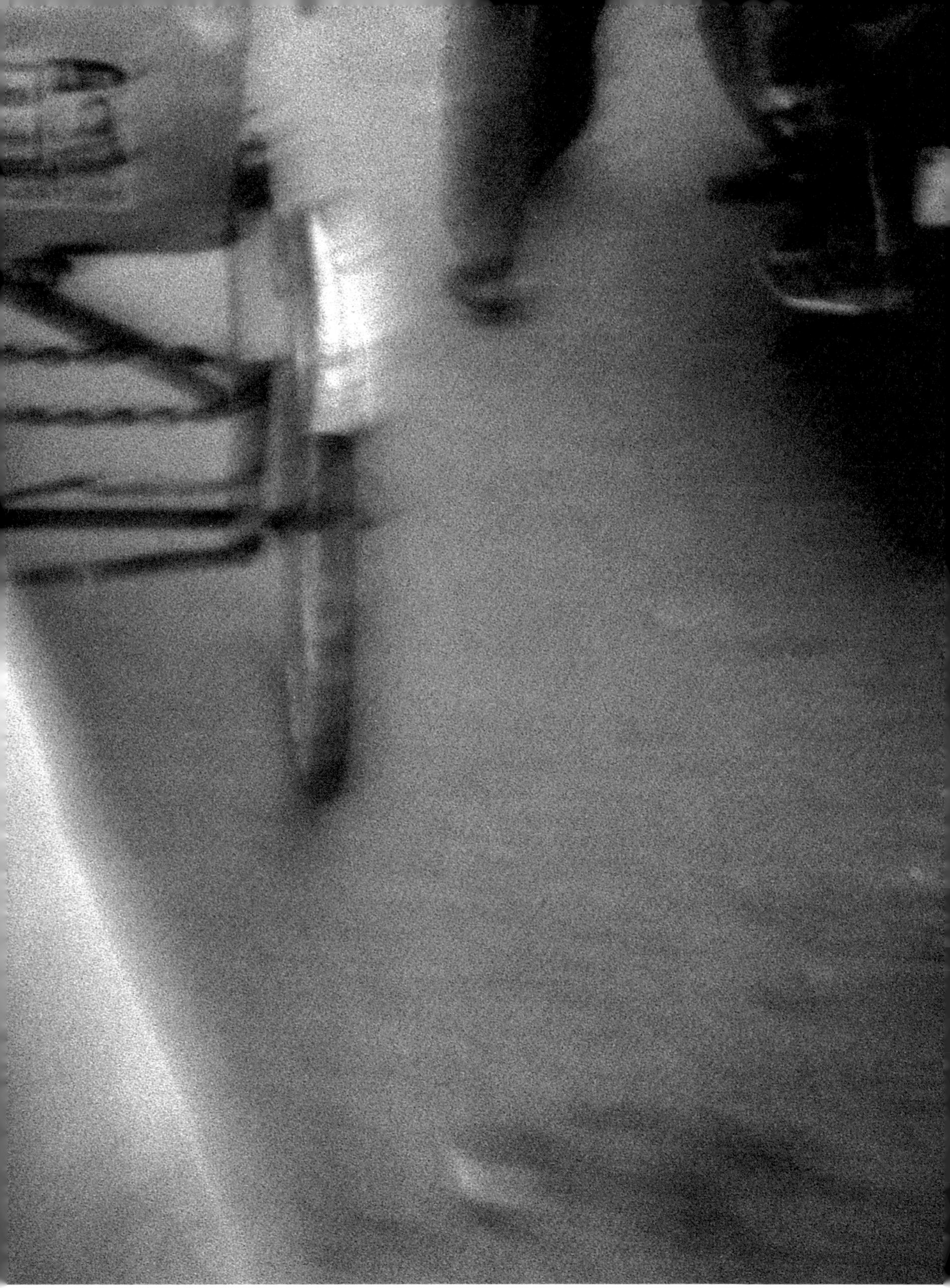

德里，古特伯高塔 2010

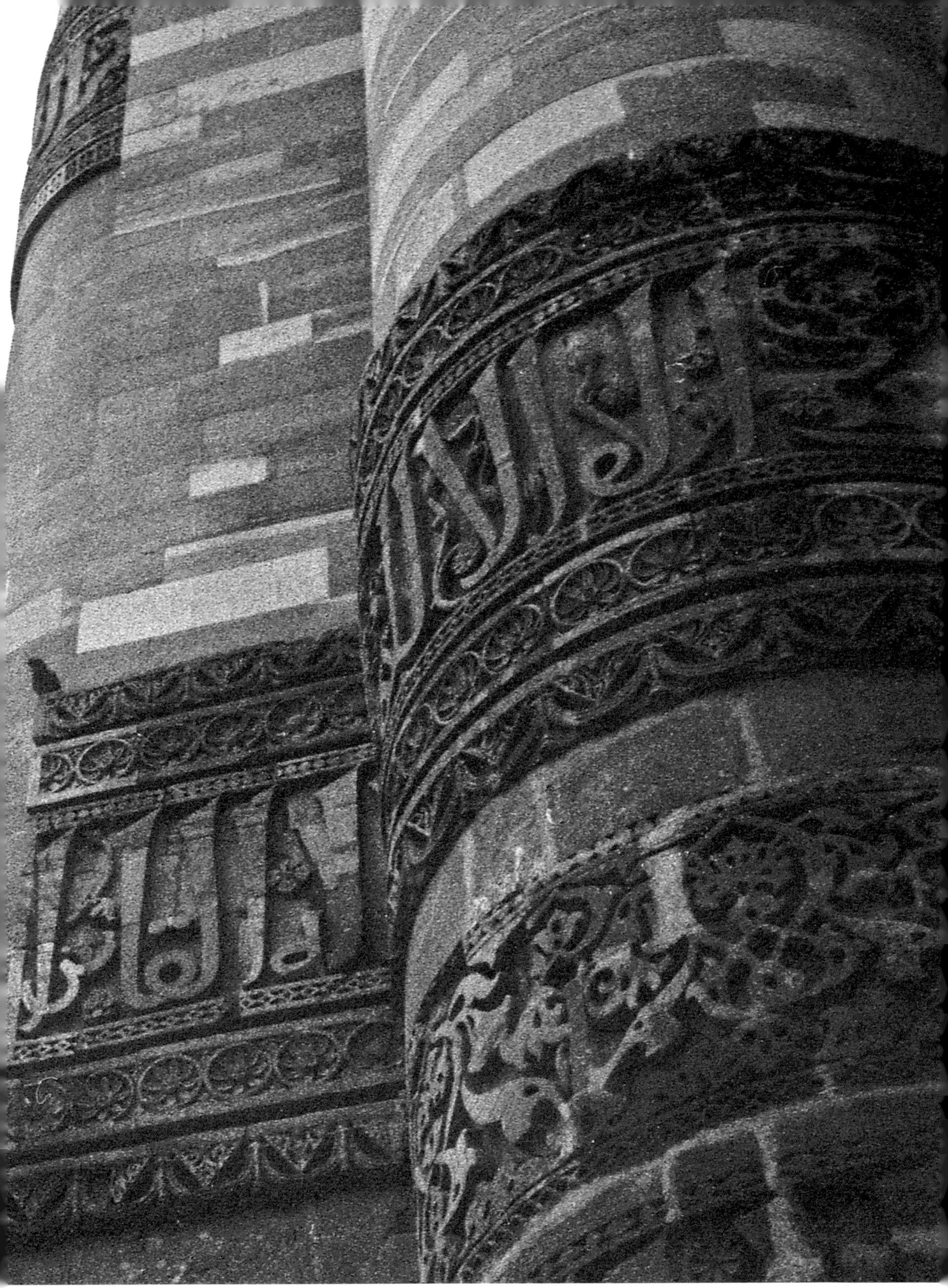

加尔各答 2010

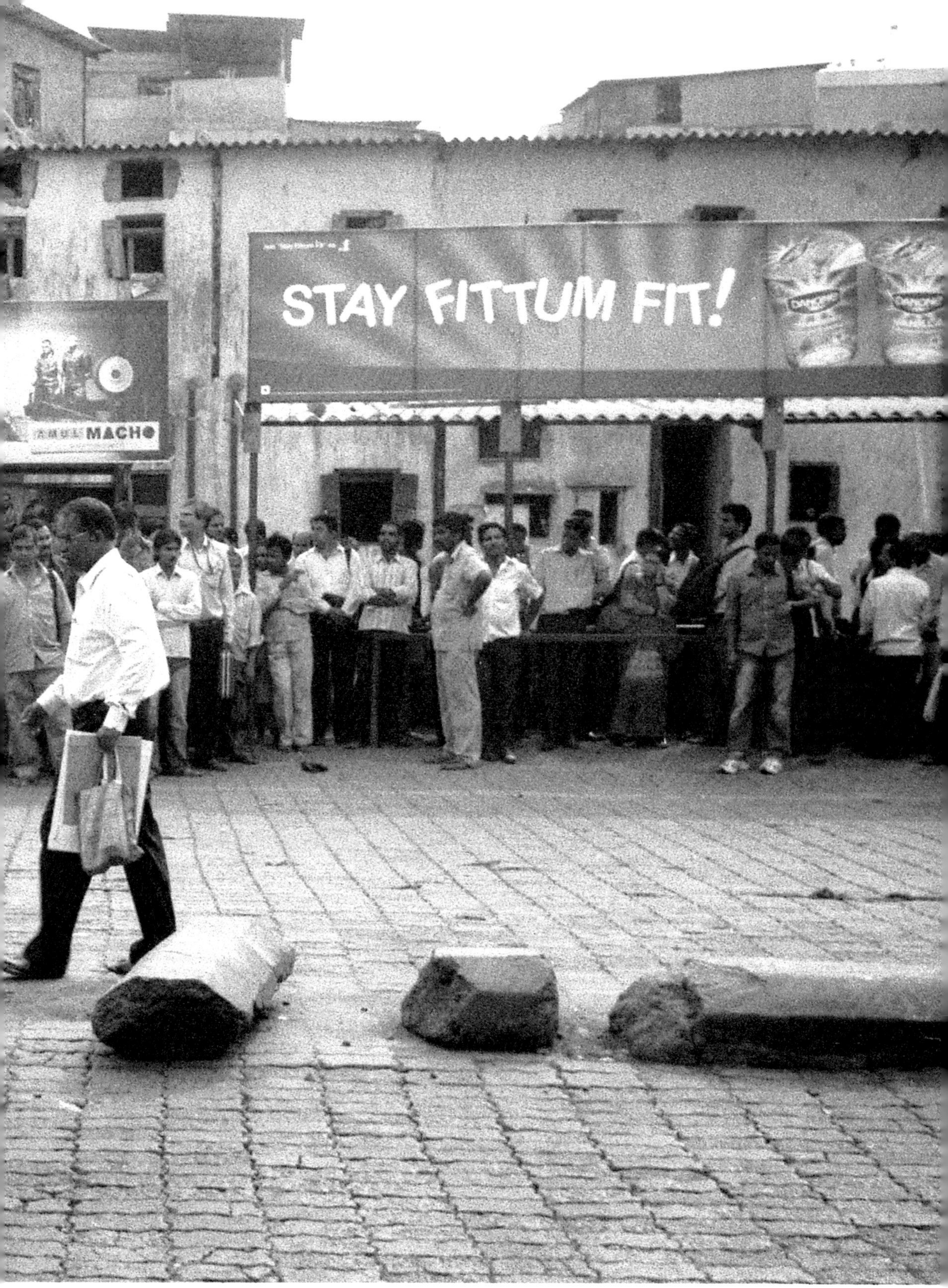
STAY FITTUM FIT!
MACHO

瓦拉纳西   2010

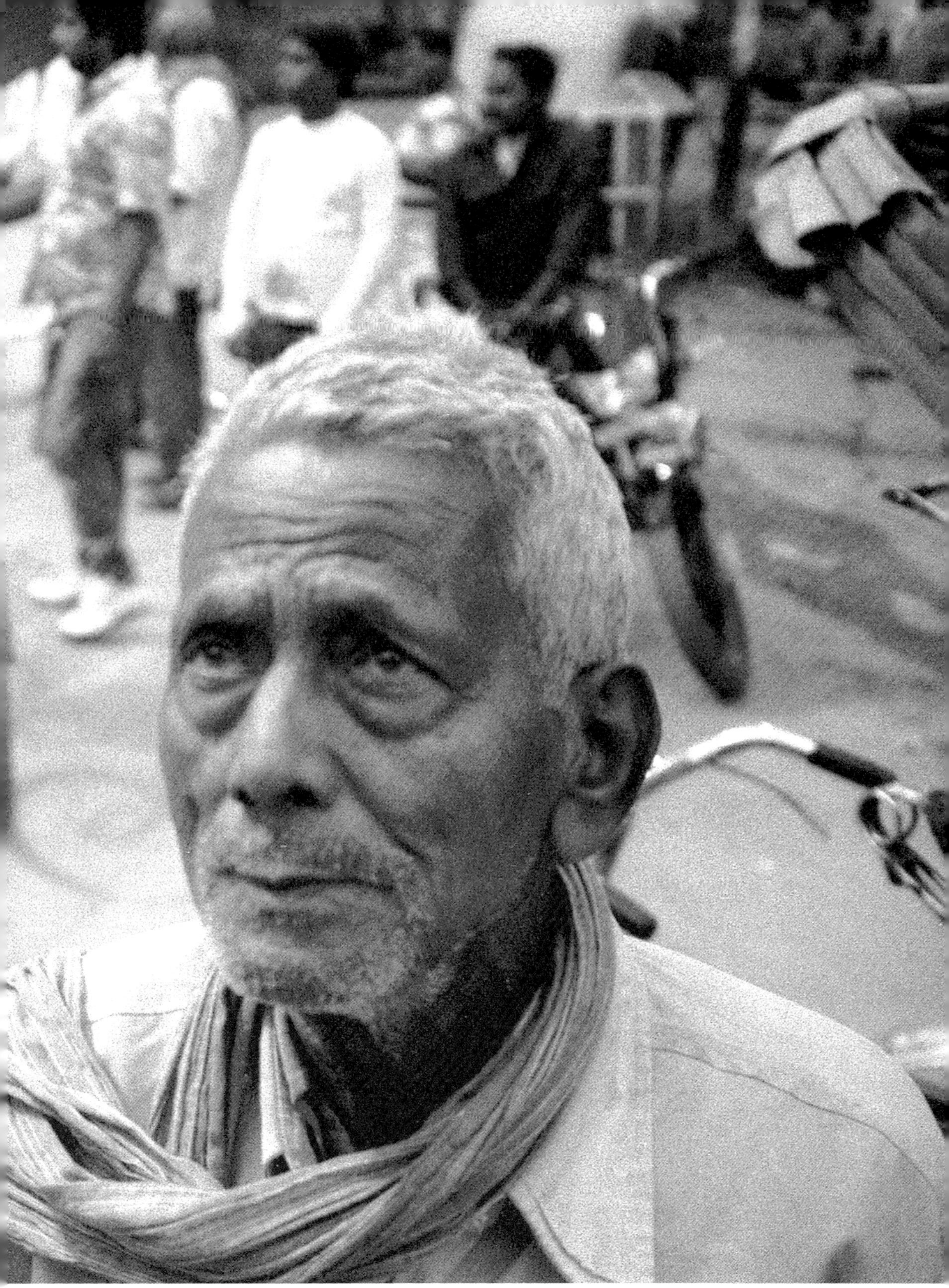

德里，香料市场 2010

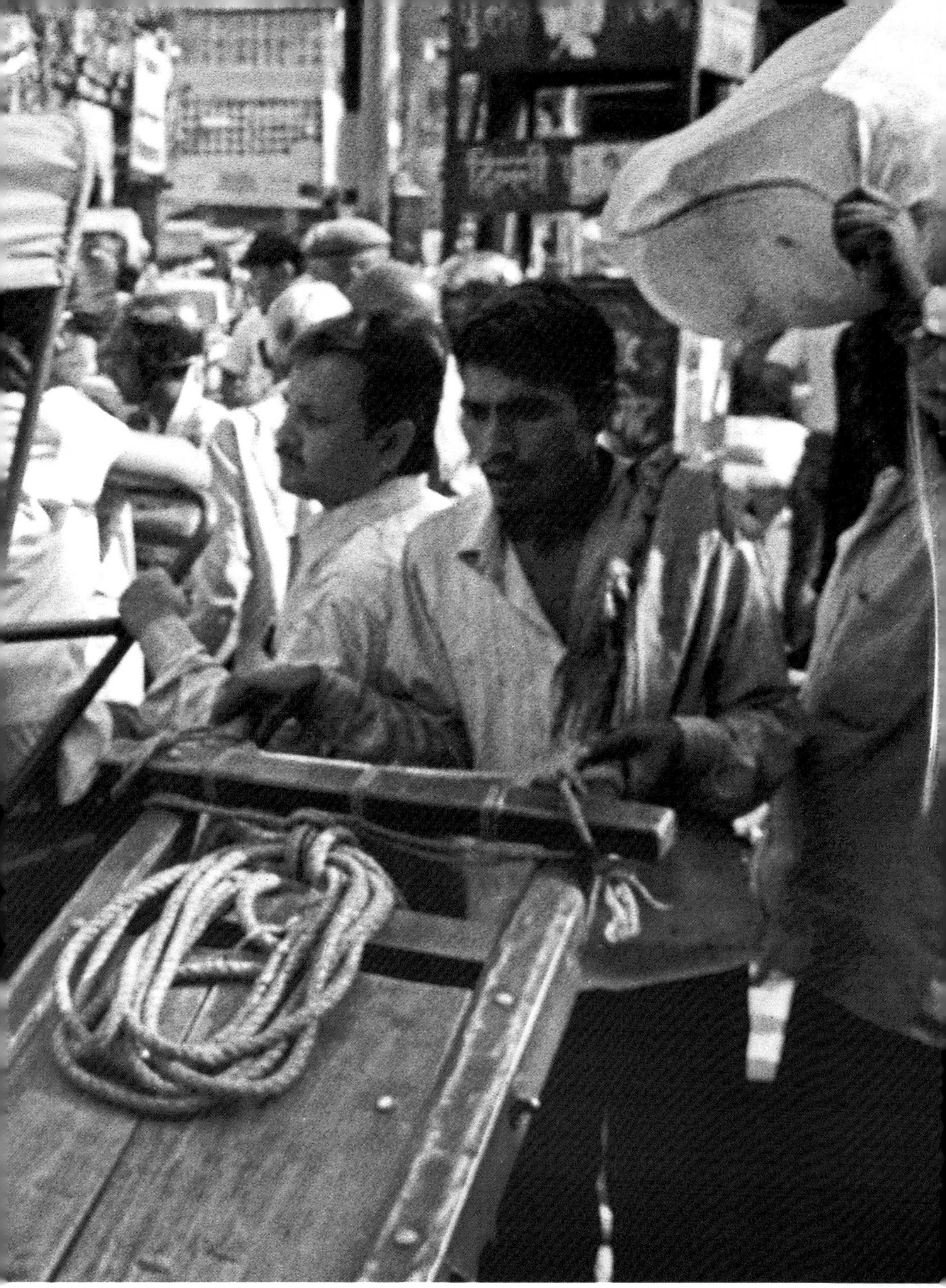

孟买，在印度门眺望海湾的人们　2010

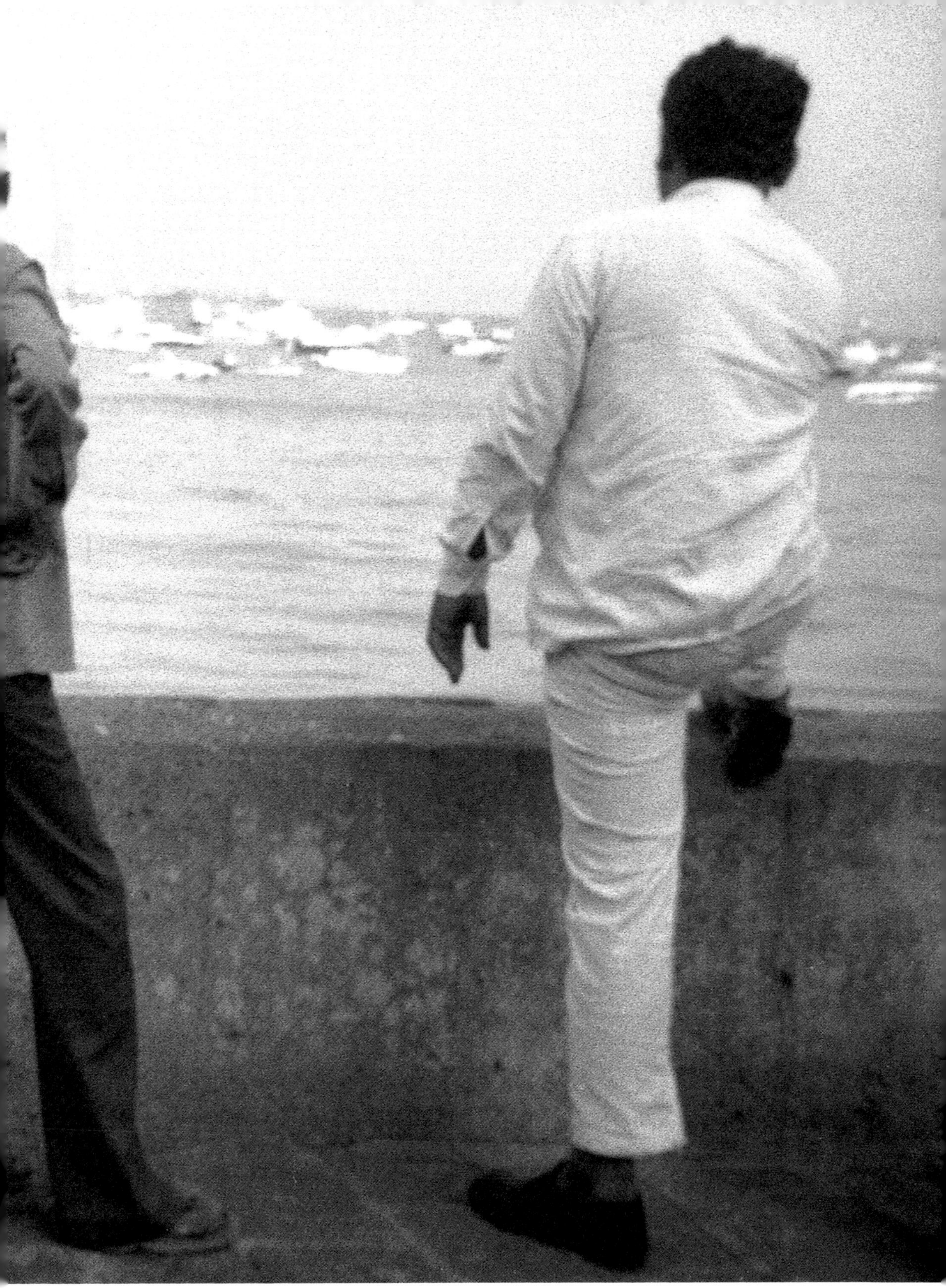

加尔各答　2010

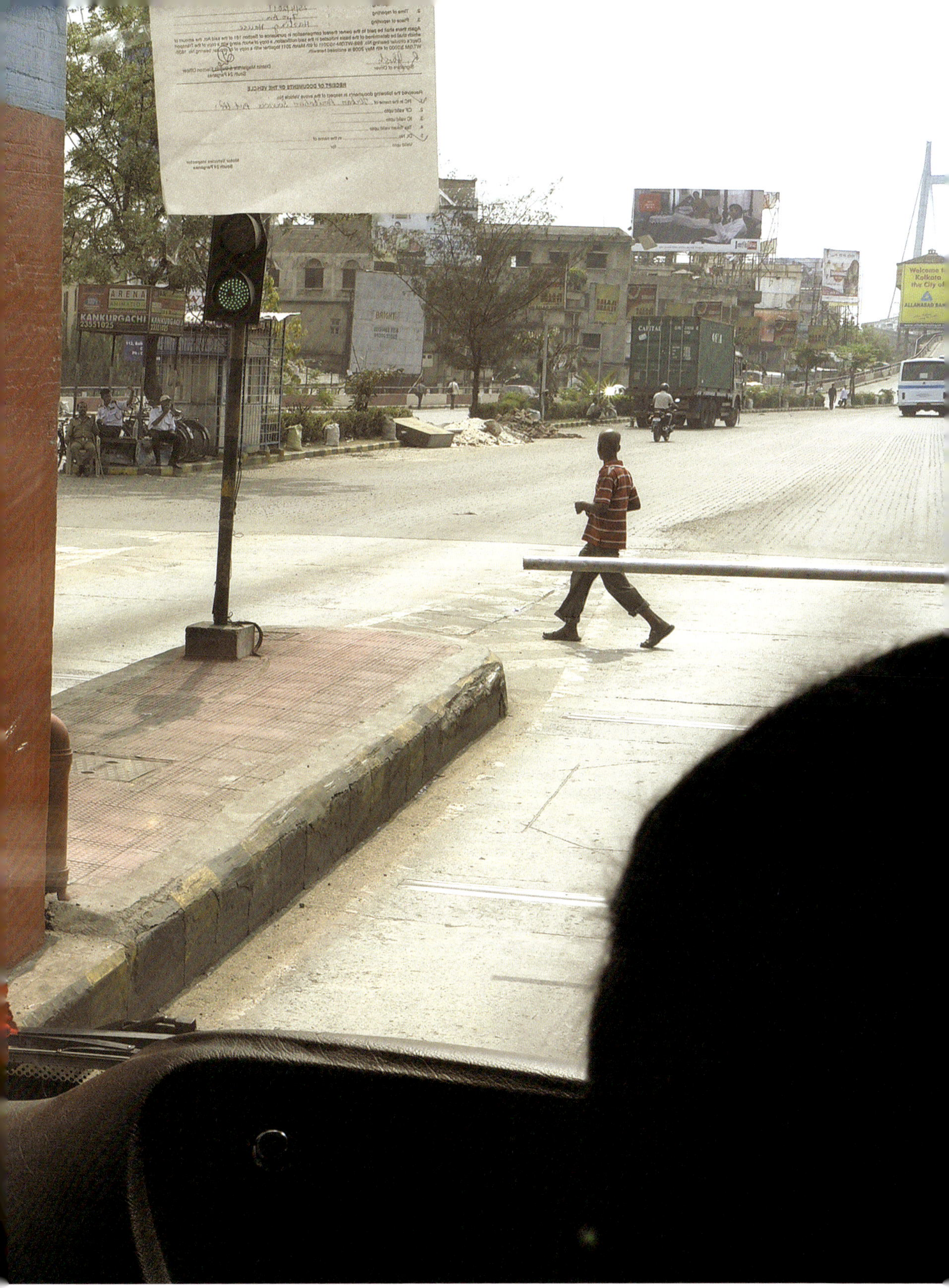
ARENA
KANKURGACHI
CAPITAL

加尔各答 2010

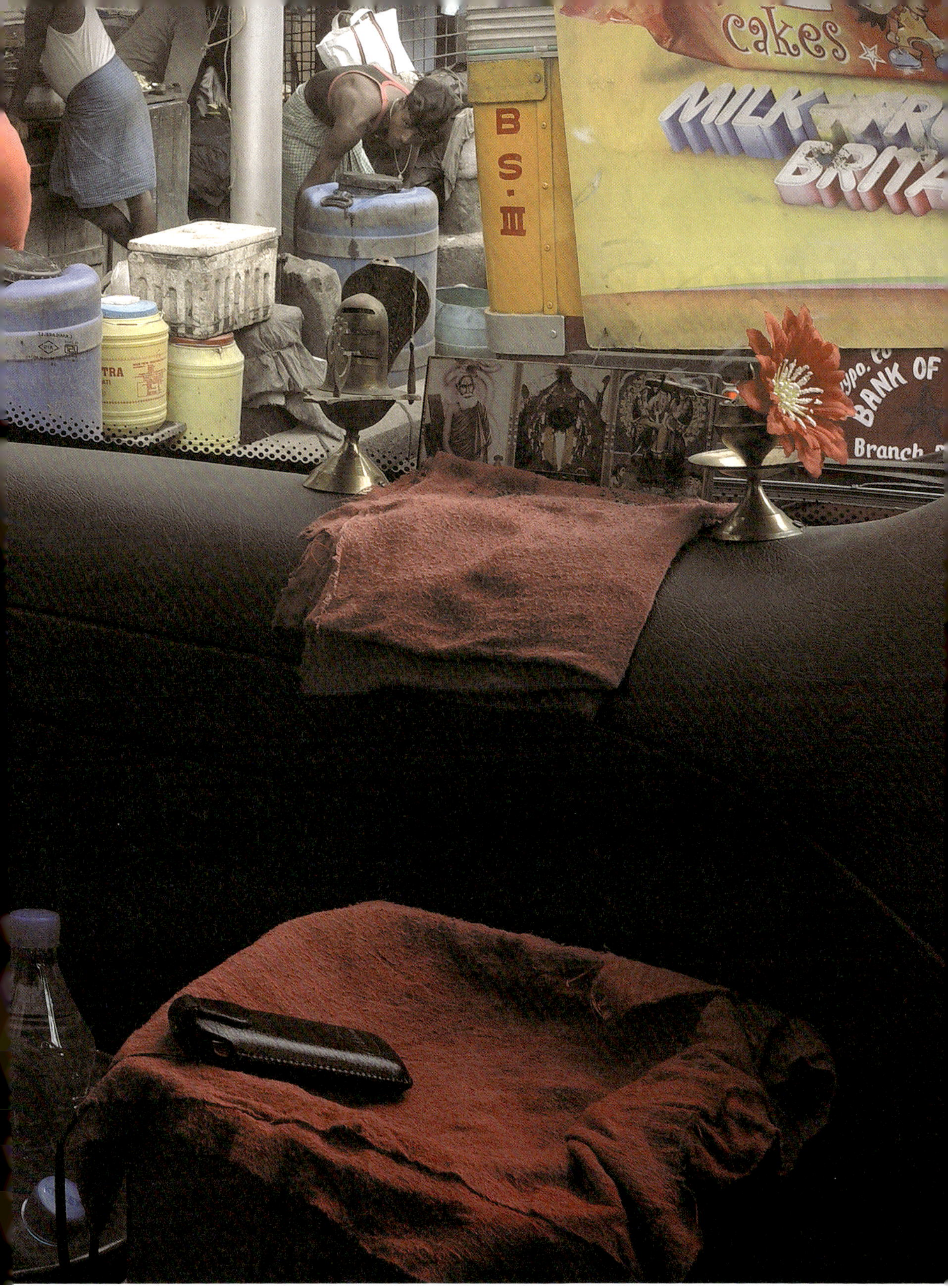
cakes
BANK OF
Branch

加尔各答　2010

加尔各答　2010

加尔各答　2010

加尔各答，收费站　2010

加尔各答　2010

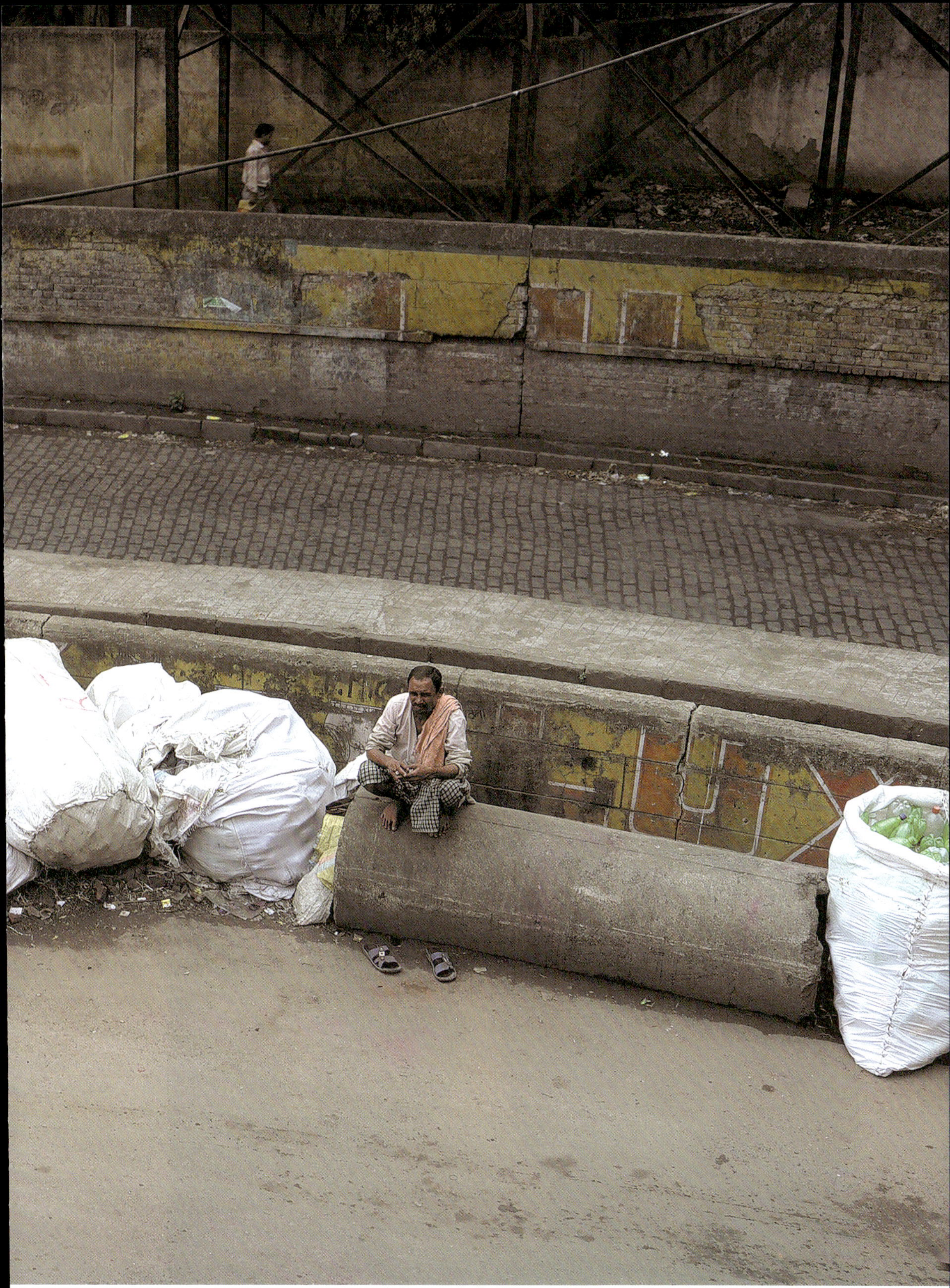

加尔各答　2010

加尔各答　2010

加尔各答　2010

加尔各答　2010

瓦拉纳西　2010

加尔各答　2010

伽耶　2010

加尔各答　2010

加尔各答 2010

加尔各答 2010

加尔各答　2010

瓦拉纳西，火葬场附近　2010

巴特岗　2010

德里　2010

伽耶　2010

德里　2010

德里，香料市场　2010

孟买，擦皮鞋的男子，他工作台旁的柱子上挂着女神像　2010

德里　2010

德里　2010

德里 2010

巴特岗，神庙的柱廊 2010

加尔各答 2010

加德满都 2010

巴特岗　2010

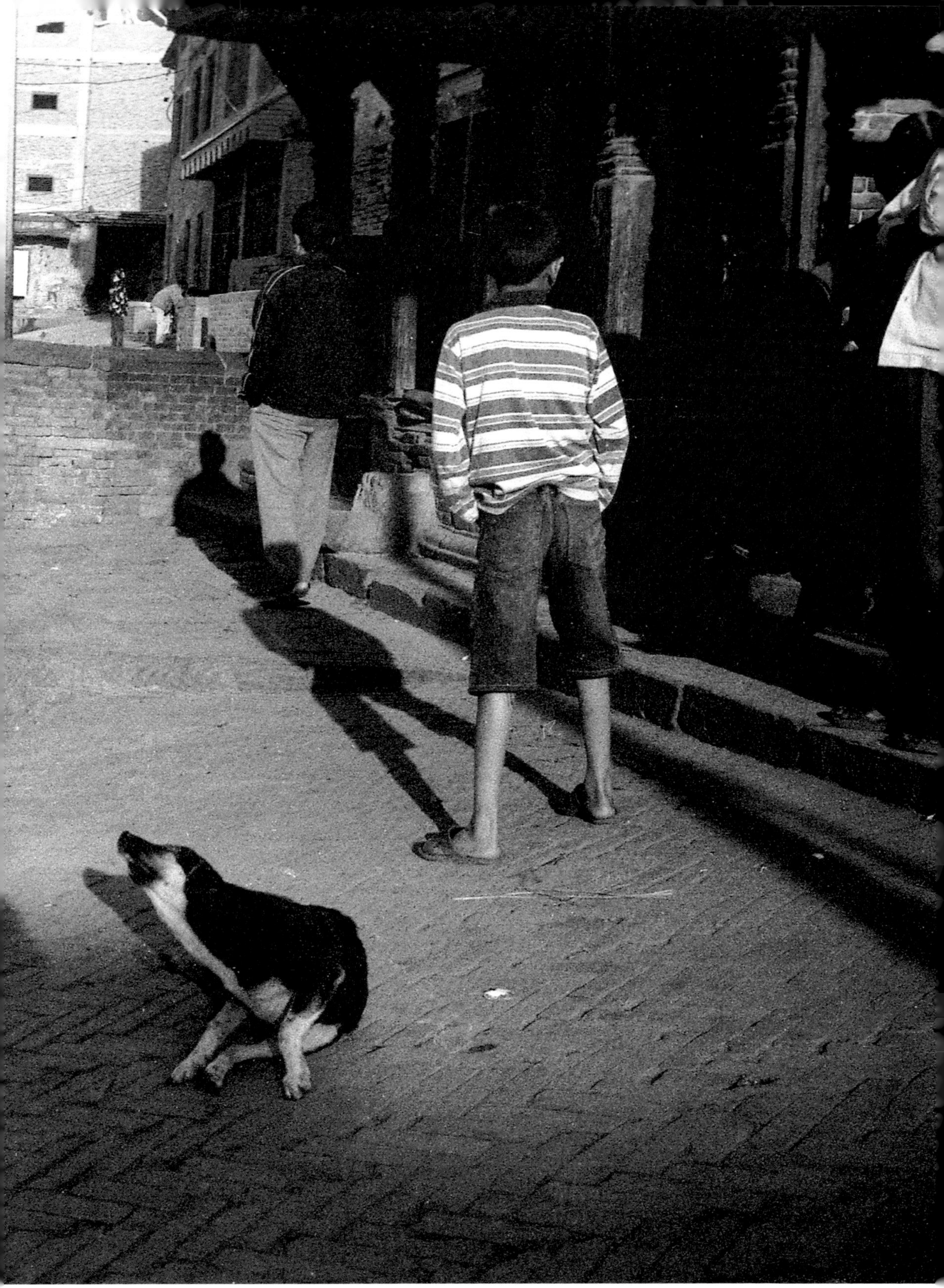

巴特岗　2010

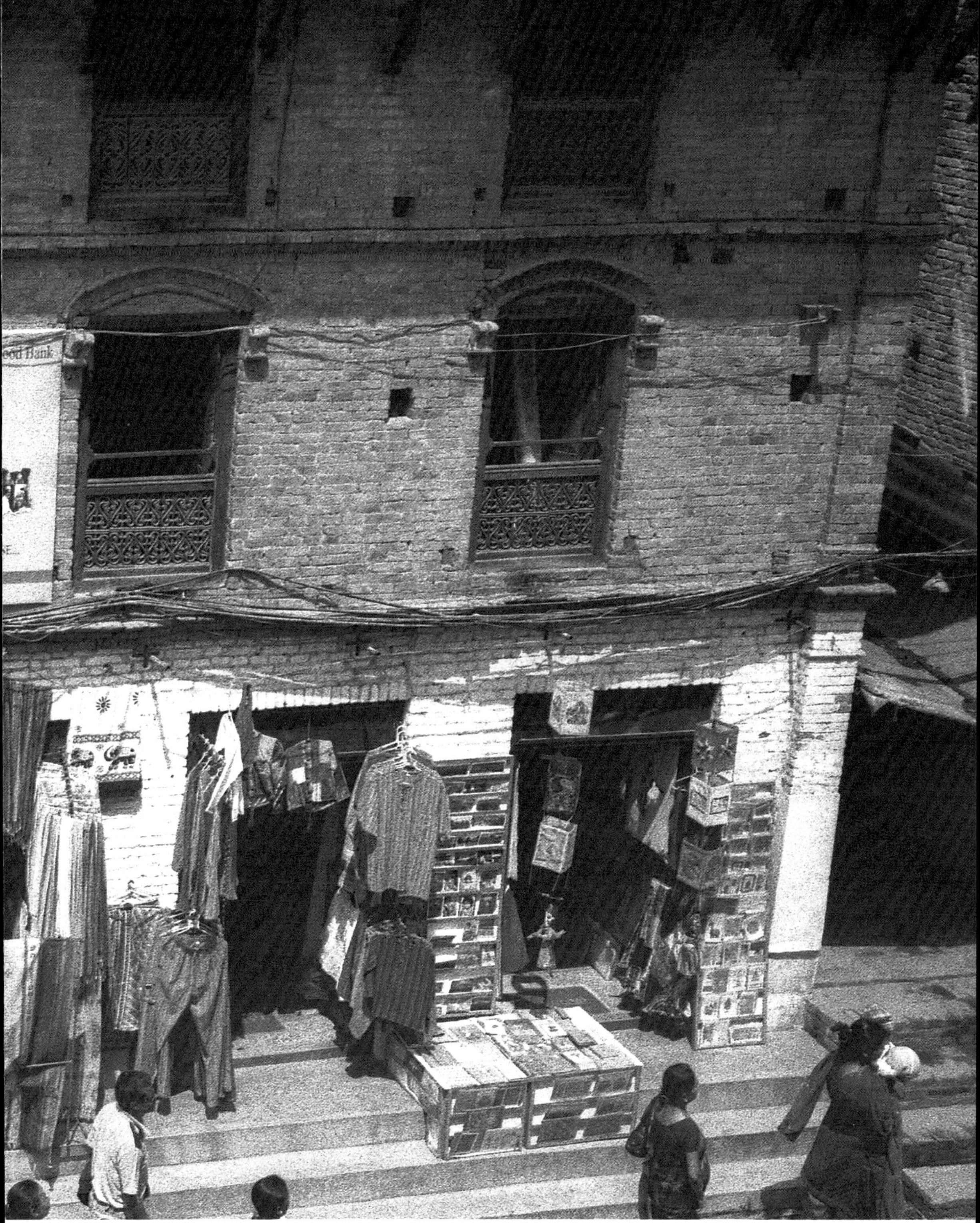
ood Bank

德里　2010

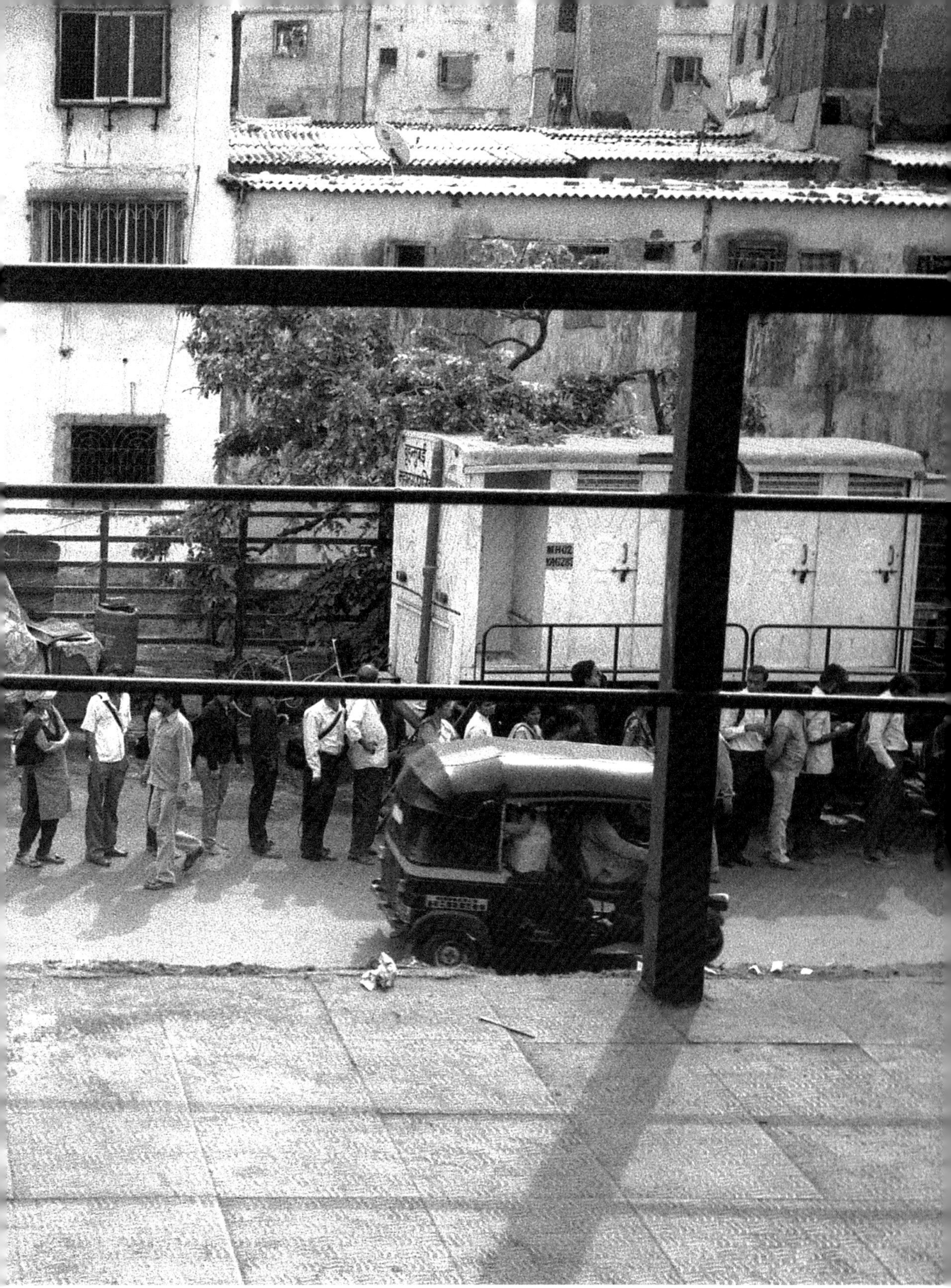

孟买，以泰姬玛哈酒店为背景摄影留念的人们　2010

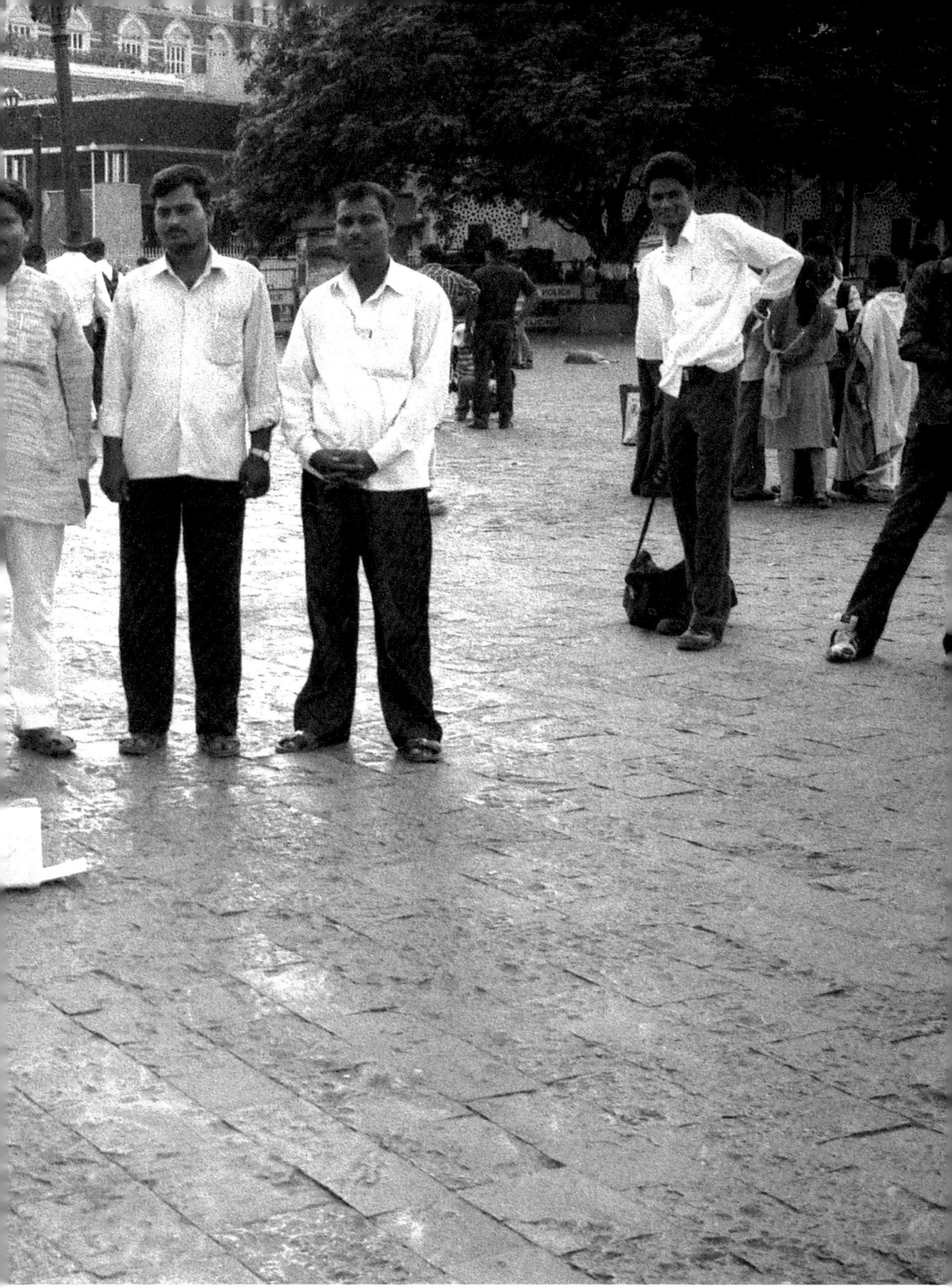

巴特岗　2010

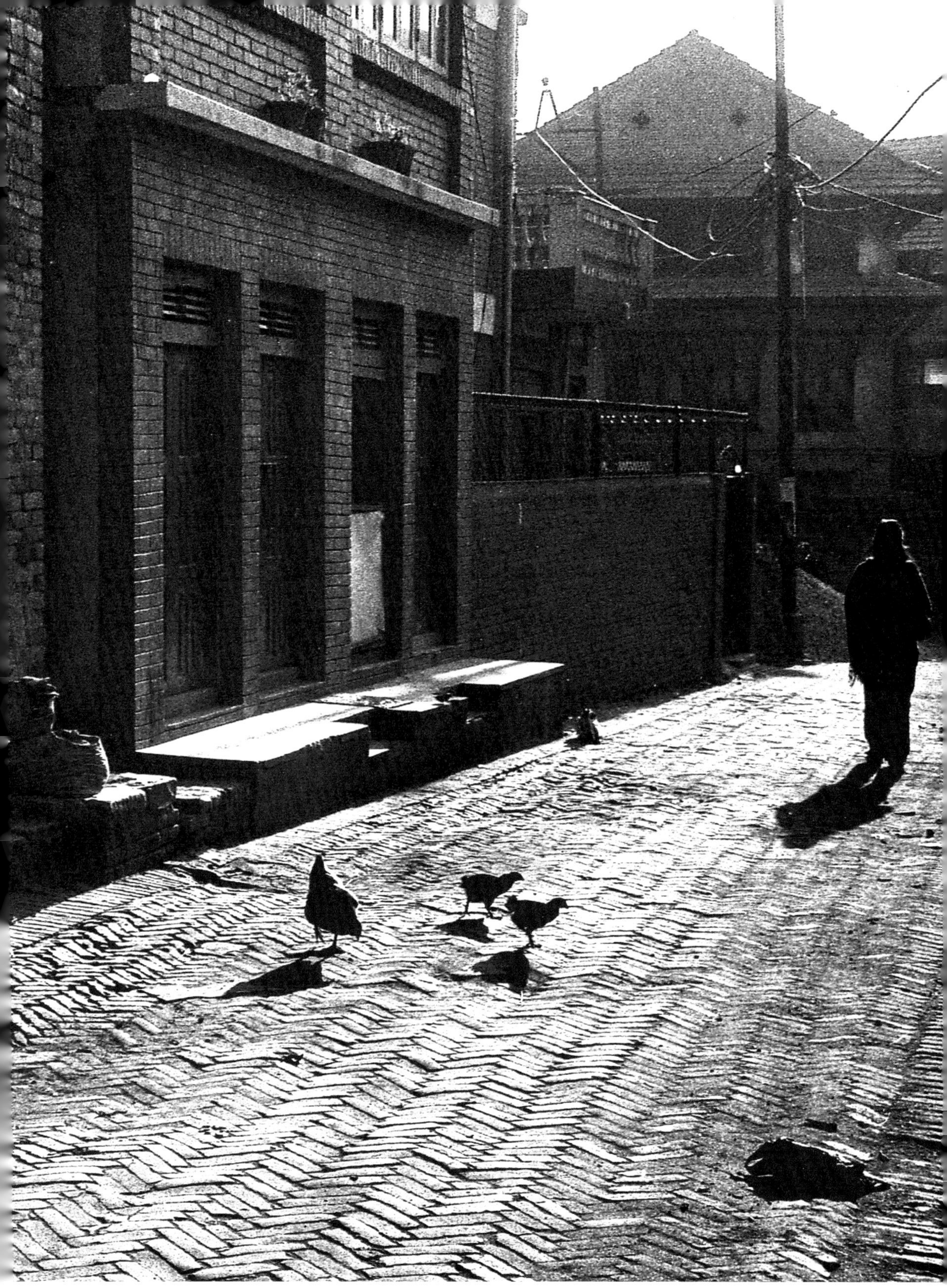

巴特岗　2010

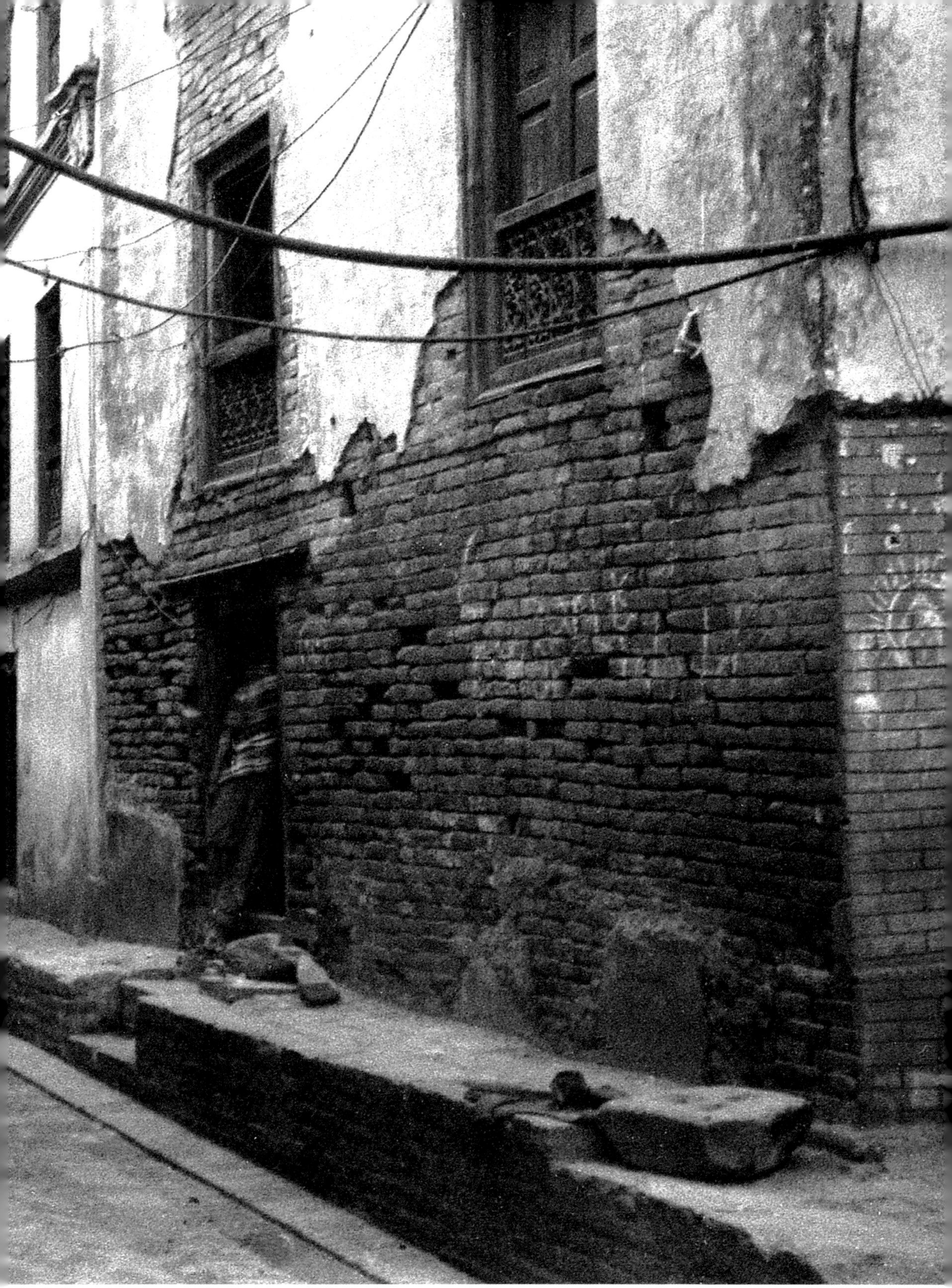

在喜马拉雅的不丹

乘务员在跳一种关于飞行中如何紧急逃生的舞，她显然已经跳了很多年，那条被用来表演的保险带已经磨腻了。此次航班从加德满都飞往不丹。

不丹这个国家藏在喜马拉雅山南麓的山坡上，一向被说得很神秘。我翻了翻旅游手册，里面的照片给人古朴原始的感觉，面目狰狞的大头面具、森林中的老虎、雪山下的花之类，看起来像过去时代的西藏。其实不丹自8世纪即为吐蕃一个部落，元朝统一西藏后，受宣政院管辖，直到清朝才独立出去。不丹的国旗上一直绣着条龙。

海拔2000米的廷布机场在喜马拉雅山南麓一个狭长的山谷里，飞机几乎是擦着山脊勉强插下，隔着机舱的小圆窗，我看见它的翅膀几乎要刮到山上的松树。在千钧一发之际，跑道出现了，飞机得救似的赶紧落地。世界突然静寂了，全球普及的西装不见了。女人穿着垂地长裙，男人上身穿着宽衣肥袖的袍子，袖口雪白，下肢是短裙和长筒袜，乌鸦般走来走去，像是刚刚打扮一新的古人。机场荒凉空阔，只停着我们这架刚刚抵达的飞机，像怪物般地与闯入其中的世界格格不入。每个人都对陌生人微笑，似乎时刻准备着帮助他们。都是些黄种人的面孔，从表情上看，这是一个不谙世事、天真善良忠厚的部族。对比之下，我们这些飞机上走下来的外人，就太时尚油滑了。

我期待着抵达过去。进入机场大厅，才发现，这是现代国家，似曾相识。国王的巨幅照片挂在大厅中央，虽然穿着不丹式的短袍，腿上套着独特的长袜子，宽大的袖子里面不知藏着什么，但脚上蹬的是一双擦得铮亮的棕黄色三接头皮鞋。国王毕业于牛津大学，学的是法律。很年轻，英俊得像个演员。不丹虽然小，遥远，地势高峻，在国际舞台上很少露脸，小家小户，轻手轻脚过着自己的日子，但并不意味着它就没有跟上世界潮流。2008年3月24日，不丹举行了其历史上的首次民主选举，直接选举国民议会议员，在此基础上产生首个民选政府。

签证很难办，每年只允许六千名外国游客入境，而且进入不丹的前提是，每位游客每天必须消费两百美元以上。就是如此，办签证也要等待很久，似乎那张小纸曾经越过珠穆朗玛峰，只为去不丹的某张办公桌上盖一枚蓝印。他们担心谁进入他们的乐园？

首都廷布地处一个荒凉的山谷，谷底流着一条河，清澈，岩石嶙峋。民居遍布于山谷两旁的坡上，住着四万多人。大部分房子是独栋的平房，花园或草坪环绕。城市布局像欧美的某个小镇，只是房屋是藏式的。城里有些人为的地方特色，白塔，黄铜打造的转经筒在街道某处发亮。其实廷布是1955年才建立的新首都，旧都在普纳卡。交通警察跳舞般地指挥车辆，车子开得斯文至极，小心地停下来让从任何路段过街的行人。有一条主要的街道，卖些简单的百货以及工艺品，没有名牌专卖店和百货公司。也没有饭馆，游客只能集中在几处指定的餐厅秘密用餐，我的意思是，那餐厅只有游客，没有当地人。最时髦的商店大概在国家邮电局里，那里面有一个柜台，出售著名的不丹邮票。那些邮票的选题真不像是不丹选的，其中有一套介绍凡·高，另一套关于钢铁的历史。说是首都，感觉更像一个发达县城。那条大街以及附近的几条次要街道，不到一小时就走遍了。到处干干净净，就是菜市场也非常规范，看不见垃圾，巨大的天棚下面，摊位排列得整整齐齐。店铺的玻璃窗上挂着工艺品风格的面具，新铸的佛像无处不在。最大的一尊塑在城后面的山头上，高入云霄。据说是南亚最高最大的佛像，由香港和新加坡的信众捐献。还没有完成，但已经金身初露。山上有一个国家野生动物园，以为有猛兽珍禽，其实不过是在山上围起一块，里面放着几头怯生生的牦牛。城里没有盘根错节的小巷和氛围悠久的幽秘之处。新的，虽然已经过去了快六十年，这个首都还是新的，要把世界做旧，做出悠悠古国的样子可没那么容易。旅游手册说这个国家的历史可以追溯到17世纪，在城里可是一点也看不出来。唯一的迹象大约是那些用木头削成的男性生殖器工艺品，萨满教的遗风，一箩箩地摆着，做得太多，已经不像原始时代的图腾，就是那种千篇一律通常藏在裤裆下面的家伙。导游多杰指着一处空旷的草地，里面有一个检阅台之类的东西，多杰说那就是不丹的天安门。荒凉的空地上落叶般地掉着许多狗只。城市没有历史感，但未必人也没有历史感，人也许在新世界不知所措，但历史并不会在他的血液里变成钢筋水泥，这是多杰给我的印象。他虽然穿着旅游局统一为导游定做的裁剪拘谨的不丹国服，但他的神情、做事的方式，都显示他有一种古老的天真、诚实和英勇。眼睛发亮，黑里透红，不停地嚼着一种米粒般大小的果子，他们都在嚼这种果子，这种果子可以提神。当他与他的同胞说话的时候，我强烈地感到我是外国人，他们什么都不知道，他的表情暗示着。

奔波了一路，现在忽然感觉没事了，钟慢下来，人慢下来，世界慢下来。人们像春天的植物那样，在城市的树枝上飘着，好像满城的人都在翩翩起舞。果然就在树叶的间隙里看到长袖善舞的姑娘，走过去看，一群姑娘围了一个圈，朝前转三步朝后退两步地跳着一场舞，唱着悠扬动听的歌，就像春末的落花。这是跳舞的时候吗？才上午九点钟。她们随便站在街边一围，就开始了。

一所学校。通常现代学校的样子，长盒子式的教室，操场。男老师都穿着长袜子，女老师都穿着裙子。资料说，到2009年，全国有各类学校1651所，教员8418名。校长讲话之前，全体唱歌。我问多杰唱的是什么，他说，佛经里的一段。

街上有付费的西药店。但还有一个藏药医院，任何人看病都是免费，包括外国游客。我闪了腰，就去看。先挂号，然后跟着患者坐在一个棚子里等，棚子里有一个转经筒，每个新来的患者都要转几下。我也学着转了几圈，腰似乎轻松了些。医生穿着白大褂，胸前挂着听诊器。他给我开了两瓶装在玻璃瓶里的绿色液体。擦了之后，很见效。

著名的扎什曲宗也是新的。这是一座城堡和庙宇结合的建筑群，有一百多间房屋，包括全国最大的藏传佛教寺庙以及国家议会的办公处，藏着不丹的国宝。工程从1961年开始，1970年才完成。当时有大约两千名男女工匠从不丹各地来到，从深山密林里运来大石原木，不用设计图，不用钉子，老老实实地依据祖先的规矩和经验建造这个宫殿。这宫殿有一种只有手工打造才会呈现的朴素气质。每天下午五点到六点开放。大殿里面供着金光闪闪的释迦牟尼，为这个国家提供精神支柱、哲学、道德以及美学的标尺。这群建筑非同凡响，沉重雄伟而不张扬，有某种苍凉威严的感觉。建筑者能够感受到这种雄伟和苍凉，那他的祖国在历史上一定曾经有过英雄豪杰和大师。

附近有一个高尔夫球场。

虎穴寺值得一游。跟着寺院的崇高癖,我们可以抵达壮丽的风景。那确实是一个壮丽崇高的地方。在山下可以骑马,我没有骑,走上去。一路听着旁边一位老僧骑的马发出粗大的喘息声,忘记了它是马,总觉得它是煤矿上背煤的矿工。半山腰有一个石砌的水槽,马在这里喝水。人也一样。老僧还带着两个徒弟,他们走在我前面,就像西游记里面的一幕。野鸽子经常跳到山路中间啄食游客落下的食物,我发现它们的脖子上都绣着美丽的围巾,而城里的家鸽没有,苟且偷生的后果是,它们失去了遗传的围巾。大约走一个多小时,到了第一个山头,就可以看见对面悬崖绝壁上的虎穴寺,太险峻了,看得双腿发软。那巨石累累的悬崖就是一头斑斓猛虎,被宗教征服了,金色的顶在蔚蓝的天空下闪烁。喜马拉雅山区美如天堂,天堂是什么意思,就是那边没有丝毫人为的东西。现在才明白不丹旅游局为什么拒人于千里之外,他们要自己守护这个天堂,不想统统换成外汇。坐在巨石块上看着风马旗飘扬,它总出现在壮丽之处。之后沿着绝壁上拴着铁链子的小路,下到谷底,那里有一条瀑布从高处喷下,然后就往悬崖上攀登,这里已经是通往寺院的石梯。到了虎穴寺门口,僧人喊,脱鞋,不能带照相机进去。寺庙沿着山势向上,最高的殿里金光灿烂,神在微笑。传说莲花生大师曾经骑虎飞过此地,停下来冥想过一阵,已经走了,窗外是云烟。这是空虚的时候,也是回头的时候。一同上山的老僧在跪拜上香,他徒弟把一些吃的撒到龛上,回头见我也在,也给一把,我尝了尝,是烤玉米粒。天将晚,独自下山,山林暗下来,某些野兽睡了一天,正在林子里摩拳擦掌。道路逐渐可疑,岔道也出现了,心里忐忑，暮色里走出来一只白狗，认识我似的，带着我走，就跟着它下山，一路走走停停，我小便它等着，它小便我也等着。一直走到山下，倏地不见了。

从早到晚，廷布城里几乎没有什么动静。有一两个僧人坐在路边化缘，都睡着了。一些妇人坐在铺子门口织布。有一家卖佛像的店，里面坐着一位和尚，正与店主闲聊。他们说汉语。和尚说他四十年前从甘孜来，肥头大耳，满面红光。另一家店里挂着一对铜皮打造的小狮子，藏传佛教的风格，虎虎生威，钉在一块黑板子上，看上去有三百年。店主坚持要120美元。我犹豫再三，没有买，一直到今天都在后悔。第三次穿过城里，终于发现了一点动静，检阅台下面的草地上，有一群穿长袜子的人走来走去，有几十个人在围观。走过去才发现他们正在射箭。不丹过去全民狩猎，男人都是优秀的射手，就像种地一样，如果箭射不准，就要饿肚子。一般不丹人使的是竹弓，这伙人使的是国际比赛用的碳素箭，很是威风。不丹奥委会秘书长奇特里说，射箭的天赋流淌在不丹人的血液中，不会射箭就不算是不丹人。2010年，不丹首次派出选手参加亚运会，以为天才出场，冠军势在必得，结果一枚铜牌也没有得到。奇特里先生解释道，不丹弓箭手只有在大量饮酒之后才能百步穿杨，而正规比赛是不能饮酒的，这使得弓箭手们的天赋难以发挥。如果准喝酒的话，他们的射程通常都在300米以上，而奥运会设定的距离只有200米。300米！我看过去，对面那个靶子相当于越过两个足球场之后落地的一只足球，根本就看不清，怎么射得中？一位弓箭手出场，他身材魁梧，鼻梁险峻，黑脸膛，气质高贵。扳指是玉石做的。老鹰般地绷紧全身，弓臂一拉，扳指只听嗖的一声，一箭飙出，凝视远方，有顷，微笑。对面已经有一群人欢呼着从靶子两侧的木板掩体后面跑出来，围着靶子又唱又跳，中了！接着是那边的弓箭手往这边的靶子射，说时迟，那时快，一支箭已经飞来，垂头丧气地斜插在箭靶上，很不甘心似的。弓箭手们立即围上去，手拉手，绕着靶子跳舞，进三步，退两步，唱一首歌。这是一个规矩，每个射手射中靶子，其他的射手都要围住箭靶歌舞一番，歌颂伟大的箭神，保佑再次射中，也请这个神射手的神保佑自己。许多闲人在旁边围着看看，欢呼或者叹息。狗在草地上吃喝拉撒。忽然又来了一位穿白袍的青年男子，后面跟着一群气宇轩昂的好汉。领头这位样子文弱，似乎拉不开弓。多杰说，他是不丹国王的弟弟。左边那位是宫廷卫队的少校，右边那位是教育次长……总之都是皇亲国戚、显贵政要。以为要清场了，却没有，随便你看。就都看国王的弟弟射箭，他轻易就拉开了弓，一瞬间变得勇武，猎人本色峥嵘，一箭放去，没中，轻轻地摇摇头。射了一阵，国王的弟弟走到一边去休息，那里搭着一个花团锦簇的帐篷，里面支着沙发，小桌子上摆着一瓶鲜花和一盘水果。国王的弟弟坐下，有人端茶上来，喝了几口，一位老妈妈站出来，向他鞠躬，然后为他献歌，唱得太好，喜马拉雅山上下来云游的云都停下来听了。多杰说，她是不丹著名的歌手，家喻户晓。几曲唱毕，国王的弟弟给了老歌手几张钞票，她微躬稍辞，就收下了。我看得呆了，在机场看见国王的巨幅照片，以为国王王室是我等凡人永远不会见到的，他们住在白金汉或者凡尔赛之类的地方。国王的弟弟离开时，对大家笑笑，挥挥手，这时候看着倒像是个大人物。

　　多杰说，明天要举行不丹全国的弓箭比赛，八点钟开始，用的是传统弓箭，要决出冠亚军。我想象着比赛现场红旗猎猎，主席台庄重肃穆，红地毯、麦克风、标语、射手列队入场，全体起立唱国歌，等等。八点钟去到那里，没有一个观众，主席台倒是有一个，但还没有人。到了八点半左右，射手们才三三两两地来了一大群。照样是射中了就围着箭靶跳啊唱啊。到九点左右，主席台上出现了几位老人，坐在那里喝茶。主席台前面的草坪上竖立着一座用树枝扎成的树塔，出现了一群少女，围着它跳一种缓慢的舞，动作简单，不断地重复，但非常美，就像春天正在苏醒。广播里不停地放着音乐，没有什么领导讲话、比赛开始之类。不知不觉间，一切已经开始了，就像春天的风，开始了。有个小伙子坐在主席台下记着分。我看出那是在记分，是因为射手一旦射中靶子，都可以走到他那里去领一根丝绣腰带，弓箭手把得到的腰带别在腰部，射中靶子最多的射手，腰部锦旗飘飘，很是风光，被姑娘青睐。到十点左右，场内已经万众云集。老人、妇女、青年、儿童都在靶场里盘腿坐着，新来的人甩着宽袖，大摇大摆走到随便一处，四脚朝天躺下。站着的也有，喊叫的也有，只是让开了中间的空地，让箭矢能够飞行。少年一会儿跑这头去看，一会儿又跑那头去看，看看两头没有箭矢飞过，就从靶场中间猫腰溜过。一切看上去似乎很混乱，无组织无纪律，其实有条不紊，步骤一个接一个，决不乱套，这是持续了无数年代的运动会，只是多了个现代的主席台。弓箭手们庆祝中靶唱歌时，大家也跟着唱。有几个小伙子钻到跳舞的姑娘中间，群魔乱舞，插科打诨，大家和他们开着玩笑，互相乱摸脑袋，又捉住手，跳得团团转，竟像是站在云头上了。坐在"不丹天安门"上的王公贵戚也哈哈大笑。场子上，跳舞的人已经有了好几群。真是一个好玩的全国大会。不知不觉就到了中午，观众散去吃饭，射手们也撤到帐篷里，大锅大锅的菜肴已经在长桌子上排列好，都抬了一盘，端到草地上坐吃开了。射手们的家眷也在场，也跟着吃，母亲啦、妻子啦、妹妹啦、哥哥弟弟啦、老师同学啦，大家边打闹边吃着。其实就是古代的野营、打猎之后的聚餐。主席台上的要员们也在台上吃将起来，有人见我是外国人，就邀请我夫主席台上吃，也抬了一盘，坐在国家要人们中间吃将起来。有个戴眼镜的男子给我一杯奶茶。我也不能说话，只是傻笑着吃。味道很好，有炖羊肉、胡萝卜、土豆、虎皮鸡蛋、牛奶和米饭。一顿饭吃到下午三点，射箭继续进行，姑娘们继续跳舞，观众继续起哄。将至黄昏，比赛还没有结果，什么时候结束是不知道的。因为要等到决定冠军的那最后一箭射在靶子上。春风猎猎，刮得风马旗呼呼响，射出的箭都喝醉了似的，要让它们正中靶心那是天意，已经不是射箭技术好坏的问题了。奥林匹克运动会决不会在这种天气比赛射箭。这是猎人射箭的时间，老虎可不管风力。多杰说，如果今天这一箭射不中，明天还要继续。大家都有些疲倦了，稍许安静。忽然，那边的箭靶附近欢呼起来，中了，冠军当时就被人群抬了起来，绕着场子跑。射手们少不了又围着靶子唱跳一番。然后就要颁奖，奖牌已经摆在主席台前。冠军是一面银牌，非常精致，雕着花纹。每个弓箭手都有一个奖品，是瑞士表，多杰说这是国王最喜欢的表。昨天在主席台上给我一杯奶茶的戴眼镜的中年男子从主席台上跳下，走去乱哄哄的人群中，对谁咕噜了一句，多杰听见了，告诉我，印度大使要来了。我问这戴眼镜的男子是谁，多杰说，财政部长，原来就是他主持全国射箭大会。不久就开进来一辆黑色轿车，印度大使走下来，财政部长迎上去握手，被一只睡醒的狗挡了一下，笑笑，吆开它。他们穿过人群，走到台上，与那些老爷子一一握手，我估计这些爷爷大约是什么人大常委会委员或者政协委员之类。音乐大响，出现了四个戴着彩帽的祭司，领着姑娘和射手们，吹着海螺、弹着琴、唱着歌穿过靶场，那个靶子和还插在上面的箭被哈达裹起来抬着，冠军也被大汉们抬着，拥到主席台前。有人走到前面来致辞，我一直以为他是做饭的人员之一，因为他曾经端着一口锅走去为各餐桌加菜。其实他就是体育部长。印度大使垂耳恭听，然后发奖。颁奖毕，获胜的一队捧着奖牌登上汽车风驰而去，哈达飘飘，他们要绕首都一圈。

姑娘们继续围着神树跳舞，老爷爷们走下主席台，也加入舞圈。缓缓地转过身，迈步。就像一群树叶，在风里环绕着母树，恋恋不舍。

廷布城继续安静，人去楼空般的。我走回宾馆，发现几乎家家门口都停着小汽车，像世界流行的那样，等距地斜排着，像是刚刚接到谁的命令，立正，稍息！所有胶皮轮子都微微地歪朝一边。

2012 年 2 月 23 日　星期四

瓦拉纳西　2010

德里　2010

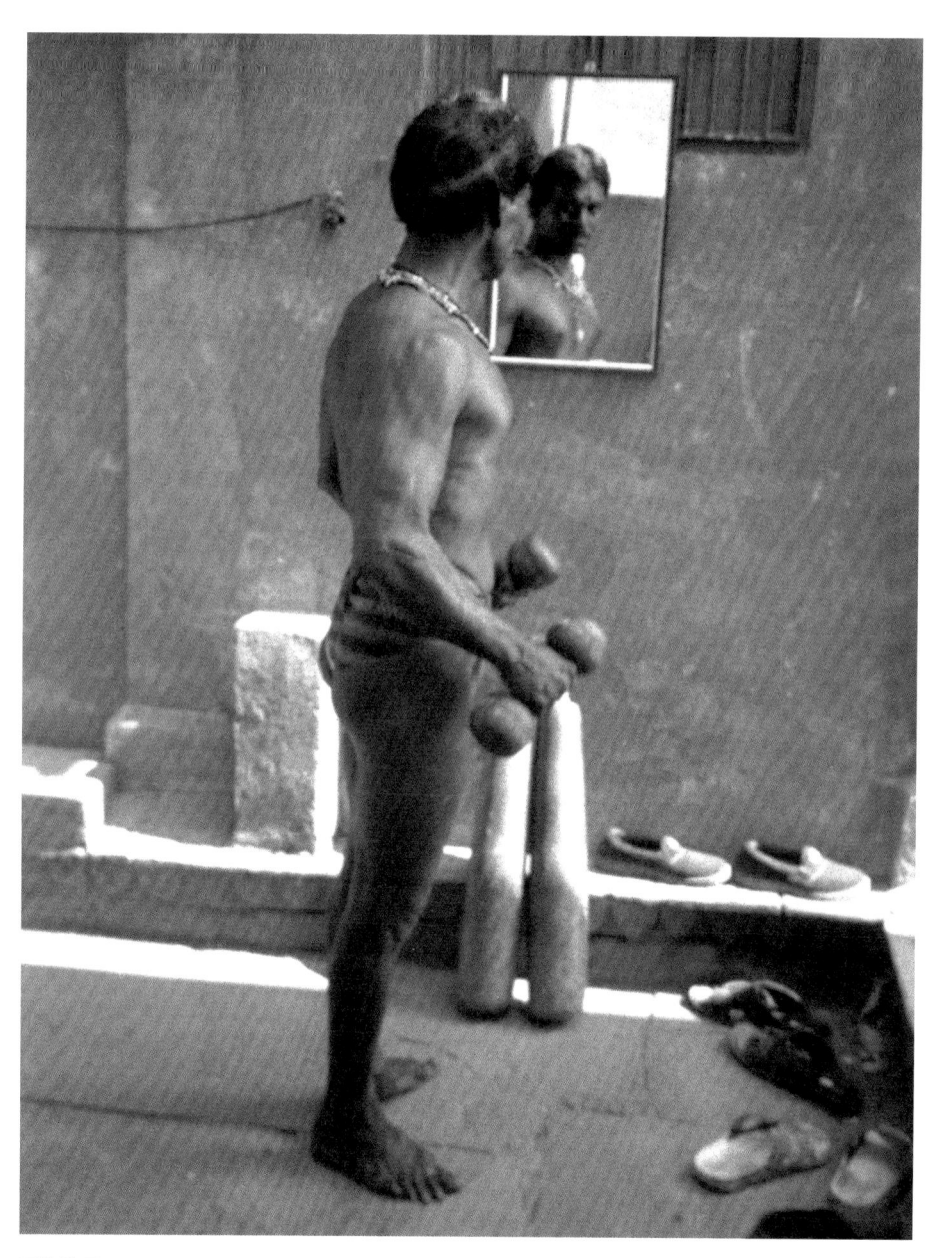

瓦拉纳西　2010

瓦拉纳西　2010

伽耶　2010

德里　2010

加德满都　2010

加尔各答 2010

巴特岗　2010

瓦拉纳西　2010

德里　2010

加德满都，坐在火葬场旁边长椅上的男子　2010

巴特岗　2010

博卡拉，以喜马拉雅山为前景拍照留念　2010

巴特岗　2010

加尔各答　2010

瓦拉纳西，在恒河的暴雨中等待　2010

巴特岗 2010

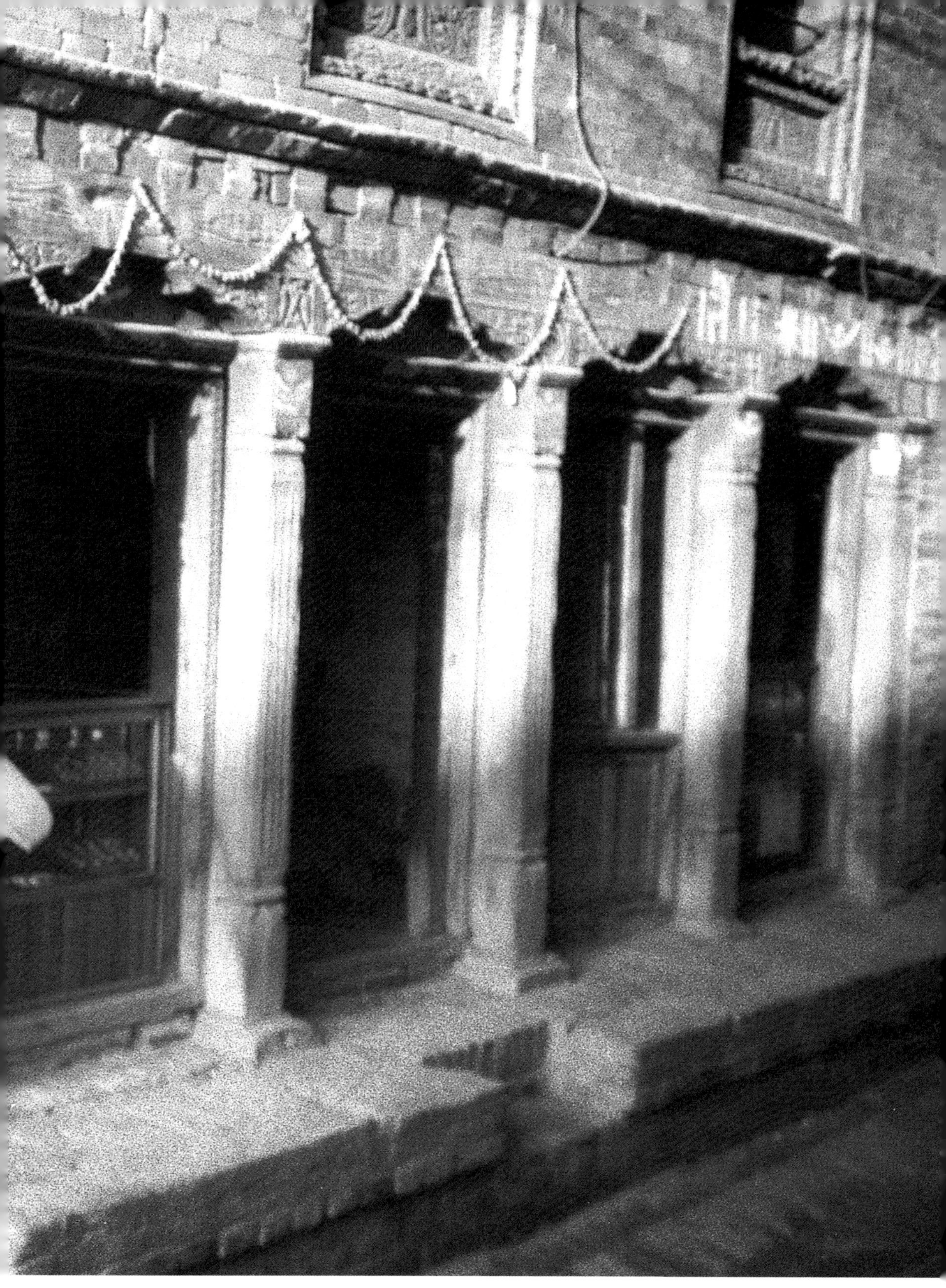

巴特岗 2010

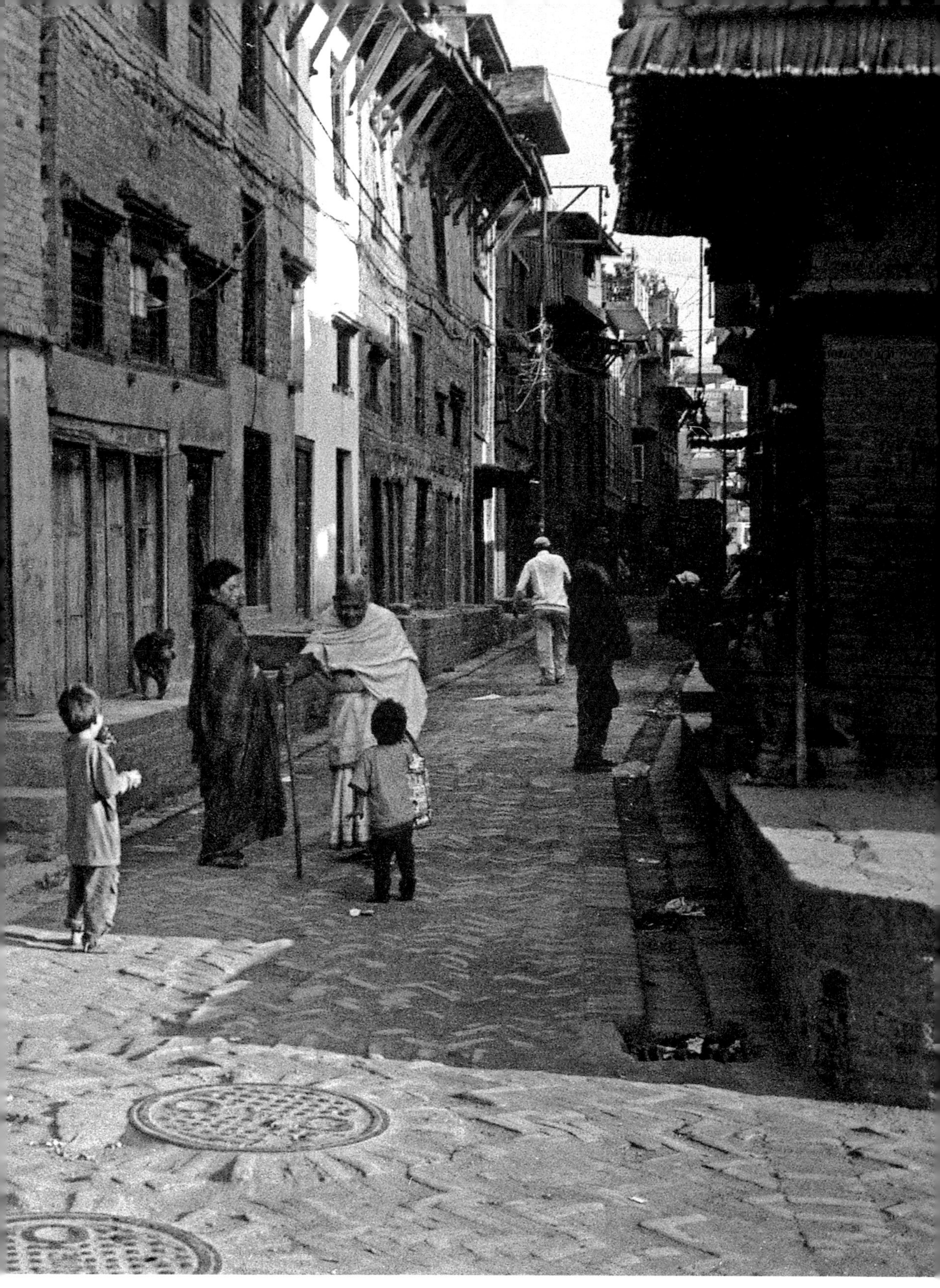

巴特岗　2010

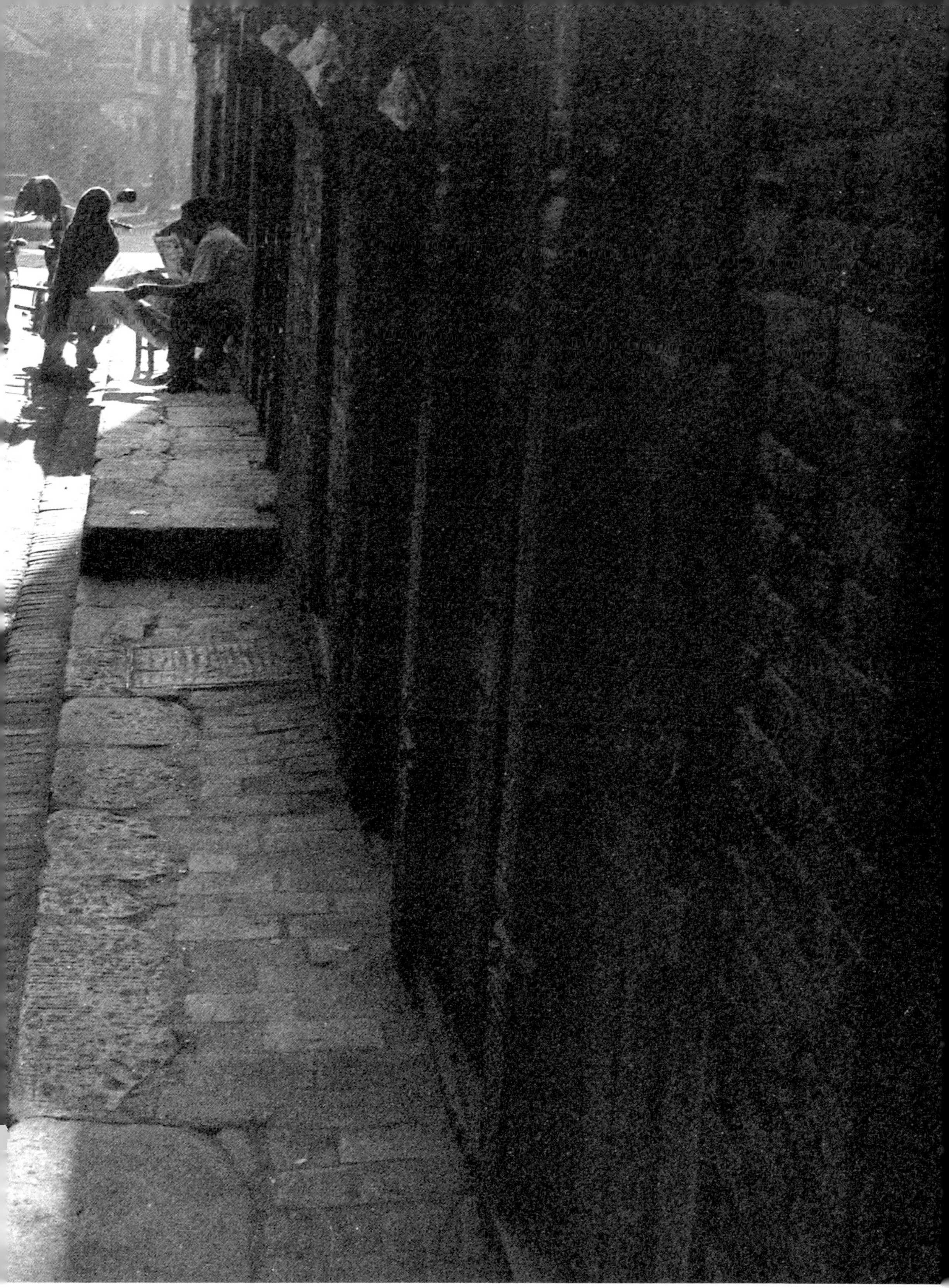

加尔各答　2010

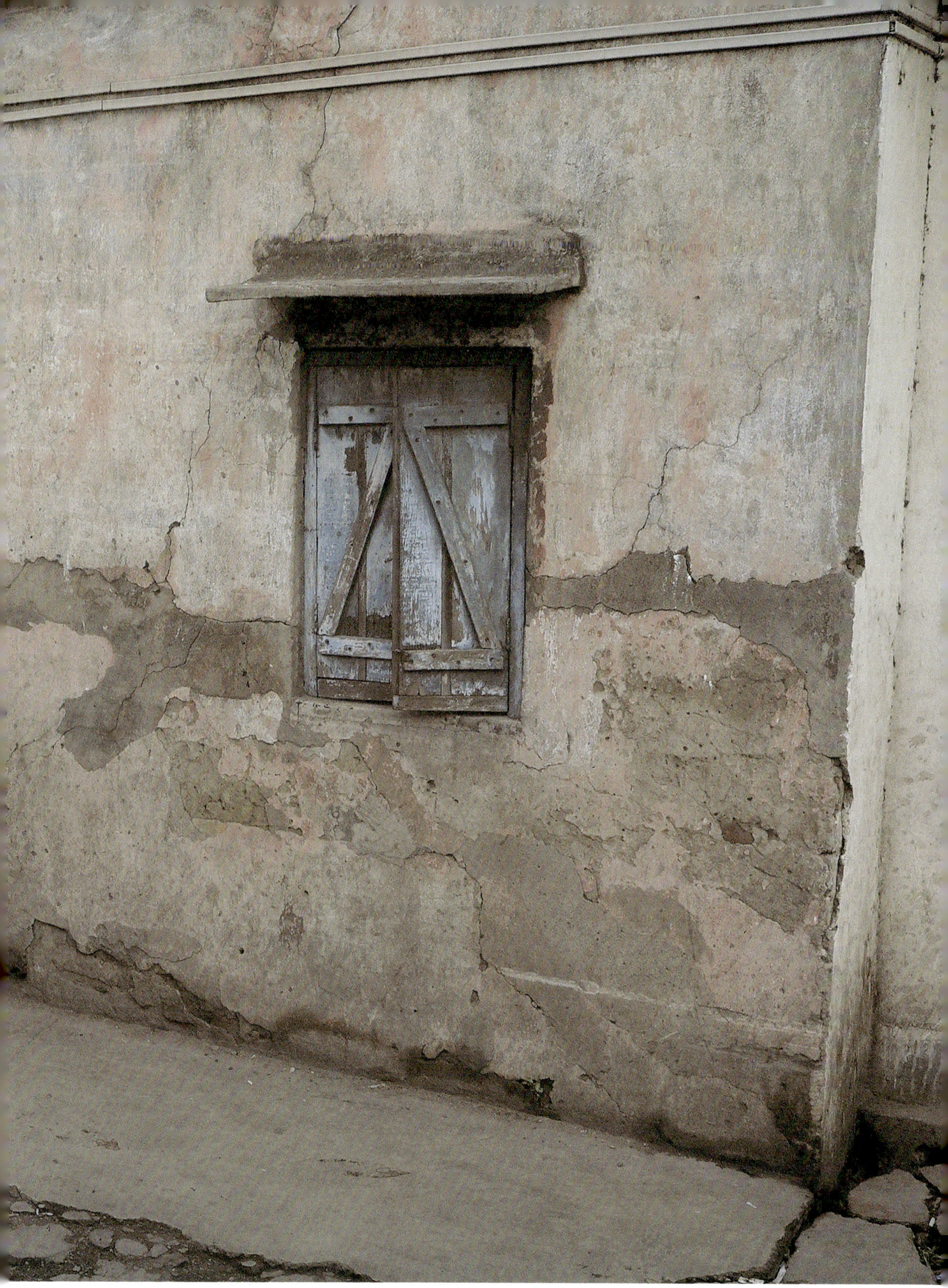

巴特岗　2010

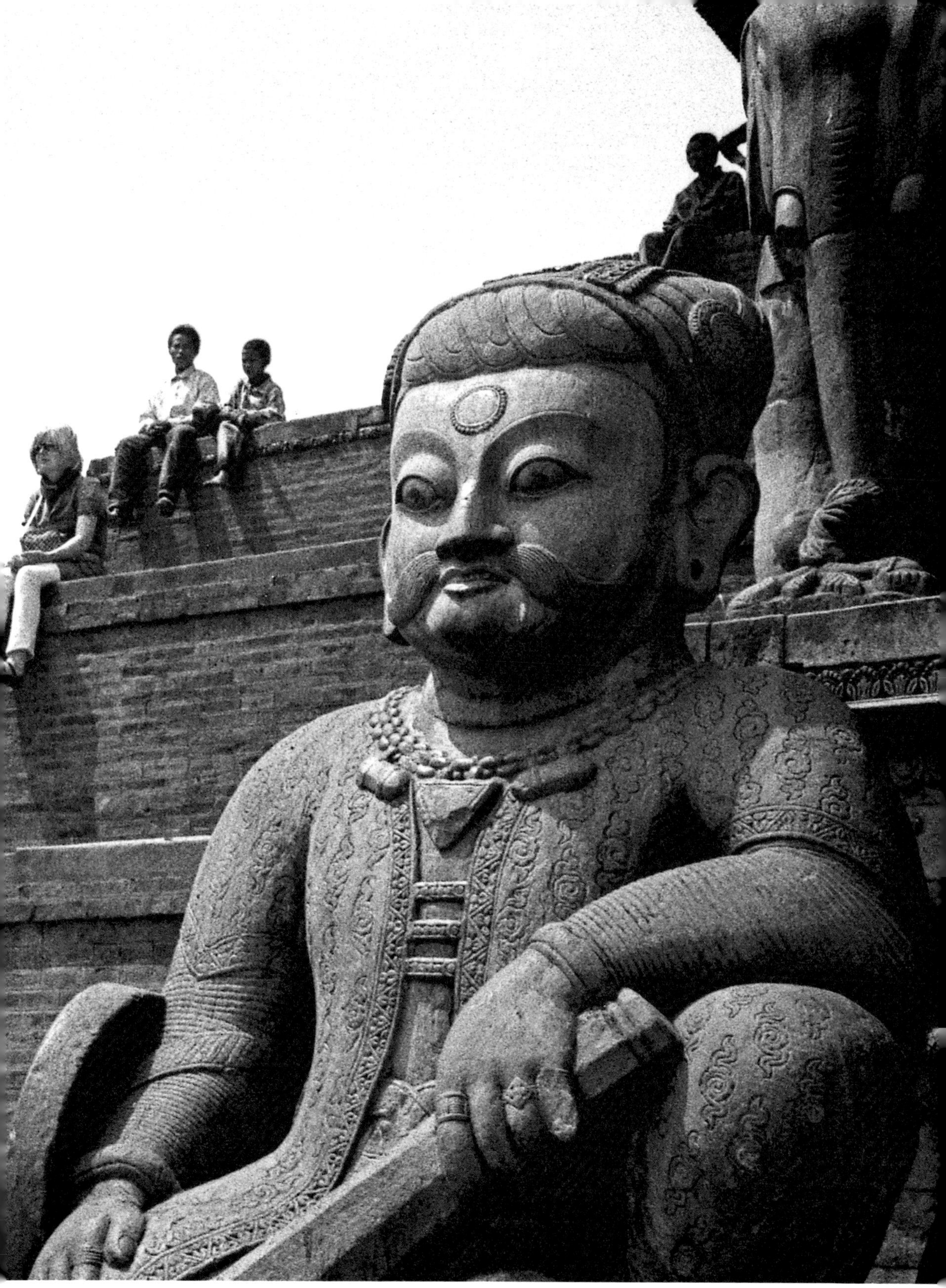

瓦拉纳西　2010

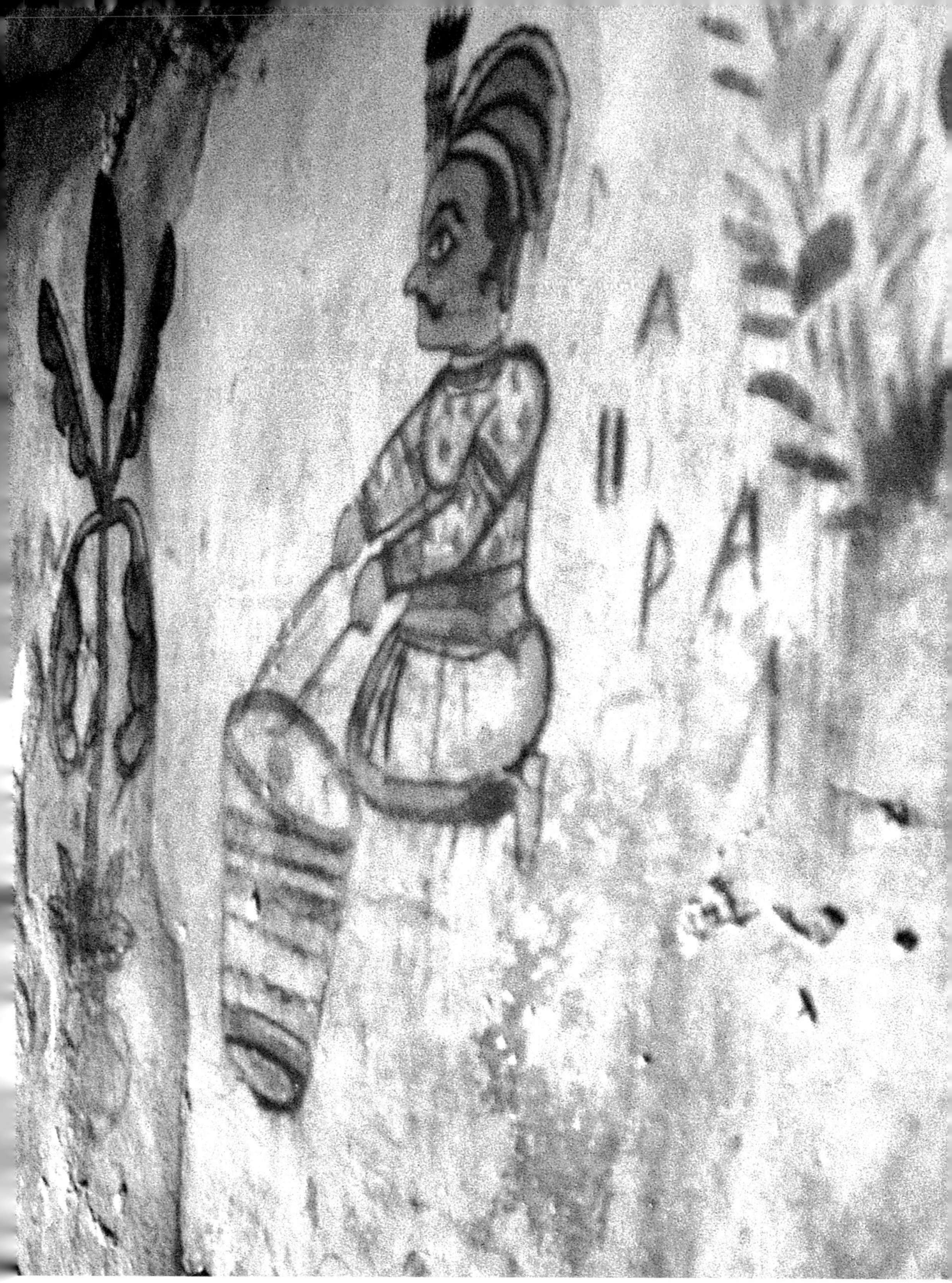

廷布 2010

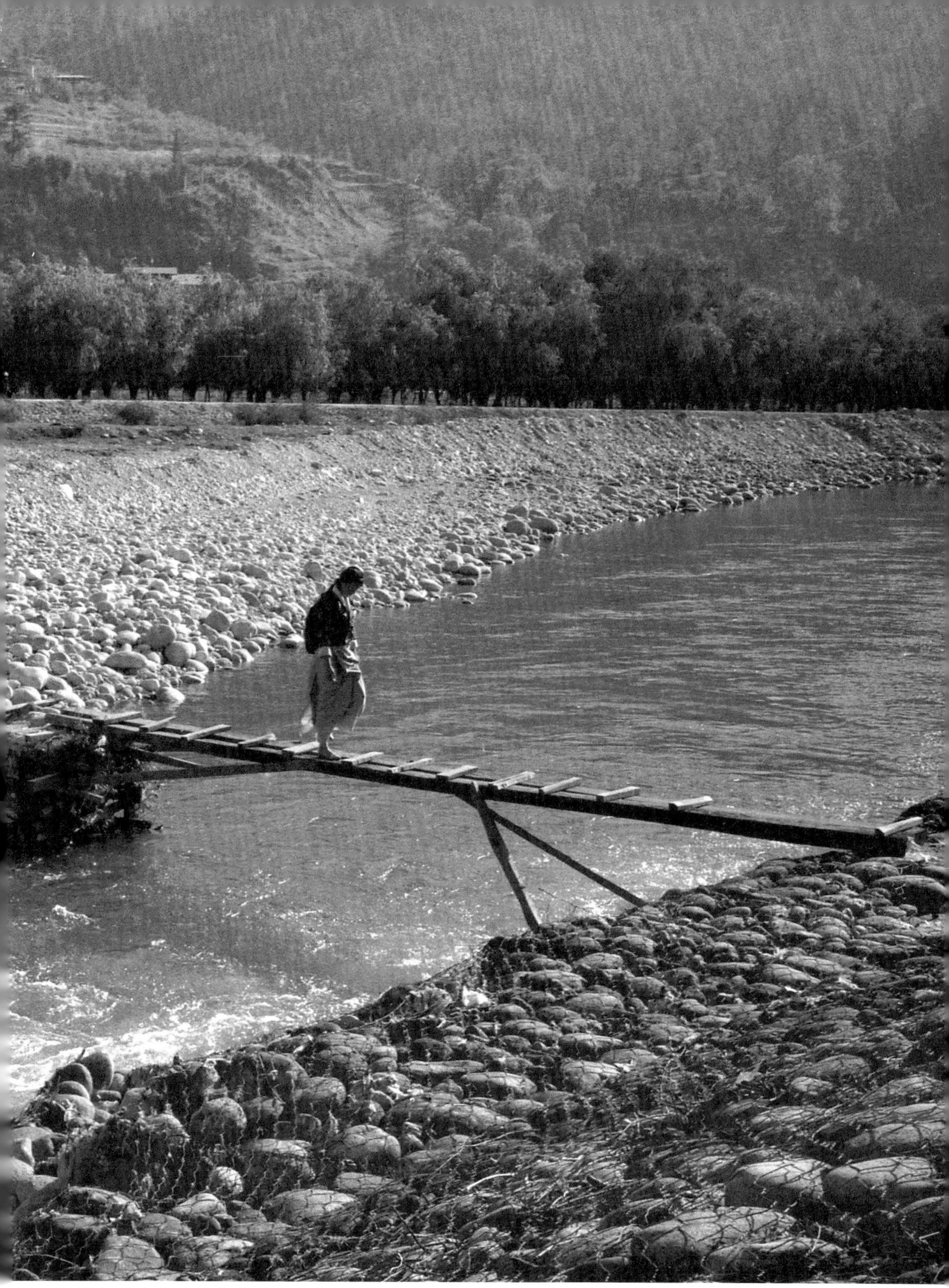

加尔各答，我所住旅馆房间的阳台　2010

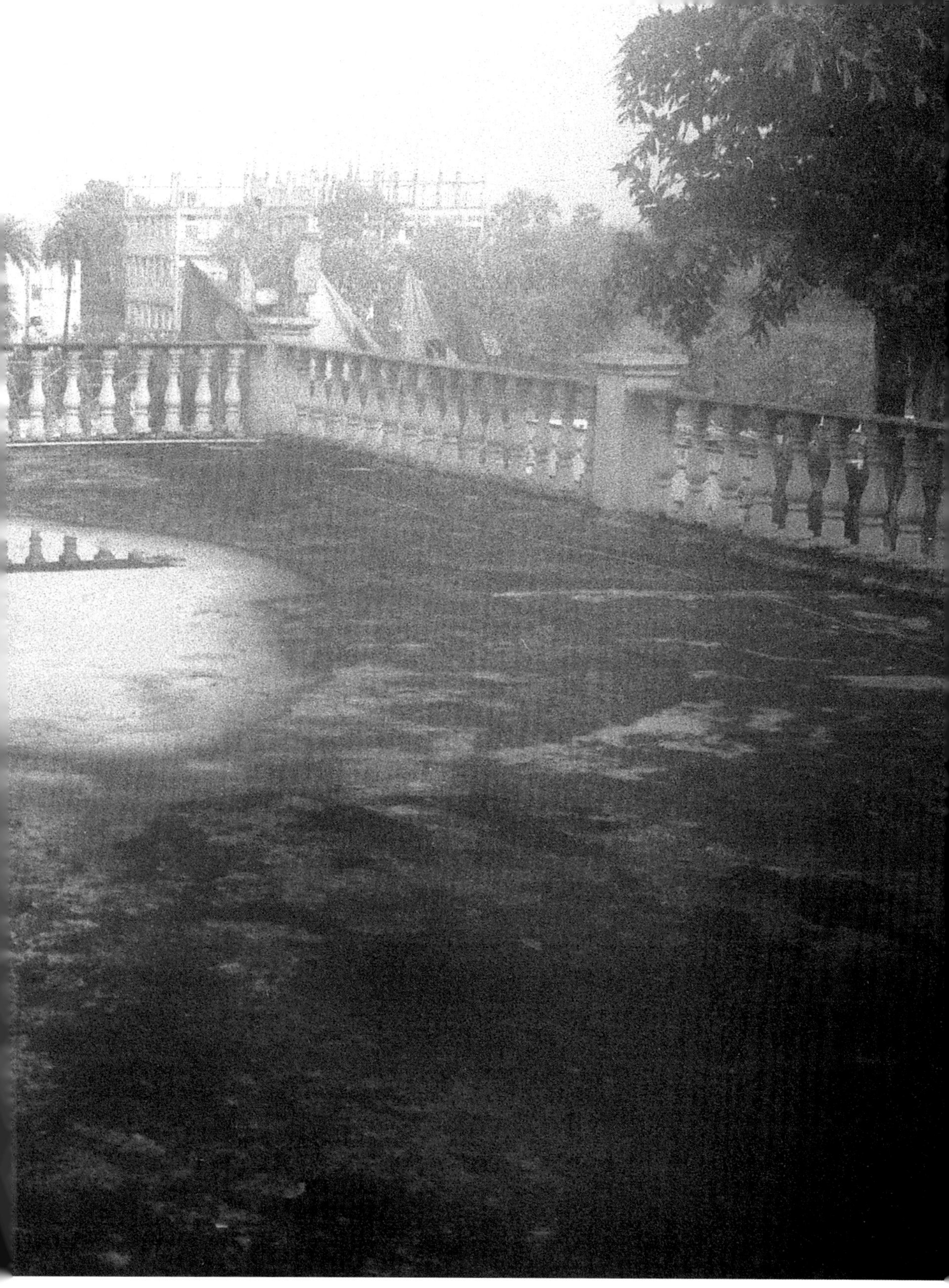

瓦拉纳西　2010

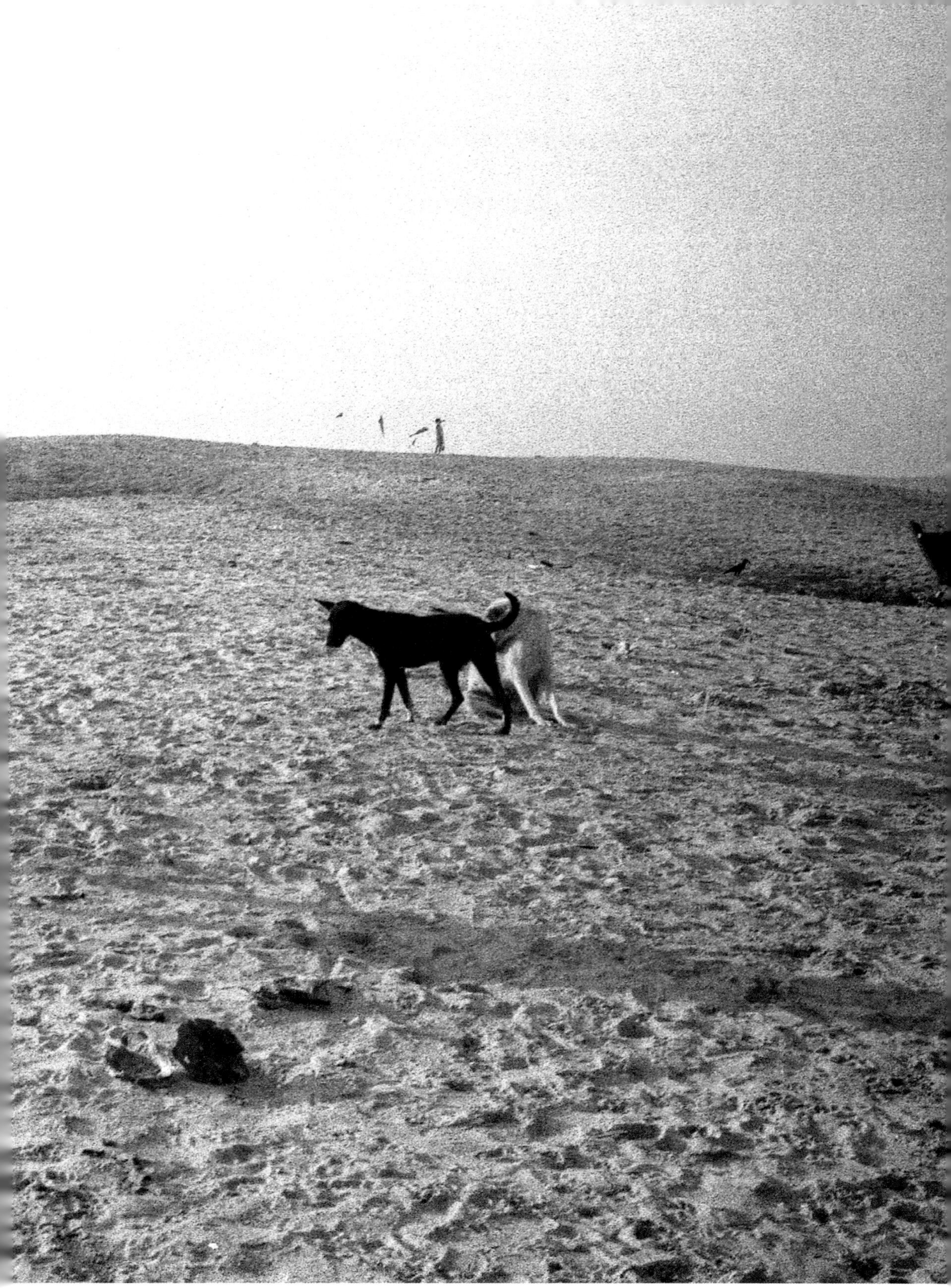

瓦拉纳西 2010

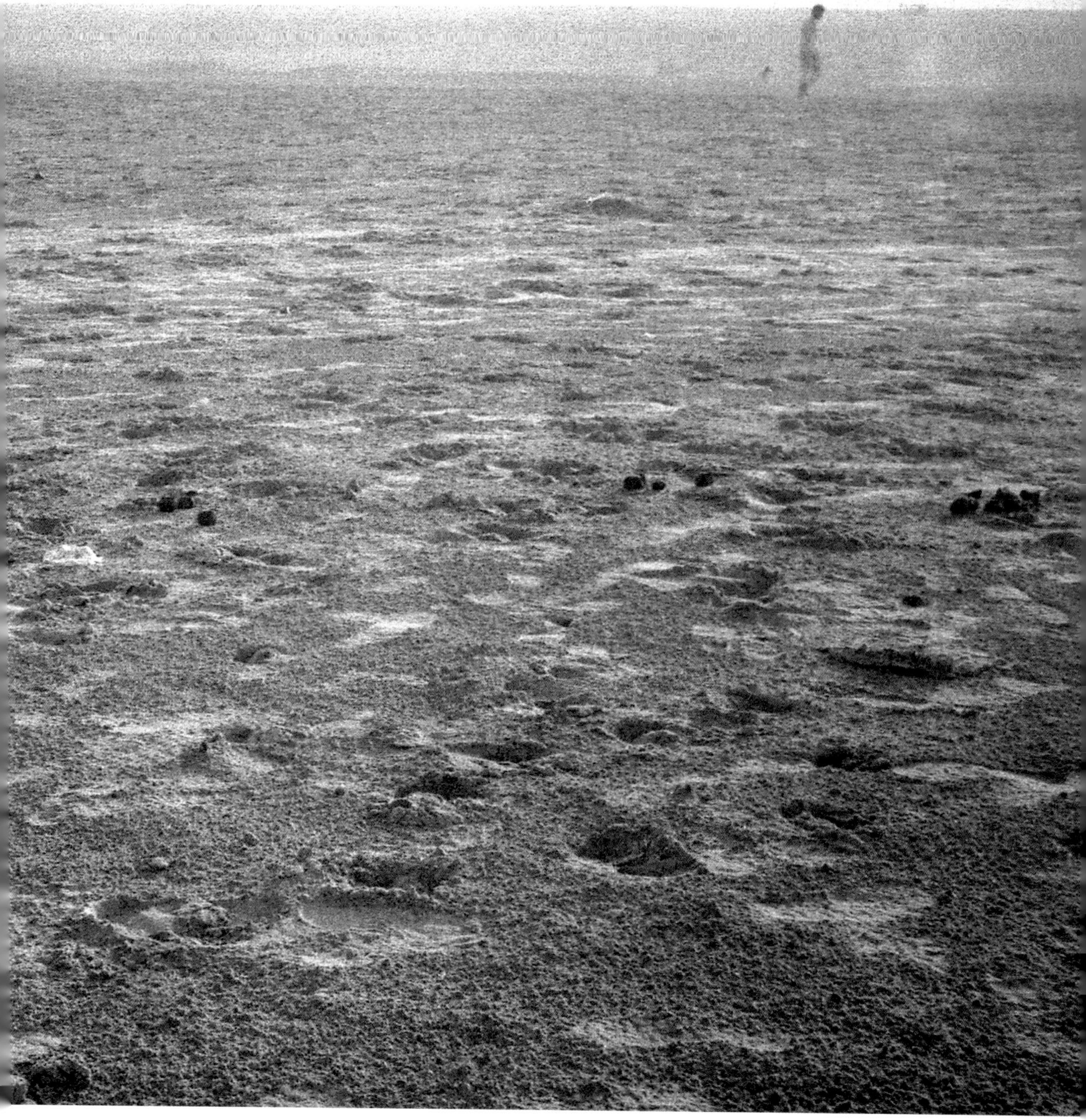